JN064344

Artwork by Hisham Akira Bharoocha

世界一バカな医者の論文

園井敏啓

目次

第一幕

ここはアメリカ西海岸カリフォルニア州のサンフランシスコ。「愛と平和の街」「ＬＧＢＴの街」「ヒッピー発祥の街」そして「ビート詩人が愛した街」。この街を象徴するものはたくさんあるけれども、ぼくにとってのサンフランシスコは、なんと言っても世界で一番か二番に「ドラッグに寛容な街」。

この街に来たのは、ほんの二週間前くらいのことで、ぼくはその時、世界が変わる音を聞いた。ＢＧＭとして聴こえる英語や、絵の具のようにカラフルな髪色をした人たちの、大げさなリアクションと大げさな愛情表現。目の前の味気ない樹脂製シートの背なしのベンチですら、ぼくにとってはたまらなく愛おしいものだ。でもぼくはさっきからずっと具合が悪くて、ベンチの後ろの腰丈ほどの石の塀に座り、おなかをおさえながら頭を前後にふらふらさせていた。ドロっとした液体が胃の中でザブッと波を立てると、ピントが合わないスコープの目下に映るのは、ケイシー・スナイダーのブロンドの後頭部。今度こそＬＳＤの虹を吐き出してスッキリしてやろうと、ぼくは後ろのフェンスで反動をつけて頭を振りかぶった。

「まただ、来るぞ来るぞ！」

ベンチの前に立っていた人がそう叫ぶと、ベンチのみんなは目の前から一斉に退散し、ぼくはうえっとしたけどまた何も出なかった。ほっとしたような残念なような声を上げ、観衆はベンチの周りに戻ってきた。ケイシーはベンチの元の位置に戻ってきてもどこか不安そうな表情で、時折こっちに振り返った。たぶんケイシーはぼくのことが好きなんだと思う。

ベンチを取り囲む人の群れの中で、ちょっと赤毛でドレッドの男が何か珍妙なものでも見るような視線を浴びせてきた。ヒッピーみたいにのばしたあごひげに時代感不明のメキシカンパーカーがなんとも歪だった。変な人が大学のキャンパスに入って来てるよと伝えるために、ぼくははだしで宙に浮かせていた足の親指で、ケイシーの背中をつついた。ケイシーが、なぜかどっかに飛んでいったぼくのビルケンシュトックを背景に、むすっとした表情でこっちに振り返った。

「お前、今、アシッドやっているんだって?」

さっきの男はぼくと少し距離を取るように、ぼくの横の石塀に座った。

男が周りを見渡し

「ほかに誰が一緒にやっているんだ?」と訊くと、みんなは一斉に首を振った。

「コナー、マーは独りでやっているの」とケイシー。

「独り!? アシッドは普通、独りでやるドラッグじゃないだろ……こいつクレイジーだな」

別にぼくは一人じゃないよと思った。誰かしらここにいるわけだし。

サッカー部のボランチのクロエが、

「え。コナーはマーの事、知らないの？　マーはキャンパスで一番の有名人だから、てっきりもう二人は出会っていると思ったのに」とどこか得意げに言う。

「こいつがか。アンリアルだな、おい」

コナーという男は、ぼくに訊いた。

「お前さ、エクストラ持っていないか」

先ほども誰かに同じ事を訊かれて、売人に電話したけどつながらなかったんだ。首を横に振ると、コナーは悔しそうな表情を浮かべた。

「あーちくしょう。この前に買ったアシッド、売るんじゃなかったな」

コナーは、ぼくが手に持っていたケイシーのガラスパイプを指さした。さっきこれを使ってマリファナをみんなと吸ったから、まだほんわかと温かい。

「そういえば、お前、日本人なのに大麻吸うんだな。日本人は大麻なんて吸わないと思っていたけど」

「大麻どころか、アシッドやっているけどね」とクロエ。

「日本にも大麻ってあるのか？」とコナー。

「あるよ。でも日本では、捕まると死刑になるんだ」

「本当に⁉」

コナーは目をまるくした。

「死刑だなんて、絶対嘘だよ。マーの顔が笑っているもん」とクロエ。

「そりゃそうだよな。まあでも、日本は大麻に対して厳しそうだし、きっとここはお前にとって天国なんだろうな……」とコナー。

「マーはアメリカが大好きなんだもんね？」とクロエが笑顔で訊くので、

「うん」とぼくがうなずくと、ケイシーが
「そりゃそうよ。だって、マーはドラッグをやりにアメリカに来たんだから」となぜか核心をついた。


周りのみんなには言っていないけど、ぼくは「医者のバカ息子」で、アメリカには本当にドラッグを研究しに来たんだ。それを成功させるためには、まずアメリカ人の彼女を作って、その後には専属の女性ドクターにも来てもらい、「天才」が研究に集中できる環境を作ってあげる必要がある。あとは「一発ホームラン」を打つその日まで、退学にはならない程度に悠々と時の流れに身を任せればいい。

ぼくは尻が痛くて塀から降りると大きく背伸びをした。ケイシーが釣られたようにあくびをした。ケイシーとクロエは、いつも部屋着のようなスウェットにジャージ姿でこの辺をほっつき回るどこかさえないブロンドの一年生だ。雰囲気は、ケイシーがコルビー・キャレイで、クロエがエリザベス・バンクス、と言うにはどっちも無理があるけど、あくまでも雰囲気の話だ。ケイシーがいつも着ているスウェットは、胸のところにこの大学の四つ文字のブロックレターが入っていて、大学の生協で二十ドルで売っている。ブロックレターのところがいい感じにひび割れていて、ぼくも同じのを買おうかなってずっと思っていた。これも何十年後かに海を越えて日本の古着屋に並ぶのだろうか。

でもそんなことよりもぼくはＬＳＤをやっているせいか、体中が寒くて仕方がなかった。

「ケイシー、そのスウェット貸してよ」

「ん？　そのスウェットって私が今着ている物？　嫌よ」

ケイシーは信じられないって言いたげな顔つきで、頬をふくらませる。

「ねえ、みんな聞いてよ。マーは私のスウェット取ろうとするのよ。ひどいと思わない？」

「普通は逆なんだからね」とクロエ。

ぼくが二人を手でしゅっしゅっとかき分ける仕草とすると、ケイシーが

「マーが真ん中に座りたいって」と言った。ケイシーはあきれたように目を細めながら、クロエと目を見合わせ二人でため息をついて、ベンチの真ん中の席を空けてくれた。

「ケイシー、たばこちょうだい」

「そういうときは、なんて言うんだっけ」とケイシー。

黙って手を出すと、

「違う！　プリーズでしょ」と怒られた。

「わかったよ。たばこを下さい……プリーズ」

ケイシーは大げさなため息をつくと、たばこをくれた。

「マーは本当に私の弟みたいだわ」とクロエ。

クロエはぼくの二個下なのにこんな事を言う。彼女がそう感じているのは、ぼくの英語がつたないからだろう。弟みたいというのも悪い気はしないけど、ぼくはアメリカ人の彼女が欲しい。ぼくは生まれてこの方、「イケメン」としか言われたことがないので、この街はさぞかしすてきな女性を準備していることだろう。

「ねえ、何が見えるの」とケイシー。

ぼくの今の英語力では言っても絶対通じないので、この質問は、はぐらかそうと思った。

「ケイシーの顔が見えるよ」

「あのね。私が言っているのはそういう事じゃなくて、アシッドをやっているから、何か対象の物がグネグネと曲がったり、人の顔が、なんだろうね……動物になっちゃったりしない?」

「人の顔がとがって見えることはあるよ」

「そうそう、そういう幻覚もあるってよく聞くよ。私はやったことがないけど」

「ぼくにとって幻覚剤で見える世界はいつも一緒なんだ。アシッドをやってもシュルームをやっても世界は一緒」

「一緒ってどういうこと?」

「なんと言うか……幻覚世界は外国に着いて飛行機を降りた時に異国を感じるように様変わりし

た雰囲気なんだ。幻覚剤をやるたびに、ぼくはまたここに来たんだなっていつも思う」

「私、この国から出たことがないからよくわからないけど、つまりパラレルワールドみたいなものが見えているということ?」

「うん、たぶんね」

そう、未知数で不可解なことが多く、興味の尽きない研究対象だ。


しばらくして、このキャンパスの中でライブをやっているから行こうぜとコナーが言うので、ぼくはケイシーとお別れのハグをした。ふんわりと優しいコットンから、ふわっと香るアメリカ洗剤の匂いと、かすかなたばこの甘い匂いがした。ふわふわの温度を持ったこのリスみたいな動物にくるまれると、ぼくの心はふわっとする。ケイシーは身長百七十三・五センチのぼくと同じくらいの背丈で、この前に体重を彼女に訊いたら、やっぱりぼくよりも重かった。でもケイシーは太っているわけじゃないし、ぼくたちはきっとからだの作りが違うってだけなんだ。

「じゃあね、ケイシー。愛しているよ」

「マー、私も愛しているよ」

「アシッドをやると、音楽に反応して幻覚が変化するんだぜ。どうだ、お前も今そうなっているんじゃないか」

ライブホールでそう語るコナーの表情はどこか悔しそうだった。ぼくたちは、初めて会ったこの瞬間に一緒にＬＳＤをやりたかったんだ。結局、音が鳴っても大した幻覚は見られなかった。ＤＳＡでさっき吐きそうになったし、このＬＳＤはパッとしないのかもしれない。ぼくは一度自分の部屋に戻ることにした。そして眠った。

　またここか――目が覚めると、夢なのか、ＬＳＤなのかよくわからなくなる。まだこちらに来て間もないので、シーツもないマットレスのロゴのプリントが、顔に当たりうっとうしい。ゲイのルームメイトは、きょうも部屋にはいないようだ。窓際の彼のベッドの上には教科書が載っている。時計を見ると夜の十時だった。頬についたよだれは、着ていた服で拭った。ＬＳＤで全身ギトギトに脂っこくなった体がどうしようもなく気持ち悪い。体を無理やり起こすと、引き出しの上の生乾きタオルを手に取り、バスルームへと向かった。バスルームの大きな鏡を眺めると、鏡に映った目はとろけそうに輝いていた。シンクには、きちょうめんなぼくのルームメイトでも隠しきれない男のひげが転がっていた。いっそのこと男女共同部屋にしてくれればいいのにとぼくは思う。おしっこがしたくてシンクの隣のトイレの便座のふたを開けると、でっかい口が、ぶよぶよとうねり、そして言った。

「ぶっかけてくれ」と。

　ぼくは体中のドラッグがおしっことなり、放物線を描きトイレにぶっかかるのを、悦に入り眺めていた。トイレを流してシャワーに入ると、セラミックのバスタブが足に少し冷たかった。シャワーを出して温度調整を完了すると、ため息が出た。ぼくはＬＳＤをやった時のシャワーが好きだ。ドラッグで汚れた体を石鹸やシャンプーでピカピカにすると、思わず自分にのぼせてしまう。シャワーに入っていると、きれいにむけたゆで卵のようにつるつるになって、ハッとするほどさえ渡り、この世のことを見つめ直す瞬間があるんだ。そして嫌なことはすべて排水口のかなたに流れていく。たまに温泉が恋しくなるけど、別になくても生きていける。でもなくても生きていけるものが、人生を彩るのは一つの事実だろう。

シャワーを終えると、パンツだけ履いて歯磨きをして、クローゼットで服を選んだ。初秋だしパーカーを着ることが多いけど、たまにピンクストライプのボタンダウンシャツなんか着ると、クロエの目がハートになるんだ。お気に入りのハットを頭に乗せ、リアルマッコイズのデニムと、ギャップで買った紺色のパーカーを身に付け、たばこを吸いにＤＳＡに出かけた。住居棟の廊下はひっそりとし、どこかの部屋からのテレビの音が漏れ伝っていた。エレベーターで一階に降り、建物を出ると、そよ風が素足に当たり気持ちよかった。琥珀色の灯りが、今にも踊り出しそうな木々をあでやかに照らすのを眺めながら、ぼくは絵本のキャンパスを歩いていった。

ＤＳＡの近くまで来ると、ふだんどおりみんなが陽気に騒いでいる様子が、目に飛び込んでくる。このトロンとした世界がぼくは大好きだ。街灯にほのかに照らされた大きなパインツリーの近くでは女子二人組が何組か座っていて、二つあるベンチはあいにく満席で、後ろの塀もわりとビジーだった。ベンチの横ではマックスが酔っぱらってアスファルトの地べたの上につっぷしていた。彼は顔にピアスがいっぱいついているからか、ゴブリンにしか見えない。前にマックスにそれを言うと彼は喜んでいた。パンク好きだし、よく革ジャンを着ているから一見そうは見えないのだけど、マックスは驚くほど繊細でお酒に弱いんだ。どうせまた飲み過ぎたのだろう。

「たばこちょうだい」とマックスに言うと、彼は空の箱をぼくに見せた。

「ごめんな。ないんだ。あったらあげているのに」

般若のようにごめんねって顔をする。相当気分が悪いのだろう。

「オーケイ。ちょっと待ってて」

ぼくは「マーにならもちろんあげるわ」とよく言う子からたばこを二本もらうと、一本をマックスに「ほい」と言って手渡した。

「マーがたばこをくれた！　なんて事だ！」

マックスは跳びはねて喜んだ。周りのみんなも少し驚いていた。ぼくはドラッグやマリファナはほとんど無償で提供するけど、たばこはもらうことしかしなかった。どこで買えるのかがわからなかったし、一番厄介なたばこへの依存を友達の手に委ねるというのも正直悪くないものだ。断られると多少嫌な気持ちになるけど、このようなやり取りの甘酸っぱさは嫌いじゃない。九割がた自分の事しか考えていないぼくですら、人と人とのつながりの大切さが実感できるからだ。

遠くからぼくの名前を呼ぶ声がする。声の元をたどるとダナとエリカだった。こちらに走り寄り、交互にぎゅっとハグをしてくれた。ダナはフィオナ・アップル似の魔女っ気がある女の子で、髪はいつも玉ねぎのように結んでいた。グリーンの瞳はいつ見ても美しく、でもいつも気だるそうでしんどそうだった。ダナもエリカもとても複雑な顔立ちをしており、この前に、なんでなのと訊くと、いろいろな血が入っているのよと目を輝かせながら教えてくれた。

ぼくたちはパインツリーの近くで適当な縁石を見つけ、並んで座った。

「あんた、どうせまたエクスタシーやっているんでしょ」

そう言いながらエリカは、ぼくの肩をなでたかと思うと、さっとぼくのハットを取り自分でかぶった。お気に入りのハットは九十年代のラルフローレンの物で、爽やかなマドラスチェックの生地をつなげあわせたパッチワークのハットだった。サンフランシスコに来てみんなが

「それ良いね」と口をそろえて言うので、得意になって毎日のようにかぶっていた。パーティで誰かの部屋に忘れちゃったこともあるけど、みんなそれが誰の物だか知っているから、いつもぼくのところに戻ってくるんだ。

さっきの質問にぼくがＬＳＤをやっていると答えると、エリカは笑った。隣でダナがそっと肩を寄せてきた時、ぼくは彼女の様子がどこかいつもと違うなと感じた。

「ねえ、音楽聴こっか」

ダナがイヤホンをぼくの右耳に付けた。流れてきたのは、ボブ・マーリーの「ドント・ロック・マ

イ・ボート」だった。ダナの好きな曲だ。

「マーはこの曲の意味は知っている？」

「知らない」

「ロックということばの意味はわかる？　いろいろな意味があるのだけど、ここではね、揺らす、という意味で使われているのよ」

「ロッキングチェアみたいな？」

「そう。そしてボートを揺らすで、波風を立てるという意味になるのよ。マーは湖でボートに乗ったことはある？」

「ない。ダナは？」

「私はあるわ。湖で二人向かい合ってボートに乗り、岸辺から離れるように中央に向かってこいでいくと、風と水の音しかしないのよ。静寂と平穏の中で、たまにふざけてボートを揺らしたくなることもあるけれど、そういうのも時に必要ないのよね……私たちもそうじゃない？　こうしてマーと二人一緒にいるだけで私は幸せ。あなたもきっとこの幸せがいつまでも続けばいいと思っているはずだわ……」

ダナはぼくを見るとことばを続けた。

「あのね、マー。私たちこの大学を辞めるの。ＬＡに戻って、ＬＡの大学に通うのよ」

「え？」

「悲しまないで。あなたの幸せはいつも祈っているわ」

「え、なんでＬＡに戻るの？　意味がわからないよ、そんなの」

「この街は私にはきついのよ……」とダナは言った。

「きついって何が？」とぼくがきくと、エリカが
「だってここってクレイジーじゃない？　みんなドラッグばっかりやっているし、私も毎日朝から大麻吸ってばっかり。週の半分だよ？　週の半分の時間がパーティに費やされるようなこんな街じゃ勉強もできない。ここにいるとばかになるのよ」と決意がにじむような口調で言った。

「そうね、あなたも霊感が強いからわかるでしょう？　あなたは、この街の心を生み出しているものが何かをわかっている。そしてあなたが知られていることも、あなたはわかっている。この街にいると、私たちはそうやって目には見えないものにいつだって突き動かされているの。でもね、見守られることすら私は嫌なの。なぜか毎日ものすごく体力を消耗するのよ」

ぼくがことばを失っていると、ダナは彼女の小さなガラスのパイプをぼくに手渡し、ぼくの手と一緒に優しくにぎりしめた。

「だからこのパイプ、マーにあげる。私たちがずっと大切にしていたこのパイプに、リトルデューティという名前をつけたのよ。いいネーミングでしょ。こんなに小さいのに義務を果たしてくれる」

ダナは握っていた手を離した。

「あなたは物を大切にする人。そのすてきなハットがあなたと旅をするように、この子もすてきな

場所へ連れていってあげてね」

しばらくマリファナを吸うと、ダナとエリカはおやすみを言い、部屋に戻っていった。ぼくは放心状態で同じ場所に座っていた。手に握りしめたパイプが、まだ生ぬるい温度を保っていた。彼女とは短い間だったけど思い出であふれている。先週の土曜にダナの部屋でＬＳＤを一緒にやってばか笑いしたことが、ずいぶん前のように思えた。ダナの好きなボブ・マーリーの曲と、ぼくの好きなアルトン・エリスの「プレイ・イット・クール」がどうしようもなく思い出に焼き付いている。

ダナが言っているこの街の「そういうところ」は納得したけど、この街を捨てる理由としては不十分だと思った。この街がどこか不思議なのはアメリカでは結構有名な事実だ。ぼくはずっと誰かに見守られている気がしているし、ダナも大学の周辺が妙に霊気じみているって言っていた。ダナはどうだかねって言い添えてたけど、ぼくはそれがぼくたちの先輩ヒッピーの声なんじゃないかってまじめに考えていた。まだ正体がよくわからない「あの世界」の実体と、ぼくはいつか対峙するのだろう。そして事態は大変な騒ぎになって、ぼくはとにかく有名になるんだ。でもそれはきっとぼくの命に関わるだろう。

＊

「私の名前はなーんだ?」

朝の十時にＤＳＡのベンチで、ケイシーたちとマリファナを吸っていると、一人の女子がぼくをのぞきこむようにそう訊いてくるので、どう反応しようか困った。彼女の名前なんて見当もつかない。当てずっぽうで答えると間違っていたみたいだ。

「もう、信じらんない！　いつになったら、マーは私の名前を覚えるの？」

「仕方ないよ。マーはまだ英語の名前に慣れていないのさ」後ろの石塀の男が言った。

「マーは人の名前なんて覚える気がないの。私の名前を覚えさせるのにも二週間かかったのよ」ケイシーはあくびをしながら言った。ドイツのスナイダー一家伝統の白い肌に乗ったえくぼがかわいい。

「二週間は大げさだよ」とぼくが言うと、クロエはそんなことないよと言った。

「それに今は大麻吸っているから、何を言ってもむだよ」とケイシー。

「そいつは言えているな、ケイシー。でもそうなると、初めて会った時から、こいつがシラフでいるところなんて一度だって見たことがないから、マーはいつまでたっても人の名前をおぼえなくていいってことになってしまうよ」

これでも一応努力はしているつもりだ。みんな発音までいちいち矯正してくるし、三回くらいは毎回言わされるから、一人ずつゆっくりでもぽっと浮かぶ名前は増えていく。問題なのはこの喫煙所に長くいるとおびただしい数の人の名前を覚えるはめになるということなんだ。

一人の男がぼくのほうに来て、ふとぼくに「大麻売ってくれない？」と訊いてきた。

「マーは売人じゃないの。そうだよね」とケイシー。

ぼくはうなずいて
「コナーの番号を彼に教えてあげて」とケイシーにお願いした。

お金のない学生にとって、ドラッグは唯一の商材で、ピカイチの収入源だ。ピザ屋のように宅配までする輩もいる。学生たちを渦巻くこのビジネスからは、金と悪名のにおいがしていた。悪名の匂いのほうは、多少興味はあるけど、売人をやるのは面倒くさいし、やましい気持ちがするので嫌だった。親からは二年分の生活費をまとめてもらっていたのでお金はあった。ぼくの祖母は「偉大な漢方医」で、金もうけよりも社会に貢献することに熱心だった。ぼくがお金に全く興味がないのも、たぶん彼女や親のせいなのだろう。

携帯電話の時計にふと目をやると、授業に遅れそうな時刻になっていることに気が付いた。

「やばい。ぼく授業に行かなきゃ」

「シネマのクラス?」ケイシーがぼくに訊いてくる。

「ううん。英語のクラス」

「英語のクラスね、ＥＳＬっていうのよね。みんな聞いてよ。マーは私に本気でマーの英語のクラスの宿題をやらせようとするのよ」とケイシー。

「それは自分でやらなきゃだめだよ」と横に立っていた男が言った。

「でもぼくだと教科書を読むのだってみんなよりも三倍以上の時間がかかるんだよ」

「宿題は仮に誰かがやったとしても、クイズはどうする？　逃げ回っていても、結局は同じだよ」

「大丈夫だよ。ぼくは実はできる子なんだ。こむずかしい英語の宿題だけみんなが片付けてくれれば、ほかはなんとでもなるよ」

クロエは横でけらけら笑うと、息を整えるように一呼吸ついた。

「ねえ、マーの英語のクラスって、どこの国の人が多いの？」とクロエ。

「うーん。中国人かな」

「マーは中国人が嫌いなんでしょ？　日本人だから」

クロエは面白がって訊いてくる。アメリカ人だから。

「別にそんなことないよ。それにぼくの今までのベストセックスは、チャイニーズの子だったよ」

「嘘だぁ。でも面白そう、もっと聞かせて」とクロエ。

「えーと、ぼくが大学二年の頃に、一週間くらい日本に旅行に来ていた大学生の女子だったんだけど、彼女は髪がするっとしていてセックスは情熱的だったんだ」

チャイニーズの彼女はおでこの広い子で、ぼくがそれをネタにすると、おでこが広いのは、中国では頭がいいって意味だとぷりぷり怒ったんだ。たしかに彼女は頭が良くて美人だった。

「しかも、彼女はイケメンの子どもが欲しいから中に出してとまでぼくに言ったんだよ」

「中に出してってすごいな。で、結局どうしたんだ？」

「無理でしょ、学生だし」

「マーは、中国人の女が好きなんだって」クロエはケイシーに言った。ケイシーはいきなり振られて一瞬迷惑そうな顔をした。

「中国人の女はホットだよ。大抵スレンダーだし、黒髪もいいよな」

ぼくはむっとした。中国人の女の事はどうだっていいんだ。ぼくはケイシーとクロエに向かって言った。

「彼女はぼくの事をイケメンだって言ったんだよ！」

彼女たちは小くびをかしげて目を見合わせた。

「うん、マーは……グッド・ルッキングだよね？　ケイシー」

「う、うん」

ケイシーはおもむろにたばこを取り出し、ちょうだいとも言っていないのに一本くれた。横ではクロエも釣られたようにたばこに火をつけ、どこか急によそよそしい表情でぼくに訊いた。

「一つ訊いてもいい？」

「うん」

「日本人はアメリカ人の事が嫌い？」

「ううん。好きだよ。日本人はみんなアメリカから影響を受けている」

そう言うと、クロエの表情がパッと輝いた。

「そうなの？」

「そうだよ。だって洗濯機と冷蔵庫はすべてアメリカから来たんだよ。洗濯機がなかったら日本人は今頃、川で洗濯をしていたんだ」

「あのね、今はアメリカ人の話をしているわけであって、アメリカや洗濯機の話をしたいわけじゃないんだけど……もういいわ」

そう言いながらも、どこかほっとした表情を浮かべるクロエは、きっとこのころ、アメリカがイラク戦争のせいで世界から嫌われているんじゃないかと心配だったのだろう。


ストーナーといつまでも話していると授業に遅れてしまうので、ケイシーとクロエにハグをして二人に愛していると伝えるとぼくは講義棟へと向かった。キャンパスは端から端まで歩くのに十分はかかるくらい大きくて、住居棟の近くにあるさっきまでいたＤＳＡと呼ばれる喫煙所から講義棟までもそれなりに距離がある。道の途中にあるジムはガラス張りになっており、中を覗くとアメリカ人が必死になって走っていた。大きな石の階段を駆け上がると、住居棟の二階の部屋のドアの前の浮き廊下では、女子二人が楽しそうに話していた。サンドイッチ屋はきょうも人であふれている。ここから講義棟までの道のりは両脇に近未来的な見た目の住居群が立ち並んでいる。ちなみに、ぼくの部屋もこの種類の住居群の一角にある。ケイシーとクロエの二人部屋があるバス、トイレ、キッチン共用の古めかしい建物と比較すると、住み心地の良さは天国と地獄ほどの差がある。うわさではくじ運でどの建物に入れられるか決まるという話だが、ぼくが当たりを引いたのはきっとくじ運だけじゃないだろう。

講義棟でエレベーターに駆け込むと、知らないブラックの女子二人と一緒になった。一人はドレッドにピンクのエクステンションをつけていて、顔はアシャンティみたいでなんかかわいい。ドレッドの子が訊いてきた。

「マー。ごきげんいかが」

「悪くないね」

「それで、あなた今、どんなドラッグをやっているの」

目が笑っている。きっとぼくはからかわれているのだろう。

「大麻だけ。これから授業あるからね」

「偉いわ」

もう一人の女子が笑いながら言った。

「偉いですって? 授業に行く前に大麻を吸うのは普通じゃないでしょ」

エレベーターが止まると、微笑しながら二人と別れ、教室へと続く廊下をてくてく歩いた。教室に着くと授業はもう始まっていた。音を立てないように注意して、後ろの窓側の席にそっと座った。ポケットの中のハイグレードなマリファナが、飴のような香りを辺り一体に漂わせていた。しばらくうわの空で授業を聞いていると、開放してある教室のドアの向こうに、エミネムみたいな白人ヤンキーのブランドンと、バイセクシャルのマルセロの姿が見えた。彼らはぼくの視線に気付くと、教室の中にいるぼくをのぞき込んだ。

「おい、あれマーじゃね。真面目に授業受けているぞ。面白いから写真撮ろうぜ」とブランドン。そして携帯を取り出して、パシャリと音を立て写真を撮った。

「なるほど、留学生向けの英語のクラスだな、これは」とマルセロが言い、なぜか手をたたいて二人で笑い出した。教授がドアを閉めるように言ったので、ぼくと同じ大学から来た大和撫子が、走ってドアを閉めに向かった。ブランドンは、手で「後で電話するから」というサインをすると、笑いながら去っていった。

ブランドンとマルセロが何に対して笑っていたのかは知る由もないけど、仮にそれが英語力幼稚園レベルのこの不気味な大人たちに当てられた嘲笑だとするならば、わからない話でもない。現にこの学級の人間は同じ国の人どうしで固まっていたし、彼らはたぶん友達がいないんだと思う。もっともアメリカでこの問題は難しい。仮にぼくがマリファナも吸わないカタブツの日本人だったら、さっきのなでしこと一緒になって今頃は恐らく親日家に囲まれていたことだろう。ぼくは密かに抱くこの優越感をどうしようもできない嫌なやつだった。このクラスの教授は、きっとぼくを世界一扱いづらい生徒だと考えているに違いない。ぼくがこの小さな社会を鼻で笑うからだ。

授業を終えると教室を飛び出し、学内のピザ屋でピザを買った。トッピングはもちろんアンチョビだ。この魚くささがたまらない。パーティでぼくがアンチョビのピザを頼むと、嫌いな人は、アンチョビの「チョ」の部分を露骨に強調し、嫌そうな顔をする。そんなアメリカ人の大げさなリアクションが、ぼくは好き。お店の外でピザを食べていると、香港人の現地学生の女子が友達と二人で通りかかり、少し遠くから訊いてきた。

「おーい、どうしてマーは、一人でランチを食べているの」

「英語のクラスには友達がいないんだ」

「でしょうね。あんたってクレイジーだから」と言い、彼女は友達と笑いながら去っていった。

彼女とはこの前にパーティでメイクアウトした。キスした後に、彼女に

「何をしてるの」と訊くと

「あんたがしてきたんでしょ」と彼女は笑った。

彼女は顔は小さいのにおっぱいが大きくて、ぼくは彼女とものすごくセックスがしたかったのだけど、なぜかぼくの友達の友達の謎のシンガポール人が、彼女の保護者のように現れ、邪魔をしてきたので、結局セックスはできなかった。せっかく発泡スチロールでわざわざ台座まで作ったぼくの世界地図に、お子さまランチ用の日本国旗を一本追加できると思ったのに残念だ。

ピザを食べ終わると、ブランドンから電話がかかってきた。電話を取ると、

「シュルームが入ったんだけどお前一緒にやらないか。一応、売りさばく前に試しておこうと思ってな」とブランドンは言った。

「粋だね。でも別にエクスタシーじゃあるまいし、やってみなくたって普通のキノコとの見分けくらいつくでしょ」

「ま、そうだけどな。とりあえずこれからお前の部屋に行くよ」

「わかった」

空は次第に曇り始め、ぽつぽつと雨が降ってきた。ぼくは自分の部屋に戻ると、テレビをつけてソファーに座りブランドンを待った。程なく、ドアベルが鳴ったので、ドアを開けると、ブランドンのスポーツ刈りの金髪の先端に虹色の雨粒が光っていた。ブランドンが拳をかざしてくるので、こちらもパウンドを返した。これは俗に言うブラザーの証だ、言うとばかみたいだけど。ブランドンは女にモテそうなやつだなとぼくは思っていたけど、この前にクロエは、ブランドンは顔がトカゲっぽいと言っていた。たしかに目もギラギラしていて、こいつには売人が似合っていると思った。

ブランドンはリビングの三人がけソファーのほうに腰かけると、コーヒーテーブルの上にシロシビンマッシュルームを広げた。ぼくは量りを持っていないので、二人でアイボールで適量を分けた。

「これくらいじゃないか」とブランドン。

「いや少ないでしょ。だって乾燥してあるんだよ。その手に持っているのがキャベツだったらわかるけど」

ぼくは適量なんてもうどうでもいいから、とにかくたくさん食べようと思って、その方向で話をまとめた。

「お前ってさ、アシッドとシュルームだったらどっちが好き?」

「やっぱりアシッドでしょ。サンフランシスコはヒッピー発祥の街だからね、特にこの街で手に入るアシッドは恐ろしく純度が高いと思うよ」

「なるほどな。どっちも幻覚剤だけど、何が違うと思う?」

「どちらかというと、シュルームは目を閉じて見るほうの幻覚で、アシッドは目を開けて見るほうの幻覚かな」

「それは必ずしもそうとは限らないだろ。アシッドだって目を閉じて幻覚も見えるわけだし」

ぼくは一人がけのソファーのひじ掛けに頭を乗せて横になった。首が少しきついけどこの体勢が好きだ。ディスカバリーチャンネルを観ていると、ジャングルとかサバンナの動物がいっぱい出てきた。幻覚剤をやっているときに観るこの映像はまさしく「神の絵」だなと思った。

そのうちに胸が気持ち悪くなってきた。ブランドンは
「あ、来たな」と十回くらい言い会話をしようとしたが、ぼくの頭がトリップしてきて、そのうち英語がふだん以上につたなく支離滅裂になったのか、会話にならなくなった。何かを言うたびに
「は?」と言われた。次第に
「は?」の回数は増えていき、ブランドンは困惑した表情を強めていった。

「だめだ。こんな部屋いられねぇ」

ブランドンはそう言い残し、部屋を飛び出した。意味のわからないやつだ。ぼくはまるでホテルに

置き去りにされた女のような気持ちになった。ぼくはブランドンが忘れていった干しきのこを、おやつ感覚でむしゃむしゃと際限なく食べていった。鼻で大きく息をして目を閉じると、毒々しいシュルームの柄の部分から、ジューシーな紫色の血がにじみ出る絵が突如として浮かんできた。シュルームをかんでいると、次第に口の中がしびれてきて、染色液で赤く染まったプラークのように、ぼくの歯ぐきが血で染まる光景が目に浮かんだ。

ブランドンがいなくなったことはじきに忘れて、ぼくはなぜか服のままシャワーを浴びた。次第にもうろうとする意識の中でうつろに笑いながら、背中が寒くて壁付けのシャワーヘッドの角度をいじろうとすると、首が取れた。首なしのそいつは、公園の水飲み場の蛇口のような形状をしており、ぼくには男の生殖器にしか見えなかった。小便小僧がぼくの頭に小便を浴びせてきているようなふざけた気分になった。少し体は温まったが、まだ寒い。部屋から毛布を持ってこよう。タブから出ようとすると、シャワーカーテンに足を取られた。ぶちぶちとはじけるような音を立て、フックかランナーかがぶっちぎれたので、ぼくはシャワーカーテンにくるまって転倒した。ふだんなら腹を立ててどなり散らしているところだが、なぜか笑いが止まらなかった。シャワーは流しっぱなしで、びしょびしょのまま部屋に戻り、毛布と樹脂でできた椅子とLP盤のレコードを何枚かタブの中に持ちこんだ。滝のシャワーに打たれ、椅子に座ったり、椅子から滑り落ちたりしながら、意識の渦の中に深く入り込んでいく。

その時、バスルームのぼくの頭上に一人のジーザスが降りてきた。彼はバスタブのぼくを上からそっと見下ろしていた。椅子にすがるように覆いかぶさるぼくの少し上に、彼が悠然と浮かんでいることを知覚した。姿の片りんも見えないが、年は結構いっていると思う。どこかでおぼえているこの感覚……たまに彼はぼくに会いに来て、金縛りを使いぼくを締め上げる。

「マー。君はこれからどんなドラッグをやりたいのだね」

どこかあきれ果てたような声で訊いてきた。ここで言っておけば彼が用意してくれるのだろうと思った。ぼくは起き上がり少し考えた。

「うーんと、そうだな」指を折ってみせた。

「お酒、たばこ、大麻の三種はマストでしょ。後はエクスタシー、アシッドにシュルーム、たまにはコークもいいな」

彼は何も言わずうんうんとうなずいた。

「後は何があるだろう……そうだ、ここにはペヨーテはないの？　ここに来てからずっと探しているのに、一向に見つからないんだ」

彼は何も答えなかった。

「ま、こんなものかな。主役にこれだけあれば、ほかはそれほど多くは望まないよ」

そう話すといつの間にか、その人はいなくなっていた。少しするといろいろと言いそびれたことに気付き後悔した。幻覚サボテンのペヨーテを筆頭に、欲しいドラッグの種類リストはほかにもぼちぼちあった。椅子の座面にうつ伏せでもたれかかって頭をもたげると、ぼくたちの住みかの建物の断面を半分にしたように、各部屋の中の様子が見えた。女子たちが口々にぼくのうわさをしている。

「マーっていつも真ん中に座りたがるのよ」

「そうそう、彼って本当にかわいいの」

「ねえ、彼ってこっち側の人間だと思う?」

誰かが部屋のドアをドンドンとたたく音が聞こえた。ぼくはそれが風紀委員だと直感した。ルームメイトと何やら話している。声しか聞こえないのに、様子が不思議と手に取るよう頭に浮かぶ。バスタブの栓はいつの間にか塞がれており、お湯がバスタブの中にたまっていく。邪魔な椅子はバスタブの外に放った。そしてぼくはなまぬるい水に溺れていった。

またここか——ベッドの上でため息をついた。窓から月灯りが部屋の中にさし込んでいる。服も何もかもびしょぬれだ。震えが止まらない。含水した毛布にくるまっているだなんて、何にすがろうとしているのだろう。ばかみたいで妙に笑えてくる。肌にひっついて離れない服が、明らかに体温を奪っていてうっとうしかった。毛布を剥いで、はおっていた服はパンツまで全部脱ぎ捨てた。ベッドルームから出ると、キッチンで棒立ちするゲイのルームメイトと目が合った。ぼくはギリシャ彫刻のように全裸でルームメイトにほほえみかけた。次の瞬間、ぼくは何を思ったのか、自分のケツの穴に中指を突っ込んでいた。ルームメイトはあぜんとして立ち尽くしていた。

＊

大学では金曜のクラスを取る学生が少ないので、実質キャンパスで一番にぎやかな夜は木曜となる。金曜は二日酔いで、土曜はさらにグロッキー、そして日曜に一日がかりでたまった宿題を片付けなければいけないという事実に卒倒する。毎週それの繰り返し。

毎週木曜にジェニファーは自分の部屋で、ディナーパーティをやっている。ジェニファーはキム・カーダシアンにクレオパトラのエキスを注射したような顔で、高校がダナと同じだった。ぼくがこの街に来たはじめの頃は、ダナとエリカと三人で一緒にいたけど、そのうちに変な三角関係になって、女子二人とケンカした。そのころの彼女は胸が小さかったけど、ほんの一、二ヶ月の間に、彼女の胸は揺れるようになった。ミシェル、メルの二人とまるで女子三人で仲良くトイレでも行くかのように、はやわざで変身して帰ってきたのをおぼえている。

アメリカの女子が作った自慢の郷土料理にフォークを突き刺していると、ジェニファーのルームメイトの、ヨハンナが小悪魔みたいな笑顔を浮かべこっちを見てくる。彼女は大学生のときのクロエ・グレース・モレッツみたいな顔の天真爛漫な女子で、顔はかわいいけど性格は相当にクレイジーだ。

ヨハンナは先ほどぼくの登場シーンでハグをしたあとに

「まあ、座りなさい。あんたにはいろいろと訊きたいことがある……」と言っていた。訊きたいこととは、恐らくドラッグの話だろう。
「ねえ、マーって、白人の女に全然興味ないって本当？」とヨハンナ。
「え、なんで？　そんなことないよ」
「マーはゲイなんじゃないかって、うわさが回っているよ」
ヨハンナから衝撃の事実を聞いて、ぼくはフォークで遊んでいた手を止めた。心臓がばくばくいうのを感じた。ジェニファーは
「マーはゲイじゃないわ」と言ったけど、ぼくはこの前ゲイのルームメイトの前で、自分のケツの穴に指を突っ込んだ事件に動揺していた。でもあの寡黙なゲイのルームメイトからこんな手の込んだ噂が広まるとは思えないし、怪訝に思った。そもそもなんで生まれて初めてあのようなことをあの時にしていたのか全然意味がわからなかった。ジェニファーご自慢のほんのり甘酸っぱい紫色のサングリアをすすりながら、この際、はっきり否定してやろうと考えていると、ヨハンナが椅子にひざを突き、テーブルの反対側から身を乗り出してきた。
「なんであんたが白人の女に興味あるか質問したと思う？　聞いたよ。あんた、この前ケイシーにひどい事、言ったんでしょ」とヨハンナが言うと
「え、マーは、今度は何を言ったの。私にも教えて」と別の子が反応した。ヨハンナがもったいぶった感じでそれを言うと、取り巻きの女子が
「オーマイゴッド！」と叫び

「ウケる」とかなんとか言いながら、腹を抱え笑った。ぼくも合わせて笑っていると、ヨハンナが赤黒チェックのフランネルシャツの袖をまくり上げ、口元に手を当て、えへんとせきをした。

食卓でぼくはアメリカの女子に裁判にかけられた。

弁護士志望のジェニファーが

「マー、それは女に失礼よ。賢明な人は、そんなこと言わないものなの」とぼくをたしなめるように言った。

「なんでそんなひどい事を言うのよ」ヨハンナは言った。

どう答えようか困る……ぼくは白人の女子に恋愛対象として見られたくて駄々をこねているだなんて言えないし。そんな中、ミシェルが、何かを思い出したかのように声を発した。

「あれ、そういえば、この前のパーティでキスしていた白人の子とは、あの後、やったんでしょ？　うわさではやったって聞いたけど」

「え、何それ。私、聞いてないんだけど……」

ヨハンナが驚いた表情で言った。

「ヨハンナは実家に帰っていて、今週ほとんどここにいなかったじゃない」とジェニファー。

ぼくは座っていた椅子に踏ん反り返ると、足と腕を組み、あごを上げ、彼女たちに言った。

「もちろん、やったよ」そしてヨハンナに目を向け、ちくりと彼女を刺してやった。

「もとより彼女は、アジア人が好きだっていう『最高』な女の子だったからね！」

ほとんどの女子が少々ばつの悪そうな表情でお互いの顔を見合わせる中、ヨハンナは眉をぴくりとさせた。
「あんたずいぶんと突っかかってくるじゃない。私が差別主義者だとでも言いたいの？」とヨハンナ。
「それ以外の何があるんだよ」とぼくが返すと、ジェニファーが
「マーは白人の女子に怒っているのよ」と言って、みんな一斉に笑い出した。
ジェニファーは自分がラティーナだから他人事みたいに言っている。そもそもマサラチャイブロンドのヨハンナが白人に含まれるだなんて、さっきの彼女の反応を見るまで知らなかったし、別に白人の女子のことなんかどうでもよくて、もっとも奇妙なのはこの街が明らかにぼくの遺伝子にロックをかけているってことなんだ。
アリシア・キーズにちょっと似ているミシェルが
「ヨハンナも彼女を見たらびっくりするよ。彼女はそれだけホットなの」と言い、ぼくのほうを見て
「胸もあれはナチュラルよね？」と訊くので、たぶんねと答えた。ジェニファーが
「私も別のパーティで彼女を見たわ。彼女は超絶ホットよ。私が抱いてほしかったくらい。なんでマーなのよ……」と言い、そして、すぐに「冗談よ」と付け加えた。何が冗談なのか意味がわからなかった。
「で、どうだったのよ。『ホワイトガール』との悲願の初体験は」
ミシェルが面白がって訊いてきた。

どうだったか――レイチェルは雑誌プレイボーイもびっくりの悩殺ボディで、全盛期のブリトニー・スピアーズみたいな子だった。彼女は元々ぼくと同じ住居棟に住んでいる清楚系ブロンドのアシュリーの友達で、オレンジ郡から一週間くらいこっちに遊びに来ていたんだ。あの時、住居棟の外でぼくのネイバー連中と一緒にたばこを吸っているとアシュリーが
「レイチェルはアジア人が好きなのよ」とぼくを小突いてくるので、ぼくは
「君って変だね」とレイチェルに言った。彼女はこっちを見てもじもじしていた。

数日後だったか、ネイバーたちとパーティに行った。ぼくはエクスタシーもやっていたし、お酒も結構飲んでいたのでソファーでまったりしていると、気付いたら彼女が隣にべったりくっついてきてぼくにキスをした。パーティが終わると結構ぐるぐるだったのでアシュリーたちにおやすみを言って、自分の部屋に戻ろうとすると、アシュリーが走ってきて
「レイチェルは今夜は独りになりたくないって言っているのよ」と耳もとでこそっと言ったのをおぼえている。

最高な夜だったけど、ぼくは一つ問題を抱えていたんだ。

「どうだったって言われてもなあ……」

「言いなさいよ」とヨハンナ。

「でもその夜ぼくは、エクスタシーをやっていたから、ほとんど勃たなかったんだ」

「ほら。役立たずじゃない」

ヨハンナが刺し返してきたのでぼくは笑った。

「とはいえやることはやったんでしょ。どうなのよ、彼女っていい頭を持っていた？」とミシェル。

「マーにその意味ってわかるのかな」とヨハンナ。

「私がこの前に教えたから大丈夫よ。ね、教えたよね、マー」とジェニファー。

ぼくがにこにこしてうなずくと、ミシェルは
「で、本番はどうだったの」と訊いた。

「本番は成立していないでしょ、だってマーは勃たなかったんだから。なんなのよ。こっちにばっかり文句言って」とヨハンナ。

「いや、完全に勃たなかったわけじゃないよ。それにセックスも最高だったよ。おっぱい大きいし」

「だったらなんで、ケイシーにひどい事を言うのよ。何かケイシーに嫌な事でも言われたの？」とジェニファーが言った。

「そうよ、何が嫌なのよ」とヨハンナ。

「何も言われてないよ。ケイシーがたまたま横にいたから、ぼくの八つ当たりの対象になっただけ。どんな話の流れだったかなんておぼえてないけど、なんとなく下に見られているような気がして、むかついて思わずそれを言ってしまったんだ……」

女子が同情を寄せるような声を漏らす中、

「下に見ているだなんてそんなことないわよ」とジェニファーが言った。

ともかく、ぼくのことばを聞いてケイシーが思いっ切り顔をしかめた時、ぼくは胸がきゅんきゅんしてたまらなかった。気になる子をちょっとだけ傷つけると、ランダムに襲ってくるこの胸の痛みは独特で、ほかのドラッグには代えられないんだというのがぼくの本音だ。あの時は、野郎どもはばか笑いしていたけど、クロエにも「今のマーは優しくない」と静かに怒られたから、ぼくはケイシーに相当まずいことを言ったのだろう。

「そういえばうわさでは、本番後に彼女の服をクローゼットの奥に隠したって聞いたけど、それも本当？　なんでそんなことをしたの」

「うーん」とうなると、ぼくはため息をついてスプーンを置いた。

「彼女もぼくも結構酔っていたのだけど、服脱いで、さぁって時に、彼女はエクスタシーが欲しいと言いだしたのさ。でも手持ちがなかった。ないならいいよと彼女は言ったけど、ぼくは買いに行くことにしたんだ」

「彼女と一緒に行ったのよね」とヨハンナ。

「ううん」

「ばかじゃないの、あんた。一緒に行けばいいのに」

「そうね。私なら嫌よ、置いてかれるなんて。そもそも買いに行くのが失敗なのよ」とジェニファー。

そういえばエクスタシーを買いに行った時、黒人グループの連中と、中国系アメリカ人女子の売人に

「実は部屋でブロンドの女子が全裸でぼくを待っている」と言うと彼らは「お前ここで何してんの?」と笑い「早く帰れ」と言った。

「で、その先はどうなったの」とヨハンナ。

「それで、部屋に戻ると彼女は寝ていて、起こしたら、エクスタシーはもういらない雰囲気になっていたのね……セックスはしたけど、結局ぼくがほとんど勃たなかったから消化不良だった。ぼくはエクスタシーをやっていたから、朝四時ぐらいまで幸せすぎて眠れなくて、彼女のむちむちなおっぱいを触りながら、朝にもう一回ちゃんと彼女とセックスをしたいと考えたんだ」

「それでクローゼットの奥に彼女の服を隠したと。でもなんで」

ヨハンナはまだ理解できないという表情で訊いてきた。

「マーは、彼女が先に目を覚まして、私の服どこって彼女に起こしてもらえると思ったのよ」とジェニファー。

「そうだよ。でも起きたら、彼女はもういなかったんだ。彼女の友達のアシュリーが部屋に来て服を見つけたらしい。服を見つけるのに大変だったんだからとすごく怒られた」

「もったいないな。そんなことだから、いつまでたっても彼女ができないのよ。アメリカの女はそういうんじゃないのよ」とため息混じりに言った。

ヨハンナはそれを聞いて、

「マーはセクシーだから大丈夫よ」と言い、口角を上げると、
「とっても小さくてかわいいわ」とぼくを皮肉った。
アメリカの女はそういうんじゃないって、ぼくの友達は、男も、女も、こういうときに決まって口をそろえて言う。でもみんな具体性がないとぼくは思っていた。こいつらのこだわりの言い分を聞いていると、ぼくには米国式の「肉のおいしい焼き方」の話にしか聞こえなくて、そのたびに、ぼくは来る国を間違えたかと唇をかんだ。ぼくはこんなムキムキの恋愛じゃなくて、もっとロマンチックな恋がしたかったんだ。

おなかがいっぱいになると、バスルームでみんなでジョイントと呼ばれる紙巻の大麻を吸って、ぶりぶりでぼくはリビングのソファーに座った。横にぽつんと小学生が好んで使いそうなダサいリュックが置いてあったので、中を開けるとラップトップが入っていた。
「このダサいリュックは誰の？ ラップトップをぼくに貸して」とキッチンにいるみんなに訊くと、ミシェルが皿を洗っている手を止めて
「私のよ。いちいち失礼な人ね。私だってそのリュックがやばいのはわかっているわ……ほかにいいのがないのよ」と言った。ヨハンナが
「そうだ！ ミシェルに新しいリュックを買ってあげれば？ いいことあるかもよ」といたずらっぽく笑った。

ヨハンナの言っていることはとりあえず無視して、ラップトップの電源を立ち上げ、デスクトップ上

のフォルダを片っ端から開いていくと、ミシェルの自撮りの全裸写真がたくさん入ったフォルダを見つけた。ミシェルは椅子に反対に座って、尻をぼくのほうに突き出して、こっちに振り向くようにほほえみかけていた。いいじゃんと思いながら、別の写真を見ると今度は前から撮っている写真だった。ふうん、ミシェルって……パイパンなんだと思いながら、後でゆっくり見ようと思ってSNSに何枚かアップロードしておいた。あそこまで見えるやつはないのかなとほかを全部チェックしていると、ヨハンナがぼくの隣に来たので、ぼくはしかたなくラップトップをパタリと閉じた。彼女はえへへと笑いながら、ぼくの耳もとでささやいた。いたずらな吐息にぞわぞわとするぼくがいる。

「ねえ、エクスタシー持っていない？」

「持っているよ」

「これから一緒にやらない？」

「え、今やるの？　ま、たしかにいい時間だけど」

「もしかしたら私、恋に落ちるかもよ」

「どうだろうね」と言い、ぼくはエクスタシーをヨハンナと一個ずつ飲んだ。お金はと訊かれたのでいらないと言うと、ヨハンナは大げさに喜んだ。

「前から訊いてみたいと思っていたんだけど、なんでマーはドラッグをやるの？」

「え、気持ちいいから」

「あんたってたまにシンプルに本質をつく時があるよね。ばかばっかりやっているように見せて、実は頭いいんじゃないの」

「気持ちいいからじゃだめ？」

「だめじゃないけど、あんたは何かほかの目的がありそうな気がするのよね……」

「ほかの目的って例えば？」

「わからないから訊いているのよ。あんたってＬＳＤの愛好家だし、何かある気がする。ま、目的はどうあれ、私はマーが心配。ドラッグには越えちゃいけない線があるの。みんなそれを守っている。ヘロインだけはやっちゃだめよ。私と約束して」

「わかったよ」

ここいらの学生は、ドラッグに対して明確な線引きをしている。線は「精神的依存を形成する物」と「身体的依存を形成する物」の間に引いている。ヘロイン、クラック、シャブはやったことがないので、身体的依存に関しては、ぼくもよく知らない。

しばらくすると、誰かが部屋をコンコンとノックした。ジェニファーがドアのほうへ走って行き、ドアののぞき穴から外を見て「風紀委員！」とこちらに小声で叫ぶと、みんなは一斉にお酒を隠したので、ぼくもビール瓶を二本、ゴミ箱の裏に隠した。ちなみにアメリカでは二十一歳からしかお酒が飲めないからぼくも未成年だ。ぼくは十八でイギリスに行って、お酒が飲めるようになって、十九で日本に帰ってまた飲めなくなって、しばらくして成人して、二十歳でアメリカに来てまた飲めなくなったんだ。

ジェニファーがドアを開けると、おそろいのポロシャツを着たバビロンが、数人ぞろぞろと入ってきた。元はぼくたちと同じ学生のくせに、彼らはなぜかぼくたちを取り締まる側にいる。ミシェルと一緒に窓際で傍観していると、風紀委員は、ぼくがゴミ箱の裏に隠した空のビール瓶を得意げに掲げた。すぐにほかの風紀委員が別の場所に誰かが隠したビール瓶を見つけたので、これはもうぼくのせいじゃないと思った。ジェニファーはうなだれた表情で、学生証の番号を取られていた。そして風紀委員はバスルームにぼくが裸のまま放置したマリファナを見つけた。後日呼び出しを受けるのだろう。警告で済むこともあるけど、今回はマリファナも見つかっているので、完全にアウトだった。風紀委員はこっちにも回ってきて、学生証を出すようぼくに言った。ぼくはつたない英語で、自分は日本から来た観光客だと主張したが、

「あんたの事は知っている。いいから早く学生証を出して」と一蹴された。

部屋を追い出されたので、建物の外でミシェルたちとたばこを吸っていると、ミシェルがオークランドでレイブをやっていると言いだしたので、行こうかという話になった。ほかの女子は行かないと言ったので、部屋にいるジェニファーに電話して、

「ぼくをどうしてもレイブに連れてってほしいんだ」と説得した。

部屋に戻ると女は準備を始めたので、ぼくはジェニファーに新品の歯ブラシをもらって、キッチンで

歯を磨いていると、ピーター・ビヨーン・アンド・ジョンの「ヤング・フォークス」の口笛のイントロが流れてきた。泡あわになった歯磨き粉は、シンクでペッと吐き出した。

テレビのチャンネルを適当にいじっていると、犯罪物の洋画が目に留まった。しばらく観ていると、映画の中で英語が話せない設定の日本のマフィアが登場した。マフィアのボスは化かし狐のように細い目をしていた。そしてそいつはあろうことか、カタコトの日本語を話し出したのだ。むかついて思わずリモコンを壁にぶん投げると、電池が外れてコロコロとキッチンに転がった。ジェニファーが、どうしたのとバスルームから声を上げたので、なんでもないとぼくは言った。冷静になってフレームがイカれたリモコンと電池を拾い上げると、チャンネルを変えた。テレビ台の下の段を見ると、この前にぼくがジェニファーに貸してあげた「豚が人間のことばをしゃべる映画」のＤＶＤが立てかけてあった。半分くらい一緒に見たけど、彼女はレズビアンだからか、

「どんなにこの豚がキザな事を言おうと、所詮は豚なのよね……」と言っていたので、あの時はもう返してもらおうかなと思ったけど、もう少しここに置いておこうと思った。

だいぶエクスタシーが効いてきてうっとりとし始めると、ジェニファーとミシェルが、気合いの入ったカラフルなレイブ衣装をまとい登場した。ヨハンナはネルシャツのままだった。外でタクシーを拾うと、後ろの席でぼくはヨハンナとこちょこちょして遊んだ。しばらくしてタクシーはオークランドのレイブに着いた。

そこは高架下の空き地のような場所で、キャンプさながらにあちこちで火をたいていた。最も大

きい火のそばには、海岸の防波堤のような横に長い石のブロックがあり、タトゥーをした人がたくさん集まって火を眺めていた。すぐにそこがぼくの定位置だとわかった。ジェニファーとミシェルはミーハーなので、人混みに吸い寄せられるよう入っていった。エクスタシーをやっているせいか、所狭しに動き回る光が残像となりぼくは少し酔った。ぼくとヨハンナは石のブロックの上に座り、火を眺めながらジョイントを吸った。吸い終わるとヨハンナは、

「私、ケタミン探しているんだ。ここだったら見つかりそうな気がするのよね」と言い人混みの中に消えていった。しばらくして、ヨハンナが戻ってきて目を輝かせながら、

「マー、十ドル貸してよ、ケタミンを売っている売人を見つけたの」と言うので、十ドル貸してあげると、ヨハンナは「うっほー」と言い、また消えていった。そして彼女は戻ってくると、プラスチック袋に入った粉をぼくに見せてくれた。

「マーもやる?」

「うーん、やらない」

「珍しいね」

「ヨハンナの面倒も見なきゃいけないし」

「あら紳士じゃない、これまた珍しく……ねえ、どうやってやればいいと思う? ジョイントにして吸うとか、飲むとか」

「いやいや、鼻でしょ」

ヨハンナは石のブロックの上にカードを敷いて、上にケタミンの粉を置くと鼻から吸った。そして満悦した表情を浮かべた。

「これ最高ね！　ワーオ」

ヨハンナはしばらくは興奮して子どものようにその辺を駆け回っていたが、ぼくの目の前に戻ってくると、おっとっとと足をふらつかせた。

「オーシット……」と言ったかと思うと、徐々に声のトーンを下げながら、

「シット……」と繰り返して言い、ふらふらし始めた。転んで頭をぶっては危ないと思い、ぼくはしかたなくヨハンナを石のブロックの上に引き上げた。ヨハンナを寝かせるために、隣に座っていた人には、「ごめんね」と言ってどいてもらった。彼らは気にしないよといった素ぶりをした。ヨハンナは石のブロックの上でぐでんと寝転がっていた。恐らくちょっとしたバッドに入ったのだろう。

「ヨハンナ、大丈夫？　ぼくが見える？」

「ファック……」

そのうちぼくが呼びかけても、ヨハンナは何も答えなくなった。そしてシャツからピンク色のおなかを出し、痙攣して反り返った。ぼくはなんとなくヨハンナにひざ枕をしてあげた。よく見ると彼女は少し泡を吹いていた。ヨハンナの左腕をちょっと借りると、彼女の着ていたフランネルシャツの袖口で口元の泡をぬぐった。目がいっちゃっているのでどうしてもそっちに目がいくけど、ヨハンナはぼくの周りでも一番肌がきれいだと思う。たぶん後でバレるので控えめにだけど、彼女のほっぺたを軽

く指で突っついてみた。弾力感があってぷくっとしていて、まあつまり小学生みたいだ。しきりに肩をさすっても彼女は反応しない。

ぼくは隣に置いてあったケタミンの粉が入ったプラスチックの袋を手に取った。暗くてよく見えないけど、豚の餌でも入っていたのだろう。腐敗した商業主義の悪影響がこんなところにも及んでいるなんて世も末だなと思った。ぼくはこのゴミを掃除したい。そんな社会中を巻き込むようなことを、どうやって実現させるのだろう。パチパチと燃え盛る炎と、丸焦げの豚を目の前に、胸に抱えてきた思いが頭をよぎった。燃えたぎるような熱い思いだ。

ぼくはとりあえずたばこを吸って、続いてジョイントを吸っていると、ジェニファーとミシェルが戻ってきた。

「ヨハンナ、どうしたの?」

「なんか、ケタミンやって倒れちゃった」

「オーマイゴッド!　どうしよう。救急車呼ぶ?」とミシェル。

「呼ばなくても大丈夫だよ」と言ってぼくがマリファナのジョイントをパスしようとすると、ミシェルはキッとぼくをにらんだ。そんな中、ヨハンナが首を起こした。

「ヨハンナ!」二人は声を上げる。

「大丈夫……」とヨハンナは言った。

それからぼくたちはタクシーでキャンパスに戻った。ヨハンナは後ろでぐったりとしていて、声がかすれて出なくなっていた。これはぼくが今まで行ったレイブの中で最も滞在時間が短かった時のお話だ。タクシーの窓の外から見上げる空は星がきれいだった。

＊

水曜の夜八時くらいにぼくは部屋の自分の机で宿題をやっていた。日常の誘惑にぼくが逆らうことはまずないので、たまった分のつけは大きい。無理だ。そう思えど、宿題をやっている偉い自分に、ぼくは完全にのぼせている。真面目に取り組んでいると、部屋にゲイのルームメイトが戻ってきた。この前の出来事があるので、ぼくは彼とは気まずかった。誓って何もなかったが、それでも気まずかった。考えてもみれば、ゲイの青年相手にわいせつ物を丸出ししたのだ、セクハラで訴えられても文句は言えないだろう。軽く目を見合わせて、「ヘイ」とだけ挨拶をすると、彼に干渉しないように机に視線を戻した。ぼくのルームメイトはアメフトの選手みたいな体格をした白人で、ほとんどいつも部屋にいなかった。ぼくが初めてこの部屋に来た時に、寝具はこの街のどこで買えるのでしょうか、と尋ねたら「知らねえ」と言われたので、むかついてそれからまともに口を利いていない。彼は何回もわざとらしくため息をついて、服をかばんに詰めると部屋を出ていった。

この部屋は四人部屋なので反対側にもう二人のルームメイトもいるけど、彼らとの関係はすでに修復不可能なものだった。ぼくがトイレを詰まらせてバスルームを汚水まみれにしたり、シャワーヘッドを壊したりしたからだ。ぼくはこの国では薬のやり過ぎでいつもおなかがぎゅるぎゅるいっていたし、トイレットペーパーは野球ボールのように丸めて使う悪い癖がある。現在までも旅先でたくさんのトイレを詰まらせてきたが、今回は、直下の部屋のバスルームで、ちょっとしたホラー映画のように汚水が天井を伝ったらしいので、自分でも少々たちが悪いなと思った。汚水を吸うための業務用バキュームを学校から借りてきたが、しばらく臭いが染み付いて取れなかった。これには自分でも嫌気がさした。どんどん下降していたルームメイトとの関係性にも一度だけ転機が訪れたことがある。

いつだったか、ぼくが部屋に戻った時に珍しくルームメイト三人そろい、未成年のくせに酒を飲んでいたことがあった。酔っ払っているのか、妙にご機嫌だった。どうやらクラスでルームメイトの話題になり、ぼくの名前をあげた瞬間に、クラス中の人間が反応して大変な騒ぎになったらしい。「あのマーのルームメイトなの?」と言われ、ルームメイトたちはぼくに対する見方を変えた。三人が「女子がいるパーティに行きたい。女子はどこだ」と言うので、適当に探して、女子ばかりのパーティに連れていくと、なぜか三人とも隅っこで固まっていた。そもそも一人はゲイじゃなかったのか、どっちなんだと思った。そのパーティ以降はまた話題がなくなり、元どおり、互いにとって不都合な存在のルームメイトというありがちなさやに収まった。彼らには一方的に迷惑をかけた事しか記憶にない。

おなかがすいたのもあり、宿題の相談に、ネイバーの部屋に行くと、彼らは和気あいあいとキッチンを囲んでいた。ぼくはヘイブラザーなんて言いながら、彼らの冷蔵庫を開けた。学生の冷蔵庫ってなんでこんなに寂しいんだろう。冷凍庫を開けると、束になったフレンチドッグを見つけた。袋の上に、油性ペンで、アシュリーと名前が書いてある。アシュリーという女はこの部屋にいないので、ぼくはまるまるとしたフレンチドッグを二つほど取り出し、デニムのポケットにしまってあったドル札を二枚冷凍庫の中に入れた。

オーストラリアから来た交換留学生のマークが、ピーターパンみたいな顔で、

「またアシュリーに怒られるぞ、この前もアシュリーのマカロニ・アンド・チーズと、大量のチーズがないって騒ぎになったじゃないか」と言った。

「それはぼくじゃないよ」とぼくが言うと、黒人でぼくのネイバーのトーマスが、

「マーのその台詞はアメリカの子どものそれそっくりだな。悪いことをして親に問い詰められた時に子どもはそう言うのさ」と言い、レンジの前で親と子を一役でこなす下手くそなロールプレイを披露した。『ビバリーヒルズ・コップ』のエディー・マーフィーみたいに陽気なトーマスのずうたいが邪魔だったので、ぼくは彼を押しのけると、フレンチドッグをレンジでチンした。

「そもそも、お前らがいつも夢のように語る業務用スーパーとやらに、ぼくを連れていってくれないからいけないんだ」

「今度連れてくよ」とマーク。

ぼくは皿に砂糖をいっぱい準備し、レンジの中のフレンチドッグをしばらく眺めていた。レンジが終わった音が鳴ると、ほかほかの湯気を立てるそれをレンジから取り出し、油を持ったパン生地が雪一

面になるよう、くるくると砂糖をくるませた。食べると口の中いっぱいに広がる砂糖とソーセージの禁断の組み合わせ。これはぼくのふるさと北海道の味だ。甘くておいしい。

「そういえば、マーはキアンとはあれからどうしたんだ?」とトーマス。

「別にどうもこうもないよ」

ぼくが答えながらも砂糖をぽろぽろと床にこぼすので、トーマスは
「こぼすなよ」とぼくに難しいことを言い、立てかけてあったモップを取り出すと床を掃除した。

「キアンって誰だっけ」とマーク。

「この住居棟の三階に住んでいるチャイニーズの交換留学生さ。マーが狙っている。この前にマーは彼女の部屋に突入したのさ。でも話の内容が全く意味がわからない。マークにも話してやれよ」

トーマスが白い歯をのぞかせながら、ぼくに説明しろと言ってきた。前から思っていたけど、彼が歯を出して笑う時は、黒と白のコントラストがパキッと出ていて誠に美しいのだ。ぼくは食べていたフレンチドッグをごくりと飲み込むと一息ついて語り始めた。

「えーと、彼女の部屋に行ったら、彼女は故郷の中国茶を出してくれて、ぼくはソファーに座りながらまったりしていたんだけど、急に彼女の友達の日本人留学生の女子が一人遊びに来るって話になった」

「だけどその子はすごい怖い子だったたんだ」

「怖いってどういうふうに?」とマーク。

「よくわかんない。だけどぼくは彼女を見ると全身の震えが止まらなくて、部屋から退散した」

「な、言っている意味がよくわからないだろ」とトーマスがマークに言い、マークは、

「うん、さっぱりわからない」と言った。

フレンチドッグを食べ終わると、ぼくは皿をさらっと水洗いし、備え付けの食器洗濯機に放り込んだ。フレンチドッグの余った棒はシンクのディスポーザーに放り込んで、スイッチをオンにすると、ギンギン嫌な音と、ぼきぼきっと棒が折れる音がした。

キッチンでジョイントを巻いていると、トーマスの携帯が鳴り、彼は電話を取るなり豹変した。どうやら黒人のブラザーと話している模様で、先ほどまでの牧師の息子のような話し方から、ギャング口調に切り替わっている。黒人たちの厳しい男社会を象徴するなんともオツな光景で思わずにやけてしまう。

「どうしてトーマスは黒人のブラザーと話すときに急にギャング口調になるんだろうね」

「それ、わかる」とマークが笑った。

ぼくたちはニンマリとハイファイブをした。

バスルームでみんなでジョイントを吸っていると、トーマスが涙目になってむせながら「マーの大麻は強すぎる！」と言ってぼくの肩にパンチしてきた。そんなこと言われてもねと思うと笑ってしまった。

そして、ぼくは抱えていた映画のクラスの宿題の話をした。彼らなら妙案があるかもと思った。

「で、教室にある物を一つ使うショートフィルムで、ぼくのグループはなぜか椅子を選んだ。ぼくは

編集を任されているのだけど、編集で救えないほど素材が悪いんだ。しかもテーマは、捨てられる古びた椅子の物語だよ、ダサいし、何がしたいのかすらわからない」

ぼくは二人にラップトップでその素材を見せた。

「たしかにこれはひどいな。こいつら椅子に立ったり、座ったりしているだけじゃないか。しかも椅子にガムテープで顔が書いてあるしな。小学生だ」とトーマスが失笑した。

「でも、グループワークだったら、なんでマーだけ編集をやることになっているんだい?」とマーク。

「ぼくは撮影の時にみんなとけんかして、マーは何か独自な考えがありそうだから……と、さんざん嫌味を言われて、編集を押しつけられたという経緯なんだ」

二人はくっくっとこらえきれないように笑い出した。そしてトーマスが、まるで天からアイデアが降ってきたかのように、自慢のアイデアを語り出した。

「そうだ、こういうのはどうだ。女に向かって椅子が顔面騎乗位みたいな感じで、俺の顔面に座ってくれと女に語りかけるボイスオーバーを乗っけるのさ。そして実際に椅子に跨るシーンとつなぐ。そこでこいつらに『ビッチ』って言ったら最高に面白いと思うよ」

「いいね。それにしよう」

「でも大丈夫なのか。教授が厳しい人だったら怒られるぞ。マーのシネマのクラスの教授はどんな人なんだ?」マークが心配そうに言う。

「黒人のおじさん」

「黒人だったら大丈夫だ。このユーモアがわかるはずだ」とトーマスは胸を張って言った。

その時、アシュリーと思わしき金切り声がキッチンのほうから聞こえてきた。アシュリーのフレンチドッグをぼくが食べたのがこんなにも早くばれたのか。ぼくたちが焦ってキッチンに戻ると、アシュリーが怒髪天をついた表情で立っていた。彼女はブロンドで年齢の割には顔にしわが多いので、いつもぼくはその事をネタにしていたけど、こんなに怒った顔をした彼女を見るのは初めてだ。眉間にものすごいしわが寄っている。

「マー、何度言ったらわかるの、なんでこんな危ない物をキッチンに広げているの！」

そう言うとアシュリーはシンクの横にぼくが置き忘れたドラッグを指さした。透明なビニール袋に入れていたから、中が丸見えで、かつ結構いろいろ入っている。それはいいとしてまだ水曜の夜八時なのにアシュリーが超酒臭いのはどうなんだと思った。後ろではアシュリーの彼氏が心配そうに千鳥足で騒ぐ彼女を後ろから支えていた。

「あんたこれどこで買ったの、いくらしたの。言いなさいよ。私が全部買い取って捨ててやる」

アシュリーは金持ちの娘だから、こんなことを言うんだ。

「嫌だよ。これはそこらへんで買える物じゃないんだ」

「あんたいつか捕まるわよ。大麻はまだしも、このアシッドなんて捕まったら重罪よ。しかもあんた留学生でしょ。日本に送り返されるわよ」

アシュリーにかなりまともな事を言われたので、ぼくはしゅんとして黙ってしまった。トーマスもアシュリーに圧倒されたのか、ぼくの横できょとんとしていた。

「まあまあ、マーも気をつけるってことで、この話は終わりにしよう」とマーク。

アシュリーがずっとぷりぷり怒っているので、ぼくは自分の部屋に戻り、映画のクラス用にトーマスのボイスオーバーを録った。

＊

何が黒人だったら大丈夫だ。ぼくは今、フードを頭から深くかぶり、教室の窓側の席で存在感を消している。さっきまでは自信満々な表情を浮かべていた。自信があったのでグループ内に共有もしなかった。照明が落とされた教室では順番に発表が行われた。みんなはほかのグループの作品に笑ったり拍手をしたりしていた。さて、いよいよぼくのグループの番が来てぼくの編集した映像が流れだすと、クラス中にはどよめきが起きていた。空気が凍りつくのを肌に感じた。ぼくのグループの映像が終わって教室の灯りがつくと、黒人の教授には「こんなものは作品と呼べない！」とこっぴどく叱られた。そんな中、一人だけ、冒頭から笑い転げていたやつがいた。長身のイタリア系アメリカ人のリカルドだ。ぼくは教室の時計が終業の時刻を刻むのを、今か今かと待ちわびていた。

終業のチャイムが鳴ると、ぼくは逃げるように真っ先に退散した。廊下を歩いていると、こちらに向かって走ってくる大きな足音が聞こえた。

「最高だったじゃん。超面白かったよ。気にすんなって。それよりもあのトランスの曲は、なんてタイトルなんだ」と言い、リカルドが大きな手でポンとぼくの肩をたたいた。

「あんな恥ずかしい思いするなんて思わなかったよ」

「そんなことないさ。一発世間の目を覚ましてやるという最高のギャグだ、あれは」

「アメリカで女の人に、ビッチって言っちゃいけないのかな……前にもＤＳＡで、テイラー・スウィフトによく似た女の子を泣かせちゃった事があるんだ。ぼくは悪気がなかったから、びっくりした。お願いだから私をビッチって呼ばないでって彼女は泣きながら言ったんだ」

「そっか」

「まぁそれはね。ビッチとか、さらに悪いのは、カントだ。カントなんて言ったらもうお終いさ。皿の一枚や二枚が飛んでくること、ヒステリックな金切り声、最悪殴られることを覚悟するんだね」

「ここは紳士の国だからね。女の人には優しくしてあげないといけないのさ」

「どうして女の人には優しくしなきゃいけないの？」

ぼくが訊くと、リカルドは驚いた表情をし、周りを確認した。廊下にあまり人はいなかった。リカルドはひそひそ声で言った。

「それは男が女よりも頭が良いからさ」

「え、それ本当なの？」

「本当さ。世の中の構図を見てごらん。男のほうがいい仕事についているだろう？　狩猟民族の時代からずっとこういう関係性だ」

「それ、本当なのかな……うちはお母さんのほうが、父親より頭が良かったけどね」

「すごいね。マーのお母さんは何をしている人なんだい」

ぼくはことばに詰まった。そして適当な嘘を言った。

「専業主婦だよ。そういえば、講堂の近くのお店で売っているピザは最高だよね。ぼくはアンチョビのトッピングが好きなんだ」

「今度、俺の父親のピザをマーにも食べさせてあげたいな。父親はオレンジ郡で店をやっているんだ。今度休みにでも遊びにおいでよ」

＊

アメリカといえばのハウスパーティ、やはり人の家に土足で踏み込んで、この世の終わりみたいにすべてを忘れて、ばかをやるのはいつだって楽しいものだ。ビクトリア調のタウンハウスの外では、ドアの周りに人が集まりたばこを吸っており、中からは耳がおかしくなりそうな音量で、マック・ドレーの「フィーリング・マイセルフ」が聴こえてきた。マック・ドレーはベイエリアでは伝説のラッパーで、ぼくがこの街に来る二年前くらいに銃で撃たれて死んじゃったけど、ぼくたちの心にはずっと残り続けている。中に入ると四十オンスの瓶ビールを片手に野郎どもが曲のフレーズを大声で歌っていた。卓球台ほどの大きさのテーブルの周りには人が集まってビアポンをやっていた。あまりの熱気に思わず目を細めていると、リビングの中央でソファーに座っていた白タンクトップにミリタリーパンツのブロンド美女が、ぼくを見つけて跳びはねてわめきだした。

「信じられない！　マーがここにいる！」

なんだ、ここはメルの家か。そう思っていると、メルがぼくに飛びつきぶら下がってきた。汗ばんだ白い腕が首に巻きつくと、ちょっとひんやりして気持ち悪かった。

「重いよ」

「ここは私の家なの。何飲む？」とメル。

ぼくが考えていると、メルは肩の関節が外れそうなくらいぼくの手を強く引っ張りキッチンに連れ出すと、適当にお酒を作り始めた。冷蔵庫を乱暴に開けて得体のしれない液体を何種類か瓶から注ぐと、後は指でかき混ぜた。メル特製カクテルの完成だ。その指をしゃぶりながら、グラスをぼくに押しつけた。

「それであんたきょうは、なんのドラッグやっているの」

「エクスタシー」と言いながら、もらったお酒を飲むとぴりりと渋いスパイスの味がする。

「ほかに何もやっていないの」

メルは挑発するかのように、ぼくの首をそっとなでる。ぼくはくすぐったくて首を避けた。

「あ、そうだ。コーク持っているよ」

「あんた、コークも持っているの？　私もきょうやりたかったんだけど、売人が全然捕まらなかったの」とメル。

「よかったね、ぼくが来て」

ぼくはポケットからビニールに入ったコカインの塊を取り出すとキッチンに広げた。ポケットの中で擦れたのか一部が粉になっていたから、つまんで歯茎にこすりつけるとメルも続いた。どことなく歯磨き粉の味がする。歯茎からツーンとした感触が脳をかすかに刺激した。

「すごい。コークをロックで手に入れるなんて！　あんたのコネクションってどうなっているの」

「そりゃ、ぼくは品質にこだわるイカレた天使だからね」

「それ、言えているかも。おいで。ラインやろう」

メルに手を引っ張られ、リビングのソファーに座らされると、ぼくの背中は脊髄の感覚がないくらい深く底へと沈んでいった。このソファーは座面が通常の一・五倍くらい広くて快適だった。周りには気付かないうちに人だかりができていた。彼らは口々に
「五ドルやるからラインをやらせてくれ」と言うので
「そんなのいらないよ」とぼくが言うと、彼らは
「こいつはマイボーイだ！」と言った。そして誰かが曲を、ルーニーズの「アイ・ゴット・ファイブ・オン・イット」に切り替え、勝手に盛り上がっていた。ここいらのパーティでは、地元のラッパーの曲

がよくかかるんだ。メルはテーブルの下から、平たいガラスの板と大きい刃渡りのコンバットナイフを取り出した。コカインの塊をガラスの板に乗せると、コンバットナイフに思い切り体重をかけてそれを粉々にした。カードで小気味よくコカインの粉をライン状に分け、くるくる丸めたドル札を使い、一気に鼻からコカインを吸い込むとソファーの背面にのけぞった。

「結構いいやつでしょ」

「混ぜ物一切なしね」とメル。

「それは、どうだか」

メルはくるくる丸めたドル札をぼくに手渡したが、ドル札は汚いのでストローを借りることにした。メルがキッチンに走っていく間、ぼくはカードでコカインの山から少し粉を崩し二つのラインを作った。戻ってきたメルから、マイストローを受け取り、左の鼻からコカインを吸うと、かっ飛ぶような爽快感にもん絶した。次に右の鼻からコカインを吸うと、右と左でパズルがしっくりとはまった感じがした。

ぼくは「気持ち良くなっちゃった……」とメルに伝えると、メルの太ももの上に背中を乗せるように寝転んだ。足は反対側に座っていた女子の太ももの上に乗っけて、この座面の広くてふかふかな逸品のソファーにて、天使の羽根を休ませた。

「マーはきょうエクスタシーもやっているんだもんね」と言いながら、メルがぼくのハットをとって髪を撫でてくるのでくすぐったかった。赤毛の女子が

「えー、そうなの」と言いながら、ぼくの足を軽くマッサージしてくれた。

いつだって必要なのは、友達と一握りのドラッグ、それらはぼくをこれほどまでに裕福な気持ちにさせてくれる。

「あんたっていつもコークやっているの？　アシッドばっかりやっているイメージだったけど」

「たまにだけだよ。だってコークってさ、過大評価され過ぎだと思うんだよね。翌朝ものすごい鬱になるし、やった後も、で？　ってなっちゃうし、何がいいのかよくわかんないけど、とりあえずやっている」

「え、でもコークってアッパーの王様だよ」とメル。

「ま、こんな物がアッパーだったら、世にいかにアッパーが足りないかってことだね。少なくともぼくはこいつの品質にはまだ満足していない」

ぼくはテーブルの上のコカインを指さした。そして起き上がって、もう一回ラインをやろうとガラスのプレートをひざの上に乗せた。

「私はこのコークはそんな悪くないと思うけどな……」

ラインをやると、何か物足りない気持ちがぼくを支配していった。それに、鼓動のピッチが、ぼくの希望のピッチと違う。ぼくはプレートをメルにパスして、巻き上げてあったジョイントを袋から出すと、それに火をつけた。マリファナを吸うと、ぼくが幸せと呼ぶのはこのバランスだなと思った。

「話変わってあんた、アシッドはどれくらいやっているの」

「二週間に一回とかかな。間を空けないと、あんまり効かなくなるから」

「そんなにやって大丈夫なの？」

メルは切れ長の目を見開いて言った。

「あんたフラッシュバックって知っている？　ごくごくまれだけど、アシッドの常用者が、何もやっていない時にも、幻覚を見る現象の事を言うらしいのよ。不思議だと思わない？」

「でもそうなったら楽しいんじゃない？」

「車の運転している時だったら大変じゃない？」

おっと忘れていたと思い、ぼくはジョイントを隣の子にパスした。メルはどこか遠くを見るように視線を外して、大きくため息をついた。

「私、きょうはセックスパートナーを探しているんだ」

「見つかるといいね。コークやっている時って気持ちいいっていうから」

ぼくが対象に含まれるとは思わなかった。恐らくぼくの勘は間違っていないだろう。それにぼくはいまエクスタシーをやっているから、恐らくまた不能になるし、肌の温もりさえあればそれでいいんだ。

そんな中、ヨハンナとミシェルが来たので、メルは跳びはねて反応し、彼女たちは大げさに飛び上がってハグをした。

「今ね、マーとコークやっていたのよ」とメルがヨハンナに説明すると
「ワーオ、ねえ、私もやっていい？」とヨハンナは言った。

「いいよ。声が出るようになってよかったね、ヨハンナ」とぼくが言うと、彼女はてへへと恥ずかしそ

うに笑い、

「そういえば、この前のディナーパーティの件で学校に呼ばれた？」とぼくに訊いた。

「呼ばれたよ」

「あんた何を聞かれた？」

「何飲んでいたかと、トイレにあった大麻について」

「なんて答えたの」

「アップルジュース。あいつらさ、台本みたいな物を用意していてさ、机一列に並んで待っていたでしょ」

「そうそう。でも、しつこく聞かれなかった？　アップルジュースで終わり？」

「運がいいことに、そこに居合わせた風紀委員は、誰もぼくの事を知らなかったんだ。ぼくが部屋に入った時に、お前なんでここにいるのみたいな感じで、数人がぼくを笑ったから、ぼくは英語ができないふりをして、その台本さながらの紙を見ながら、書かれている単語の意味を一つひとつ彼らに訊いてやったのさ。そうしたら帰っていいよって言われた」

「マー、ずるい！」

「ずるくないよ。ぼくにはハンディキャップがあるんだ。君たちとは、車椅子に乗ってレーシングするようなものだろ」

「マーはラッキーよ。私なんて二回目だから、あと一回でキャンパスのハウジングを出なきゃいけないのよ」とミシェル。

「そういえばさ、ミシェルのパソコンにあった自撮りの裸の写真見たんだけどさ、あれって全部見えるやつはないの」

「あるけどあげないよ。やっぱりね。あの時、見ているなぁと思ったのよね」

「うん。あの後ね、どこかに保存したいと思って、日本のＳＮＳに上げちゃったんだ」

「え、そうなの？　で、みんなきれいって言っていた？」

返ってきた反応はきれいとかそういった感想ではなかったが
「うん。もちろんだよ」と適当に嘘をついた。

しばらくマリファナを吸ったり、お酒を飲んだりしていると、そのうちうとうとしてきて、ぼくはソファーで眠った。

目が覚めると、おしっこをしにバスルームに行った。用を済ませトイレを出ると、膝にかかりそうなくらい巨大な白いＴシャツを着た目の据わった男がドアの脇に立っており
「エクスタシーを買わないか」と訊いてきた。ぼくは十分に間に合っていたので
「結構です」と言ってリビングに戻ろうとすると、男に胸ぐらをつかまれた。
「いいから買え」と男はすごんだ。
「面倒くさいな。じゃあ見てやるよ」とぼくが言うと、男は親指でバスルームを指さしたので、しか

たなくバスルームに戻った。

男はデニムのポケットの中から、妙にカラフルな錠剤を取り出して、ぼくに手渡した。そいつはひどい豚の餌で、ラムネ菓子のようにがたがたしていた。刻印はなんて書いてあるのかわからないし、ふしぶしが欠けているし、こいつには偽物の名ももったいないとぼくは思った。男も困っているのだろう。こんな物は売れるわけもない。

「こいつはフェイクだな。そしてぼくは、自分の言っていることを、よくわかっているタイプだ。というわけで、このエクスタシーはいらない」

男にエクスタシーを返し、バスルームを出ようとすると、男はまた胸ぐらをつかんできて、ぼくをバスタブの向こう側のタイル壁にドンと押さえつけた。結構な力だったので息が苦しかった。そもそもドラッグの世界にピラミッドがあるならば、どう考えても、ぼくがいる階層はこの男のはるか上だっていうのに、ぼくはなんでこんな目に遭っているんだろう。あの世界は何をやっているんだ。ぼくが必死に抵抗していると、メルが奇跡的にバスルームに入ってきた。メルはすごい剣幕で男をののしった。そして男をバスルームから連れ出したので、追って様子を見ると、

「マーにあんなことして、あんたら絶対ただじゃすまさない。あんたの友達も全員連れて今すぐこの家から出ていけ！」と言って、男と他数人の仲間を家からつまみ出した。

ぼくがしばらく様子を眺めていると、いつの間にかいたショーンがこっちに向かってきた。ニット帽からはみ出した長めの横髪と細めのパンツが、アヴリル・ラヴィーンのＰＶにいそうなスケーターボー

イって感じだ。ショーンはまじめな顔で
「いいか、誰かれ構わずアメリカで、絶対にけんかは買うな。お前はマジでやられるから」と言った。
リビングではさっきまで陽気に騒いでいたみんなが、殺伐とした表情をし、メルがなぜか泣きながらコンバットナイフを振り回していた。ヨハンナに
「コークの残りはメルにあげる」と言い残しキッチンに向かい、メルの冷蔵庫から一キロくらいはありそうなチェダーチーズをブロックごと盗むと、ぼくはパーティを後にした。歩きながらチーズにかぶりつくぼくを見て、ショーンはやれやれといった顔で笑っていた。空を見上げると月が小さかった。ぼくは高台から見下ろしたような大きな月が好きなんだ。ＤＳＡにはまだ人がいるだろうか……。ここにおいでと隣に呼んでほしい。ぼくのことならなんでも知っていると、いつものように言ってほしい。別にかっこつけたりなんてしないよ。ぼくはこの瞬間をロックしたいだけなんだ。

＊

ある日、ぼく宛に一通の手紙が届いているのを、マークが見つけた。

「親愛なるレジデントへ」

それはご丁寧に皮肉がたっぷりこもった文章でつづられた寮長からの手紙だった。今までにぼくが働いてきた悪事がツラツラと書き連ねてある。ルームメイトがちくったのだろう。手紙の最後のほ

うにはこのような一文があった。

「つまりあなたは、バスタブで不自然に溺れ、バス周りを水浸しにし、あげく家屋の一部を損壊しました。あなたはあの時、ドラッグをやっていなかったと恐らく主張するでしょうけど、十中八九やっていたでしょう」

　なんとも真に迫っているので、思わずマークとじゅうたんを笑い転げた。そんなわけでぼくは寮長に書面にて呼び出された。弁護人としてトーマスがついて来てくれることになった。ぼくはいつもの「ことばがわからないふりをする作戦」で、この場を乗り切るつもりだった。しかし、寮長をちょろまかすのはそう簡単ではなく、ぼくたちを待ち受けていたのは厳しい目だった。入室するやいなや、寮長はトーマスに退室を指示した。「彼は英語が流ちょうに話せないので、代弁者が必要です」というトーマスの懸命な説得で彼は退場せずに済み、寮長との面談が始まった。ぼくはキャンパスを出たくなかったし、もはやなりふり構わずこの場を乗りきることしか考えていなかった。トーマスは以下のような切り口で冷静に弁護を進めた。すなわち議論というのは決して一面だけ見てするものではない。多方面からのさまざまな分析が必要だ。マーのルームメイトにも社交的な側面で問題がある、といった具合だ。ぼくはトーマスに便乗して「これは人種差別じゃないか」など、もはやむちゃくちゃとしか思えない暴論を打ち立てた。それが功を奏してか首一枚で皮がつながった。

「君は別の部屋に移す。でも次はないよ。数日で、ハウジングの担当の者より、新しい部屋を君にアサインするから、その間に今の部屋の荷物を整理しなさい」

そして数日後に知らされた部屋番号に、ぼくは笑った。ぼくの新しい部屋はまさかの四二〇号室だったのだ。恐らくこれを決めた人間は受けを狙ったのだろう。ご苦労なことだ。みんなも、「マーはこれだけの騒ぎを起こしたのに、大学は何を考えているんだ」と笑った。四二〇は、アメリカの高校生が授業を終えてマリファナを吸い始めるのが、四時二十分だったことに由来する数字らしく、ここではマリファナを示す隠語として、多岐に渡り使われている。ぼくの部屋番号が受け狙いのつもりだったのかは知る由もないけど、もし仮にこれが本当の偶然だとしても、結局はあの世界で誰かがこの街に糸を引いているだけのことだと思った。

新しい部屋は、ぼくが以前までに住んでいた建物と同じグレードの別棟で、間取りも同じだった。人間関係は少々穏やかでなく、ぼくがこの部屋に来る前から、二対一の対立関係ができていた。ほかの二人は何かにつけ一人の悪口を言った。ぼくは言われる側の彼とベッドルームをシェアする形だった。なんか面白そうだなと思ったのである日、

「ほかの二人と何があったの」と彼に訊くも、彼は答えたくなさそうだった。

ぼくは少し考えて

「ぼくは彼らよりもはるかに人気者だから、彼らが君をどう思っていても全然興味がないんだよ」

と彼に言った。彼はそれを聞くと少し迷ってから、差し違ってでも彼らを殺すという表情で、

「あいつらが嫌いだ」と言った。

彼はおとなしい見た目をしていたけど、決してほかの二人に屈しなかった。ぼくは人間のそういうところが好きだ。

＊

ぼくの周りには、ＬＳＤをやったことがある人は一定数いるものの、二週に一度のペースでやる猛者は、ぼくとアダムくらいだった。アダムはハーフジャパニーズの心理学オタクで、彼は、日本人だからぼくたちは仲間とか、ぼくたちに共通点がいっぱいあるとか、そういう主張を前面に打ち出すやつだった。でも、ぼくは概してそうは考えてなく、ＬＳＤの心理実験に興味の矛先が向いているというのが、ぼくたちの唯一の共通点だと思っていた。アダムの心理学ブログは、いつ読んでも内容がさっぱり理解できなかったし、ブログで発信するより、クラスで発表すればいいのにと思った。彼がいつものＬＳＤに崇拝しきった様子で、そのイカれた論文をクラスで読み上げれば、彼のクラスメイトも真っ青だろう。ジェニファーからは「なんであんなキモいやつと遊ぶのよ」とよく言われていた。リトルデューティはいつの間にかアダムが愛用しているのを、ジェニファーがダナにちくって、ＬＡのダナから電話がかかってきて怒られたこともあった。アダムは不思議な青年で、とかく評判が悪かったけど割と気が合うやつで、そしてぼくによく同調するやつだった。

ぼくは以前よりキャンパスの外でＬＳＤをやりたいと考えていた。キャンパスは亡霊の声が多く、周辺一帯が霊気じみているからだ。アダムも骨つきチキンのような頭をかきむしり賛同した。ぼくたちは数日かけて相当量のドラッグをかき集めたが、行き先と車の運転手は一向に決まらなかった。この問題を解決しないままトリップを開始すると、日が暮れる頃にはいつものソファーに座り、何も達成していないことに気が付くだろう。最悪なことにＬＳＤのせいで、そんなぐだぐだな状況すらも愉快に思えるはずだ。それは回避したかった。ぼくたちはＤＳＡで運転代行者を探し、ぼくたちにとって都合の良い存在にたどり着いた。デブのジャックは腑に落ちない様子で、

「それで、俺はアダムの車を運転する。それだけでお前のハーフオンスはある大麻を吸いたいだけ吸っていいのか？　そんなことだけで？」とぼくに訊いた。

ジャックはよくＤＳＡに立っているストーナーで、ＬＳＤはやらない派なのでまさしくドライバーに適任だった。幻覚剤をやっている最中はみんなばかで繊細なので、一人冷静に周りを見ることができる人間がいるとぼくは安心する。アダムの車にはもう一人乗ることができたのでメンバーを募ると、ゴブリンみたいな顔のパンクロッカーのマックスがついて来た。

ＤＳＡで四人そろうと、ぼくは今回はいつもとは少し違うぞと宣言した。ドラッグには「カクテル」という選択肢があり、最も一般的なのが、キャンディフリップで、つまりエクスタシーとＬＳＤを同時にやるってやつだ。必要かと言われるとそうでもないけど、ＬＳＤ単体だと初めに陰に入りやすいので、トリップ中腹地点までのブースターとしてぼくはよくやっていた。今回やるのはキャンディフリップに、シュルームを加えたフリップで、アメリカでは通称ジェダイフリップと呼ばれていた。

マックスが目を輝かせ

「こんなチャンスはまたとない」と大げさに言うので

「どうせやるんなら派手にやろうよ」とぼくは言った。

メンバーと運転手はそろったが、肝心の行き先はなかなか決まらなかった。もう午後の二時を回っていた。陽がかげり、今にも降り出しそうな空もようだった。車に乗り込むとジャックが助手席のアダムと行き先を二人で相談していた。ジャックの丸い背中と、はちきれそうなキャップ帽の留め具がどこか頼もしく感じられ、ぼくはもう安心と思い後部座席で幻覚キノコをむしゃむしゃ食べていた。

しばらくしてぼくたちは海岸の近くに着いたが、辺りは薄暗く雨が降っていた。車の中で準備したドラッグをやると、ぼく以外のみんなは、雨風をしのげる場所の探索に出かけた。十分くらいでアダムが戻ってくると、沿岸に洞窟みたいな場所を見つけたとぼくに言ったが、ぼくは車に残ることにした。アダムはトランクからブランケットを取り出しまた雨の中へと発った。口元が寂しく、一個二個と追加で幻覚キノコをむしゃむしゃと食べた。徐々におなかの中は物質に浸され、体は沸々と熱を発し始めた。室内灯をつけると、ぼくはこよなく愛する紫色のマリファナをうっとりと眺めた。グランダディパープルは、サンフランシスコのグローワーが作った品種だ。そこらの雑種のパープルやプードルとは紫色のバッズの色の濃さが違う。バッズの表面の蜜は蜂が寄ってきそうなくらいキラキラと光っており、車中にパープル独特のキャンディのような甘い香りを漂わせていた。次第にバッズはぷよぷよとしてきて、みのむしのおなか辺りにかすかに文字が浮き上がる。近づけてじっと見ると、どこか日本語にも見える。結局よくわからないので、室内灯を消してそれを黙々と吸った。車の中は平和に満ちあふれていた。

ほのぼのとしていると、突然携帯が鳴ったのでぼくはびっくりして飛び上がった。ポケットをまさぐっても携帯は見つからない。ハイパーテンションのチープな電子音が車内に鳴り響いていた。集中して耳を傾けるとぼくが座っていた助手席の下から音が聞こえるようだ。音だけじゃなく明確な気配も感じる。手を伸ばして携帯を取ると、なでしこからの電話だった。実は、ぼくをアメリカに送ってくれた大先生が、この街にぼくたちに会いに来ているらしいが、ぼくはまだ彼女に会っていなかった。シラフでいる時間など、朝のコーヒーを淹れるまでの二十分くらいしかなかったというのも理由としてあったと思う。そして当然この状態のぼくが、なでしこの電話を取るわけもなく、音をサイレントにして携帯は後ろの席に放り投げた。

しばらくすると、アダムたちが興奮気味に戻ってきた。マックスは海のうねりの話をしていたし、アダムは心理学の話を繰り返していた。友達と一緒に洞窟で雨をしのぎ、海を眺める行為もまた特別なのだろう。でも、ぼくは誰もいない快適な車内で心頭を滅却しており、特別得たものは何もなかったわけだが、これで十分だった。おなかの中ではたくさんの物質が分解されていった。

夜にキャンパスに戻ると、ぼくは眼前の景色に目を疑った。そこに広がっていたのは、しっとりとまばゆいばかりにきらめいた世界だった。洗い立てのキャンパスの至る所から滴り落ちる虹色の雨粒は、シャボン玉となりつやめく光を帯びていた。ハウジングの建物郡は輪郭が強調され絵本のような線を描き、どこからか学生たちのうきうきとした声が響き渡り、窓という窓には虹がかかり、学生たちが身を乗り出して、雨上がりのこの美しい空を見つめていた。街路樹は踊り出し、街灯はこの妖艶な世界を照らし、ハロウィーンでもないのにみんなが仮装して歩き回っていた。まともな人間なんてもういなかったさ。五臓六腑はこの雨上がりの空気のせいか、しっとりと満たされていた。ぼくはこの絵本の空に吐息を浮かべると、この人生の一番おいしい味をかみしめることができたんだ。

「なあ、マックス。見てみろよ」

ぼくは先に歩いていたマックスを呼び止めた。革ジャンが音を立ててくるっと回転した。

「どうした」

「これってぼくたちが今まで見た中で、最も美しいキャンパスだよな」

ぼくがそう言うと、マックスは目の前の絶景に目を覆った。

「間違いない。これは俺が見た中で最も美しいキャンパスだ」

「早く行こうよ」とアダムが言うので、お前も見てみろよと言うと、彼はおでこに手をやりながら感嘆の表情を浮かべた。ジャックが

「ちなみに、お前らアシッドをやっているから、それぞれ見えているものが違うはずだけどな」と言った。

そうだった。ぼくはハッとして頭を抱えた。そんなことも忘れていた。ジャックにとってこれはた

だの雨上がりのキャンパスなんだ。でも、見えている景色が多少違ってもいい。同様に美しいはずなんだ。

アダムの部屋に戻ると、ぼくはちょっとした冒険を終えた達成感に浸り、バスルームを新たな基地とした。アダムの部屋のバスルームには小汚いウレタンのマットが敷いてあり、それなりにくつろげた。もはやぼくはふんふん言っているだけで、ほとんど何も話せる状態にはなかった。鏡の中の幸せな目をした自分をうっとりと眺めていると、ジャックがそばかすいっぱいの顔ににっこりとした笑みを浮かべながらパイプを渡してきた。ぼくが「渡されたらぼくはいくらでも吸えるから、ノンストップでお願い」と言うと、ジャックは了解と言い、うれしそうに大きめのバッズをケースから取り出した。ジャックとマリファナを吸っていると、西洋のキューピッドが顔の周りをふわりと飛んでいった。鏡に映るバスルームは、もうふだんのあの世界だった。ぼくはジャックがＬＳＤをやっていないことなんて、とうに忘れて、最高だよなとジャックと笑った。そのうちいつものように体のべとつきが気になってきた。ＬＳＤをやった時は汗線から豚の搾りかすに似たものが絶えず出ているような感覚に陥る。アダムはこの部屋のシャワーを使いなよと言ったが、汚ないので断った。男の体液まみれのバスタブなんてまっぴらご免だ。ぼくは自分の部屋でシャワーを浴びることにした。マックスも音楽が聴きたいからと言い、一緒に来ることになった。

バスルームの電気を消すと、床が無数に光った。何度か電気をつけたり消したりしてみても同じで、暗くした時にそれは数秒蛍光色に光った。電気をつけてウレタンマットを持ち上げて見ると、黒い点のようなものを無数に確認した。これはダニなのかなと思いジャックにも見てもらうと彼は「ダニがいるっぽいけど、たぶんダニは目には見えないと思うよ」と言った。

蛍じゃあるまいし、ダニが蛍光色に光るわけもない。なんだ、ただの幻覚か、と思えなかったのは、ぼくが視覚よりも確かな感覚で、正確にダニの存在を知覚していたからだろう。

ジャックにありがとうと伝え、ぼくの部屋に向かうと、絶賛フリップ中なので、変な人に話しかけられないか少し心配になった。でも最も変なのは、ぼくたちだった。部屋に戻るとルームメイトは誰もおらず、マックスがぼくのルームメイトのギターを発見し、リビングでギターを弾き始めたので、ぼくはすぐにシャワーに入った。体の至る所より分泌されたドラッグの成分を、石鹸でつま先まできれいにしていると、どこからか女子の弾んだ声が聞こえてきた。

「マーってかわいいわ」

「ねえねえ、マーってそろそろこっちの世界に気付いていると思わない?」

「私、マーは最初から勘付いていると思うわ。無意識よ」

「まさか。そんな簡単にはいくとは思えないけどなぁ」

そんな声を聞いていると、ドアベルが鳴った。気のせいかもしれないと思ったが、ドアは開いた。ぼくはシャワーを少し弱め、耳を澄ませた。

「マー、いる?」

ジェニファーの声だ。そういえば「遊ぼう」ってメールが来ていたけど、まだ返信していなかった。
「シャワーに入っているんだ」マックスの声が聞こえる。
「マーがシャワーってことは……あなたたち、もしかして、アシッドやったんじゃないわよね」とジェニファーが声を弾ませる。二人は何やら立ち話を始めている様子で、ジェニファーは
「シャワーから上がったら、マーにちゃんと電話するよう伝えてね」と言い、帰っていった。

シャワーから上がると、マックスがソファーでギターを片手に、夢中になって譜面を書き散らしていた。なんてことないこの情景が穏やかで心地良くて、ぷかぷか空中を浮遊している気分になった。この研ぎ澄まされた空間の静寂さをたった一人の友人と共有する満足感が、ぼくをたまらなく幸せな気持ちにさせる。ぽろんぽろんと柔らかく弾むギターの音が心の平穏に音色をつけていた。

「あのさ、ジェニファーが来なかった?」

「ああ。シャワーからあがったら、必ず電話するように伝えてくれと言われたよ」

「やっぱりね。気のせいじゃなかったか」

「それよりも聞いてくれよ。俺は今まで書いた中で最も美しい曲を作ったんだ。この部屋には音楽がない。なんでもいいからかけてくれよ」

「わかるよ。お前は最高の曲を作った。音楽は今すぐかけてやる。ちょっと待っていてくれ」

ウォークインクローゼットの電気をつけると、チェストの上に仮置きしてあるターンテーブルを少し

眺めた。線を繋ぐと、横に座っていたＬＰ盤のハードケースを開けて、アフリカン・ヘッド・チャージのアルバムを探した。それを無事に見つけ、ぼくはターンテーブルと周辺機器の電源を立ち上げ、レコードの上に針を落とすもなぜか音が出なかった。

「なんだこれ」

「どうかしたか？」マックスが心配して様子を見に来た。

「どこかの線がつながっていないのかも」

しばらく腕組みして、どこがおかしいのか目視で確認してみたが、異常は見当たらない。マックスはしゃがんだり裏に回ったり、どこかに外れている線はないか探したりしたが、自分の機材ではないのでよくはわからないようだった。

「まあなんとかなるさ。大丈夫。任せとけ」とぼくが言うと、マックスは

「わかった。任せたぞ」と言ってリビングに戻った。

「まあ任せとけ。ちゃんとやり遂げるさ。とりあえずぼくは座ろう……」

何回もやったことあるし、さほど難しいことだとは思えない、だが線を目で追うとたんに、線が頭の中で勝手に暴走し、生き物のようにぐねぐね動き出し、訳がわからなくなる。誰か助けてほしい。ぼくが今できずに困り果てているこれは、実は簡単なことなのかもしれない。それは自明の理なのに、このできそうでできない不能の境界線をさまよっている。薬をやるとこうなる。そんなこと誰よりも理解しているつもりだった。

それからどれくらいの時間ここにいただろう。ウォークインクローゼットにて、ぼくはチェストと壁の間に完全に挟まっていた。体育座りをしてカーペットをうつろに見つめ、肩をすぼめて両ひざの間にあごをうずめている。ぼくの思考は完全に自分の体から離脱して、別の宇宙にいた。マックスは様子を見に来ると、そんなぼくを見てカーペットを転げ回り笑った。ぼくもまた腹の皮がよじれるほど笑った。

「悪い。完全に忘れていた。目的を」

マックスを見てぼくは現実に戻ってきた。

「心配するな。それよりも大丈夫かい？」

「大丈夫だって。そうだ、音楽だよな。任せとけ」とぼくが意気込むと、マックスは

「わかった、任せたぞ！」と言いリビングに戻った。リビングからはギターの音色が聴こえてきた。

それからしばらくすると、マックスがまた戻ってきて、ぼくを見ると笑い転げた。

「悪い。でも、ばかにしているんじゃないから」とぼくに謝り、また腹を抱えて笑った。こちらも息ができるくらいまで笑いが治まるのを待つと、ぼくは

「もう大丈夫。今度こそ任せとけ」と言い、マックスは

「わかった！」と言ってリビングに戻っていった。次にマックスが戻ってくると、いいかげんおなかが破裂しそうになったので、ぼくたちは次の行動に移ることにした。

「もういいよ。あきらめよう。大麻でも吸おうぜ」

思えば小一時間くらいマリファナを吸っていない。すっかりほかのことに夢中で忘れていた。そういえばどこに置いただろう。マリファナを捜すのに、またチェストと壁の間に挟まるのはご免だ。

「ぼくの大麻はどこにある？　お前持っているだろう？」

マックスは顔を曇らせた。

「マーがアダムに全部やるよって言って、アダムの所に置いてきたじゃないか」

そのようなことを言ったおぼえはなかった。だけどこのような話は初めてでもなかった。実際のところ、ぼくは気前よくそう言うらしい。もとよりケチ臭い性分が嫌いだ。日本人は太っ腹だとよく褒められる。たしかにそうかもしれない。一時間前までのぼくの心は、観音菩薩並みに穏やかで、清流のように澄んでいた。無理もない。

「しかたないな。アダムの所に戻ろう。あいつに電話してくれ。ぼくは、今は携帯の電話帳を見ることすらままならない」

マックスはアダムと電話をつないだが、周りがうるさくよく聞き取れないらしい。彼はすぐに頼りない表情を浮かばせた。てっきりアダムはまだ自分の部屋にいると思っていたが、予想に反し、どこかのパーティにいるようだ。あろうことか、ケイシーとクロエもいるらしい。人のマリファナを持ってパーティに出かけるなんて、なんて不届きなやつなんだと思った。マックスに住所を確認するよう求めると、マックスはアダムに確認したが、適当にあしらわれた様子ですぐに泣きそうな顔を浮かべた。

「住所はわからないって言うんだよ……」

ぼくはマックスではもう話にならないと思い、電話を代わった。

「アダムか、ぼくだ。住所も何もわからないんだったら、車で迎えに来い」

「ばかなことは言わないでおくれよ。ＬＳＤをやっているから、車の運転が危険なのは、マーもわかっているだろう?」

「ふざけんな。こっちはお前のせいで大麻も持ってないんだ」

「マーが全部くれると言ったじゃないか」

「ばか野郎。なんでそれで、はい、そうですかってなるんだ。車で迎えに来い。わかったな」と言い電話は切った。車がどうこうよりもぼくたちに一本の連絡もよこさず、悠々と抜け駆けしたアダムにむかついていた。

三十分くらいすると、アダムはぼくたちを迎えに来た。得意げに運転していたのはケイシーだった。向かった先は知らない中東系アメリカ人女子の家だったが、その子はぼくだとわかると飛び上がって喜び、リビングのベッドの特等席を用意してくれた。リカルドと彼の友達連中も一緒にいて、ぼくが「ＬＳＤをやっている時は、大麻はいくらでもむせることなく吸える」と豪語し、ケイシーと大きなガラスボングでマリファナをひと吸いで、どれだけ吸えるか勝負をして盛り上がった。ぼくがいつかハイ・タイムスの表紙を飾ってやるとみんなに言うと、クロエは
「マーはいつか本を書くといいよ。タイトルは、マーのアドベンチャー・イン・サンフランシスコとか」
と冗談みたいにぼくに言った。隣ではケイシーが

「私も登場させてね」と言って笑った。

ここで手に入るＬＳＤは、ピークの山を過ぎてからのカムダウンのパートが秀逸だ。それはまるでひと嵐を乗り越えたかのような大げさな達成感をもたらし、なだらかな曲線を描きながらすーっと消えていくまで、心は神仏の御心のように寛大な気持ちで満たされ、目に入る人すべてをたまらなく愛おしくさせる。たとえトリップ序盤で、どんなにはらはらする夢に襲われようと、その先にこの充足感が待っているので、ぼくはＬＳＤをやるのだろう。しばらくしてみんなは帰ったが、ぼくはここの居心地があまりにも良いため、ここに泊まることにした。寂しかったのでお願いすると、鼻のふっくらした女の子が一緒にリビングで寝てくれた。寝る前に残り物のシュルームを少しだけ二人で食べた。天井にはうねうねと浮かび上がる文字の配列のような模様が見えており、結局寝付けなかったので、夜中の三時くらいに、ぼくは自分の部屋に戻ることにした。誰の声もしない夜の道をぼくは一人とぼとぼと歩いていった。こよいの月は高台から見下ろしたように大きかった。

誰もいないＤＳＡを通り過ぎ、部屋に戻ると、電気は消えていた。ルームメイトに気を使って電気はつけなかった。そっとベッドに横たわると、起こしてしまったのか、部屋の反対側で彼が口を開いた。

「大丈夫かい」声が少し笑っている。

「大丈夫じゃないさ。きょうもまたぼくはドラッグをやり過ぎたみたいだ」

彼はくすくすと笑った。

「ぼくはドラッグに大きな嗜癖を持っている。いずれ悪魔にだって魂を売るだろう」

＊

ぼくが大学から交換留学を打ち切られたのは、それから程なくのことだった。事務員は最後にこう言った。

「君が教室の外で人生をおう歌している事は知っているけど……」

その含みの意味はすぐに理解できたし、そこには絶望しかなかった。日本の大学に、ドラッグのことをチクられたらどうしよう。さらにそのことが親にばれたら、この夢のような留学生活に一気に赤信号が点灯する。その先に待っているのは、ぼくが自らの「死」よりも恐れる「帰国」という最悪のエンディングだ。三カ月でこの大学を追い出されるなんて思ってもみなかった。ここを追い出されてしまっては、和気あいあいとしたキャンパスでの共同生活や、ＤＳＡでの憩いの時間がすべて非公式なものと化すだろう。ぼくは頭を抱えていた。周りのように堅実に歩みを進めることなんてぼくにはできない。学校の成績も、それに乗じたサクセスストーリーも、ぼくには単なる確率論にしか見えない。普通の人の例はもう聞きたくないんだ。ぼくは最初から一発ホームランを打つことしか頭にない。

とにもかくにも、ぼくは大学に交換留学を打ち切られた。惨めな気持ちになった。部屋にもハウジングの部門の人が来て、ぼくに一週間以内に退去するよう伝え帰っていった。この上なく惨めな気持ちになった。

こっちははるばる遠い国から来てやっているのに、なんて仕打ちなんだ。ＤＳＡでぶつぶつ文句を言っていると、アメリカの空から飴が降ってきた。アメリカの使いは、ゴブリンの見た目で、尻尾をふりふりさせていた。マックスもこの秋のセメスターで、ハウジングの契約が切れるため、もうすでに新しい家と一緒に住む人を見つけているらしく、さらにその家は現在ルームメイト募集中だと言うのだ。マックスとぼくは

「やったぜ、これからはルームメイトになるんだ！」と言い、肩を組んで勝利の舞をした。

ぼくにはほかにも三人のルームメイトがいるらしく、一人はすでに入居しているというので、早速荷物を置きに新居を訪れた。新居はＤＳＡから徒歩三分の好立地であり、塔型のマンションの七階で、間取りは３ＬＤＫだった。マックスの知り合いだというユダヤ人のディランという男はなかなかの好青年で、医療大麻の免許も持っているストーナーだった。これからは上質な医療用の大麻が買えると思い、ぼくは胸を躍らせた。彼は、ぼくと部屋をシェアすることになるらしく、部屋に案内してくれた。七階の窓は、大学のキャンパスが一望できるいい眺めだった。

ぼくは新居での生活に向けて高鳴る思いと、大学を追い出された虚無感を胸に抱え、ＤＳＡでデブのジャックと一緒にマリファナを吸っていた。シュルームをオンスほどコナーから買った帰りだった。

するとここらではあまり見かけないチャリ乗りの警察の目に、ぼくたちのマリファナが留まった。隠す暇なんてなかった。ポケットにはシュルームとＬＳＤが入っているので、捕まったら重罪だ。警察はボディサーチを始めて、あれよあれよという間に、女子も男子も仲良く順番に塀に手を置いて、プリティなお尻を突き出すよう強要されていた。リンゴ病を患っているのか、ほおを紅潮させた警察は、いかにもいい獲物を見つけたかのような薄ら笑いを浮かべているように思えた。警察はジャックのポケットからマリファナを取り上げると彼に尋問を始めた。ジャックは、じゃーんと、したり顔でポケットから医療大麻のクラブカードを警察の目の前に突き出した。そして飄々と州法を語った。すると、警察はジャックに取り合うのを止めて、ついにぼくの前に来た。何かを訊かれたが縮み上がって声が出ない。隣の子が警察に言った。

「マーは英語がわからない」と。

頭に浮かぶのは、豚小屋の異臭と友達の声。ケツの穴がキュッと締まっていた。頭の中は真っ白でひたすら

「ごめんなさい、ごめんなさい」と小声で懇願した。ぼくは心の中で、神様、ぼくはもう二度とドラッグはしません、助けて下さいと必死に嘆願した。その時、乾いた風が吹いたのを感じた。そして、嘆願が聞き入れられた宣告を聞いた。

「今回は警告で済ますことにする」

彼らは何事もなかったように去っていった。止まっていた時はまた動き出し、ジャックが真っ先に

口を開いた。

「お前、マジでラッキーだったな！」

ぼくはちびっている実感が湧かないくらい、足の感覚がなくなっていた。そして以前より申請しなきゃと考えていた医療大麻の免許の必要性を、まざまざと感じた。


部屋を出る日には、一枚の手紙が机の上に置かれていた。そこにはこうつづられていた。

「短い間だったけど、君と時間を共有できて本当に幸せだった。ありがとう。最後に一つ頼みがある。ぼくたちの部屋を出る時に、鍵をかけて出てほしい。ほかの二人のルームメイトが、何をするかわからないから」

ぼくはちゃんと鍵をかけるのを忘れなかった。名前も顔も思い出せない彼だけど、ぼくはずっと彼の事を忘れないだろう。


それからぼくはいろいろ考えて、日本の大学から単位を移してこちらの短大に編入することにし、在籍していた日本の大学を辞める手続きをしに一時帰国した。事務処理的なことは別のやり方もできたが、ぼくは大学の恩師に直接会って話さなきゃと考えていた。彼女はこの街に来たけど、結局ぼくに会うことはかなわなかった。ぼくを捜し回り足をくじいて帰国したとなでしこから聞いた。なでしこはぼくを軽蔑したまなざしで見つめ、そしてなんかちょっと怒っていた。先生の部屋の外で、冷たいパイプ椅子に座り背中をピシッと伸ばし先生を待っていると、ドラッグのことを指摘されるのではないかと少し心配になった。そしてぼくは先生と再会した。先生は、ぼくがアメリカの短大に編入する意向を伝えると

「あなたは将来日本に戻ってくるのではなく、アメリカで勝負したほうがいい」と勧めてくれた。先生はぼくの未来に目を輝かせていた。きっと彼女の目にはシリコンバレーで活躍するぼくの未来が映っていたのだろう。

東京で服の買い物をしたり、大学の友達と会ったりし、数日を過ごした後、夕方発の便でサンフランシスコに戻ろうとしたが、飛行機に乗り遅れた。ぼくなりに間に合うつもりで向かったけど、搭乗時間には間に合わなかったんだ。その上、チケットをよく見ると搭乗日自体を間違えていて、そもそも搭乗日は過ぎ去ったきのうだった。親はぶちぎれていたが飛行機のチケット代は出してくれた。しかたないので大学二年の頃に世話になったクラブに顔を出した。そこで働いていた先輩は、ばかな後輩だとうれしそうにぼくを笑った。その晩は客も大していなかったので、ぼくと先輩で適当に店にあったレコードをかけた。一夜かけて、ぼくがアメリカでの出来事を話していると、先輩は最後にボソッと言った。

「俺なら、戦争なんてやっている国になんて行きたくないけどな」

翌日にぼくは飛行機に乗った。

＊

ぼくの冬休みの予定が狂ったのは、はっきり言ってダナのせいなんだ。ぼくは完全に出遅れた。ダナが前々から、冬休みにＬＡにおいでと言っていたので、ぼくはすっかりそのつもりだった。しかし彼女に電話をしたら、クリスマスは勘弁して、とはっきり断られた。
「でも、ニューイヤーにはＬＡで、でっかいレイブがあるから必ずおいで」と言ったので、多少は心を弾ませたが、それまでの滞在先を確保する必要があった。ほかにも北のほうに、うちにおいでと言う友達はいたが、ぼくはどうしてもダナに会いたかったので一路をサウスに決めた。
いろいろ当たってみると、二つ返事でコナーが受け入れてくれることになった。コナーの家は、オレンジ郡というアメリカ有数の高級住宅地にある。ＬＡからも車で一時間くらいなので、その後の移動にも何かと都合がいいだろう。それにオレンジ郡にはケイシーとクロエもいる。そうと決まったので、ぼくは準備をした。準備と言ってもおよそ一週間分となるとなかなかの量になる。キャンパスでは、売人も冬休みでほとんどいなくなっていたけど、コナーがオレンジ郡は大麻が高いと言うので、執念で仕込みはやった。サウカルへは高速バスのグレイハウンドを使う。グレイハウンドは安いからバックパッカーの青春の定番だし、もしかしたらふだんキャンパスでは見ることのできないアメリカのディープな底が見られるかもしれない。コナーが前に
「サンフランシスコがアメリカだなんて思わないほうがいい。マーは本当のアメリカを知らない」とぼ

くに言ったのを、なんとなく思い出していた。
シティで、ぼくがサンフランシスコの空に向かって
「ぼくの背中に重くのしかかるこの街の期待も、夢も、いったん保留でいいよね」と笑いかけると、サンフランシスコは
「行ってらっしゃい」とぼくの背中をそっと押した。
「すぐに戻ってくるよ」ぼくは言った。

グレイハウンドのターミナルへ入ると、チケットを片手にさっさと手続きを済ませた。行き先はアナハイムで合っている。列がクリアになると、ワークジャケットを羽織ったスタッフがぼくのバックパックを開けた。マリファナとほかのドラッグは円筒のポテトチップスの箱の底に隠してあったので問題はなかった。飛行機を使わなかったのはこのためでもある。席は後ろのほうでトイレが近く嫌な臭いがした。そして周りの黒人がうるさかった。
バスが街を出る間、しばらく窓から外を眺めていた。すぐに街を抜け景色が単調になったので少し考え事をした。サンフランシスコから離れて、ぼくの魂はあの街の束縛から一時的に解放されたように思う。以前にダナが言っていたように、あの街は心霊的な観点において、どこか疲れさせる一面がある。ずっと誰かに見守られている気がするし、あの街はいつもぼくを護ってくれるけど、ぼくには休息が必要だったんだ。でもぼくを見守る存在からこうやって離れてみると、少し心もとなく

なってきて、この先の道中はふだん以上に警戒しないといけないなと思った。

ちょいと眺めようとわざわざ円筒のポテトチップスの箱からマリファナのジョイントを取り出すと、窓のサッシにそれを落としてしまい、ぼくはパニックになった。前の席のブラックの女の子が席と窓のわずかな隙間から顔をのぞかせ、ぼくにどうしたのと訊くので、彼女に状況を伝えると、彼女はばかねと言いながらジョイントを救出してくれた。

数時間走った後、バスはパーキングエリアに停まった。バーガーキングでハンバーガーを食べて、たばこを吸いに店の外に出ると先ほどのブラックの彼女が、寒そうにダウンのポケットに手を入れて立っていたので、寒いねと言いながら一緒にジョイントを吸った。ぼくが大学でのドラッグの話をすると、彼女はぼくの事をミステリアスだと笑った。小休憩の時間が終わり、バスに戻る前に彼女は「あなたのことが心配でたまらない。神のご加護がありますように」と言った。

バスは約半日弱かけて、アナハイムに到着した。朝の八時だった。アメリカのディープな底は見えなかったが、なかなか快適なバスライドだった。ぼくはアナハイムの駅で何時間もコナーを待った。もう昼になりそうだった。ぶっ飛ばしてやろうと思ったけど、待望のコナーの顔を見た時には、腹を立てていたこともすべてどうでもよくなった。コナーの車の中では聴いたことのないおしゃれな音が流れていた。訊くと、グレイトフル・デッドだと言うので、ぼくはこれがそうなんだと思った。いつまでも終わらないジャムは、少し開けた窓から入ってくるこのサウカルの爽やかな風となんともマッチしていて、ぼくは心地良さを感じた。

コナーの家に着くと、ちょうど彼の父親がサーフィンから帰ってきたところだった。コナーに「お前の父親とお前はどっちがサーフィンうまいの」と訊くと「俺に決まってんだろ」とコナーは笑った。

コナーのお母さんは、自分の家は小さいと言ったけど、庭も、プールも、バスケのリングもあるこの家は、ぼくには決して小さくは見えなかった。どうやらこの街の人間はみんなそう言うらしい。「ここでは、子どものケンカで次の日に親が仕事をクビになることもある。金持ちにも上には上がいて、大きい家は本当に大きいから、この街では自分の家が大きいなんて口が裂けても言えないのさ」とコナーは言っていた。ここは一見、南カリフォルニアの開放的なビーチタウンだけど、そのような窮屈な一面もあるのだなと思った。

夜にはこの街で五本の指に入る豪邸のパーティに繰り出した。リビングの天井は学校の体育館のように高かった。しかもそれが単なるゲスト用の広間だというのには少し驚いた。この家の御曹子は、一見ただのロンドンストライプのボタンダウンシャツを、さらっと上品に着こなしており、この上なく清潔感のある見た目をしていた。彼は、ぼくが日本人だから珍しく思ったのか、やけに話しかけてきた。大抵はつまらない質問が多かったので、ほとんど無視していると、バスケは好きかと訊いてきた。好きだと答えると彼は、一対一で勝負しようと言い、これもまたゲスト用だと言う屋内のハーフコートにぼくを連れ出した。庭のプールでまだみんなと仲良くマリファナを吸っていたかったので、バスケは観るのが好きだと言えばよかったと後悔した。

彼との一騎討ちが始まり、ぼくはふにゃふにゃとした動きでドリブルしながらインサイドに切り込むと、両手でふにゃっとシュートを放ったが、それは即刻はえたたきに遭い、攻守が切り替わると、彼が「ヘイヘイ」と得意げにクロスオーバーをし、ドライブして、ぼくの視線の横に消えるのを目だけで見送った。その後も展開は変わらず、ぼくは一本も決められずぼろ負けし、直後は息が苦しくて死にそうになった。

ぼくは人と勝負するのが苦手だ。大抵のことは負けてもいいと思っている。御曹子はとてもうれしそうにぼくを百通りのパターンでののしってきたので、むかついたぼくは帰り際、腹いせに高そうなじゅうたんにポテトチップスをまき散らしてやった。そのままとんずらをこいてやろうと、コナーと外へ向かったけど、御曹子が追いかけてきた。彼は金持ちだからじゅうたんのことなんか気にもしないと思っていたけど、予想とは裏腹に泣きそうな声で「マー。なんでこんなことするんだよ」と言いながら、必死になってポテトチップスを拾っていた。その時、ぼくは彼にとても悪いことをした気がしたんだ。

＊

クリスマスには聖なるものが降臨する。それがサンタなのか、いつかぼくのところに来た天使なのかはわからないけど、なんとなく街もきらびやかでいいと思う。イブの昼にコナー一家はコナーの祖母の家に出かけた。コナーのお母さんは気を遣って「一緒においで」とぼくを誘ったけど、コナーが「アメリカの年寄っていうのは、ぞっとするほどつまらねえ生き物だ」と言うので、彼の中型犬とこの家で留守番をすることにした。帰りは夕方近くになると言ったので「ゲームでもして暇を潰すから、ぼくの事は気にしなくても大丈夫」と言い、ぼくは笑顔で彼らに手を振った。でも内心はほくそ笑んでいた。このだだっ広い家に誰もいないというのはなかなかの好機だ。たまには落ち着いて研究ができる。ビタミンCはできるだけ多く取ったほうがいいので、冷蔵庫からグレープフルーツを取り出し、皮ごとブレンダーにぶち込んで、スイッチをオンにした。ブレンダーがうぃんうぃん音を立てて稼働する中、ぼくのマジック道具入れからドラッグを取り出すと、それらを口に含み一気にジュースで流し込んだ。足元で犬が物乞いをしていたので、冷蔵庫からハムを取り出してナイフでカットした。スライスというより、もはやチャンクをくれてやると、犬はご機嫌で走り去った。さて、何をして遊ぼうか。庭のバスケットコートで少しバスケをやったけど、すぐにだるくなりやめた。今度はコナーの弟の部屋でテレビゲームをやったけど、それもすぐにだるくなりやめた。

またここか——いつの間にか寝ていたようで、目が覚めると庭のハンモックの上だった。頭があふれている。空を見ると、雲はパンで子どもたちが思い思いに形を変えていた。ここいらは気温が低い気がする。どうしようもないくらい寒い。毛布がひざにしかかかっていない。いつ持ってきたのだろうか。まあいい。ぼくは眠ろう。しばらくして、また目が覚めると、体がハンモックから落ちていた。空はいつの間にか真っ赤に染まっていた。きれいだ。しかしなんだろう。手がむずがゆい。ぼくは左手を見るや目をむいた。手は甲を中心に焼けただれ真っ赤な血がにじみ出ていた。皮膚の裏で病原体がうごめいているのが手に取るようにわかる。病原体は無数にできた水泡の中を移動し、右に二センチほど動いた。ぼくは頭を抱えてもう一度恐る恐る手を見ると、今度は手の全体が工具で曲げたように不自然にひん曲がった。ぼくの手が病原体に乗っ取られていく……手を少し動かしてみても、何か違う。手の感覚はもうぼくのものではなかった。

その時、キッチンにいるコナーのお母さんと目が合った。

「あら、おはようマー。あなたハンモックでぐっすりと寝ていたから起こさないようにしていたのだけど、起こしちゃったかしら」

コナーのお母さんは会話をしようとしてきたけど、ぼくはそれどころじゃなかった。立って料理をしている彼女のひざの横でぼくは体育座りになり塞ぎ込んだ。

「どうかしたの」

「ぼくの手がおかしくなっちゃったんだ……」

「どれどれ。見せてごらん」

コナーのお母さんはタオルで手を拭くと、眼鏡をかけ、ぼくの手を持った。

「大丈夫よ。少し乾燥して手荒れしているように見えるけど。あなた、庭の植物に触らなかった？ごめんなさいね。あそこに植えてある一部の植物に肌の弱い人はかぶれちゃうことがあるみたいなの」

「ぼくの手が死んじゃう……」

「考え過ぎよ。大丈夫。それにあなたの手は人じゃないから――」

「大丈夫じゃないんだ！　自分の体のことだからよくわかる。ぼくを病院に連れてって」

「病院？　病院に行くまでもないと思うわ」

彼女は、優しくもはっきりとした口調で言った。しかし少し考え、ぼくに提案をした。

「そうね。手が荒れているから、皮膚科の先生に診てもらいましょう。でもきょうはクリスマスだから、皮膚科の先生がいるかどうか……」

「皮膚科なんてだめ！　これは皮膚科じゃない。ウイルスが体中を転移しているのがぼくにははっきりとわかる。これはすべてを調べなきゃ見つからない問題なんだ」

「ウイルス？　あなた若いのになんの病気なの？」

ウイルスということばを聞き、感染るんじゃないかと、コナーのお母さんの目の奥にわずかに恐怖が揺れた。

「なんの病気かはわからない。でもぼくは早くに死ぬんだ」

「そうね……そこまで言うのなら、コナーが買い物から戻ってきたら、あなたを病院に連れていくよう頼んでみるわ」

「そんな悠長なことではだめなんだ！　今すぐ、ＭＲＩがある大きい病院にぼくを連れてって」

「わかったわ。コナーに今すぐ戻るように電話してみるわ」

彼女は少し庭に向かって歩くと、携帯を取り出しコナーに電話した。コナーが電話口でごねているのが、雰囲気から伝わった。ぼくは見通しが甘かったと唇をかんだ。サンフランシスコと違い、この平和な街はぼくを護る器量は持ち合わせていない。コナーの父親も何が起こったのかと、けげんそうな顔つきで階段を下りてきた。コナーのお母さんと二人で話している。キッチンで塞ぎ込むぼくをのぞき込むように、コナーの父親が優しい口調で話しかけてきた。

「とりあえずいったん落ち着こう。僕は医者ではないから詳しいことはわからない。けれども、じきにコナーが戻ってきて君を病院に連れて行ってくれる。映画でも観ないか。コナーが帰って来るまで映画でも観よう」

コナーの父親はリビングで宇宙人がいっぱい出てくる映画を再生したが、ぼくは開始十分と持たず部屋を飛び出した。外では、小学校低学年くらいのコナーの弟が塀に座り、焼け落ちる夕陽を眺め足をぶらぶらさせていた。動揺する心を持って行く場所がなく、ぼくは今にも叫び出しそうだった。でもいくぶんか彼の隣にいると落ち着いた。コナーの弟はしきりに自分がクリスマスに欲しいプレゼントの話をしていた。

しばらくするとコナーが帰って来た。キッチンで大声でわめいているのが、外からも見える。これでようやく病院に行けると思い、少しほっとした。ぼくが家の中に戻るやいなや

「ちょっと来い」と言い、コナーはぼくをつかんで庭に連れ出した。

「お前、アシッドをやったな。お前が主張している症状はただの幻覚だ！」

親に聞こえないようにはしてはいるが、どなるように言った。

「こいつは幻覚なんかじゃない！　頼むから病院へ連れてってくれ。ぼくの体はドラッグのせいでとっくに限界を超えているんだ」

「声が大きい！」

小さい声だが、ぼくを抑え込む支配力のある声だった。コナーは大きくため息をついた。

「とりあえず車に乗れ！」

助手席にぼくを押し込むと、今度は大きな声でどなり散らした。

「ばか野郎！　俺は親父に何度か大麻は見つかっているが、ドラッグをやっている事は、母親はもとより、親父にもばれてねえんだ！」

「だけど、今はそれどころじゃないんだよ」

「何回も言うが、お前のその手は誰がどう見ても普通だ。少し乾燥してかぶれているようにも見えるだけだ。きのうのお前の手もそうだった。いいか、お前はアシッドをやったから、幻覚を見ているんだ。パニックを引き起こしたのもそう、すべてはアシッドのせいなんだ！」

コナーはドレッドを駄々っ子のように振りながら、両手で何度もハンドルをばんばんたたき訴えた。

「ぼくは何か病気を持っていると思うんだ。この一瞬を生きることに集中したかったから、今まで診断を放置してきたんだ！」

「どういうことだ、どんな病気だよ」

「ぼくもわからない。ただぼくは絶対に若いうちに死ぬ。それだけはわかっている。死ってやつが、毎日少しずつぼくに近づいてきたけれど、今はこんなにも迫っている。とにかくすぐに病院に向かってくれ」

コナーはあきれ果てた表情で車を出した。

「一つだけ言っとくぞ。今のお前が、この状態で、病院なんて行ったら、本当にこっちに戻って来られなくなるぞ。能天気に騒いでいられるのなんか、この車の中だけだからな」

「どういう意味だよ」

「今のお前は、どこの誰が見たって火傷したジャンキーだからだよ。いいか、病院には警察が常に交代で待機している。そしてここはサンフランシスコじゃない。オレンジ郡だ。ここの警察は、富裕層に雇われているようなものだ。やつらは街の秩序を保つためになら、大麻ですら見逃したりしない。お前がアシッドをやっている事が知れたら、下手すれば州の刑務所にぶち込まれるぞ」

オレンジ郡。全米でも指折りの高級住宅街。そして州の刑務所のオレンジ色の囚人服。その二つが感覚でつながった。

「大丈夫さ。病院はぼくが生まれ育った場所だ。ぼくを売り飛ばしたりなんてしない」

「お前のその根拠のない自信はなんなんだよ……」

病院に着くと、受付でぼくは、

「今すぐに、ＭＲＩを撮ってほしい！」と言った。

看護師の黒人のおばちゃんは、うっとうしそうにため息をついた。ぼくは一歩も引く気はないので、身を乗り出して彼女の目を見つめた。彼女もぼくもとっても頑固で、ここは譲れないものの大きさ勝負になるはずだ。

「少し手荒れを起こしているだけで問題ないように見えるけど。血圧と脈拍を計るからおいで」

そしてぼくは、立派な処置室に通された。なんだろう……ベッドに横になっていると、なぜか胸をすく思いが込み上げてきた。先ほどまであれほどわだかまっていたものが次第に小さく溶けていき、ゆっくりと興奮から覚めていくのを感じた。若い医者は淡々と何かの検査を進めていった。しばらくすると、足の先に銀髪の医者が立っていた。

「きょうは何かドラッグをやらなかったかね」

イタリアの用心棒のように太く低い声だ。声を出そうとしたが込み上げる何かが喉につっかえてことばが出なかった。ぼくは小さく首を横に振った。真実なんてどうでもよかった。

「君のその手も、少し手荒れを起こしているだけのように私には見える」

手に異常がないという診断に疑いは生まれなかったが、どうも何かが心に引っ掛かる。ぼくが表情なく天井を仰ぐと、銀髪の医者は部屋を後にした。

「なんだかきょうは……死ななそうだな」

そんなことをふと思った。先ほどまでぼくは自分が死ぬと思っていたけど、もう気持ちは落ち着いた。クリスマスだからか、病院の中なのにみんな幸せそうに映る。彼らの身に何があり、こうしてぼくとここで時を過ごしているのかはわからない。見たところどのクランケも、見舞いもいないし、付き添いもいない。けれども、誰もこの灯りの下で寂しそうになんかしていなかった。病院のクリスマスは温かいんだな。けれど、ぼくのクリスマスにはサンタは来なかったし、誰も何もくれなかったなと考えていた。

すると天使のように美しいブロンドのドクターが入ってきて、ぼくの二の腕を大切そうになでた。からっとして温かい手だ。彼女のすらっと細長く美しい指に優しくつかまれると、こそばゆくて首から肩が固まった。彼女は手を術衣のポケットに入れ、枕元のぼくの隣に腰かけた。この対応からあふれるオーラはなんだろう。まるでケイシーが廉価版ブロンドに思えてくる。やがて彼女は口を開いた。

「ねえ、マー。いい子だから正直に言って。きょうは本当にドラッグをやっていないの」

彼女は肩をすくめた。気にしないわ、どっちでもいいのよと、あえて澄ましているように見える。しかし、どこかに懸命さがある。その瞳はしっかりとぼくの目を見ている。蒼くまっすぐな瞳だ。

「私を信じて。約束する。絶対に悪いようにはしない」

「怒らない？」

「怒らないわ」

彼女は無垢に訴える。彼女は天使なので、ぼくは彼女に嘘はつけないと思った。

「えっと、エクスタシーと、アシッドをそれぞれ二回分――」指を折って数えたが、残りの一つか二つがすぐに出てこなかった。

「あと、シュルームを少しと、大麻だけかな」

彼女はぼくの返事に驚いて蒼い目を見開いた。

「あなたって正気なの？」

「ごめんね」

「わかったわ」と言い、彼女は大きくため息をついた。

「でもクリスマスにぼくに会えるとうれしいでしょ。ぼくは君に逢いに来たんだ」

ぼくがそう言い両手を広げると、彼女は目をまんまるく見開いた。そして立ち上がると、あきれた様子でいなくなった。

しばらくするとコナーがカーテンから顔をのぞかせた。一回家に帰ったのか、ぼくの荷物を手に持っている。

「お前は本当に手に負えないな」

「ごめんね」

ぼくはかすれた声で喉を揺らした。

「いいよ。忘れろ。でも親にはドラッグのことは気付かれてしまったから、もううちには戻れないよ」

コナーはベッドの上にぼくの荷物を置いた。

「悪いが、アシッドと、シュルームと、エクスタシーはすでに親に捨てられてしまっていた。あいつら、あの後、不審に思ってお前のカバンを勝手に開けたんだ。すまない……でも大麻だけは、なんとか取り返したよ。お前の持ち物だ」

悪いな、でもそんなのはもうどうでもいいんだ。

「ここからタクシーで二十分くらいの所に、モーテルを取った。お前もまだ時間がかかるだろうから、タクシーで移動して、今晩はそのモーテルに泊まるんだ。明日になって探せば、この街で誰か泊めてくれる友達は見つかるだろう。手のことだけど、ただの幻覚だったらいいな。体には気をつけなきゃいけないよ、お互いに」

コナーはニッと笑うと帰っていった。


次に入ってきたのは若そうな医者だった。中間色の肌に落ち着いた表情。着ているえんじ色の術衣がよく似合っていた。彼はぼくにほほえみかける。ぼくのことならなんでも知っているという顔つきだ。なるほど、君もきっとそこに張り付いて聞いていたのだろうね。彼はバインダーを手に持ち手際よく何かを書き込んでいた。ぼくは彼に、体の隅々まで調べてほしいとお願いした。左手はなんともないというのは納得したが、どうもふだんドラッグをやっているせいか、どこかに毒が回っている気がする。彼はふんふんとうなずいたのでぼくは安心した。しばらくすると、ぼくは一つの事に気が付いた。完全に俯瞰モードに入ったLSDが違和感の正体を見つけ出したのかもしれない。

あれはサンフランシスコに来る一、二週間前の出来事だった。ぼくは東京の一人暮らしの自宅で女の子二人と遊んでいた。二人は友達どうしで、ぼくはキノコというあだ名の女の子のほうが好きだったのだけど、土曜の夜にキノコは先に寝てしまい、しかたがないのでもう一方の子とセックスをした。そのまま日曜は河原でBBQをやって、夜にキノコとセックスをした。別に大した話ではないと思っていたので、キノコにもう一方の子と前日にセックスしたことを伝えると、「あの子、性病持っているから!」とキノコに激怒されたんだ。

「あのね……」ぼくは声を詰まらせる。

「どうしたんだい」

どうやって伝えよう。英語がうまく思い浮かばない。

「女の子……」

彼はぼくの言いたいことをすぐに察してくれた。

「少し待っていて」と彼は言い処置室を後にすると、一分足らずで戻った。手に何かを持っている。

細長い形状をした綿棒のような物だ。彼はゴム手袋をすると綿の先端に粘着性に見える青色の液体をたっぷりと塗った。ちょっと失礼と手際よくぼくのパンツを下ろすと、続いて彼はグニっとぼくのあれをつかんだ。ドラッグで収縮しきった小さな幼虫が口をパクパクと広げる。彼は尿道にズブっとその棒をぶっ刺した。ぼくは想像を絶するような痛みに思わず

「マザーファッカー!」と叫んでいた。

十年分の灸を据えられてぐったりしていたぼくの元に、彼が戻ってくるまでそれほど時間はかからなかった。

「これだね。君が持っているの」

そこには、クラミジアと書いてあった。

「一週間くらい薬を飲めば治るよ」

彼のことばにぼくは胸をなで下ろした。

「もし違っていたらごめんよ……これはすべて計画だったのかい」

計画とはどういう意味なんだと首をかしげるぼくに彼はことばを続けた。

「クリスマスに健康診断」

若い医者は笑った。

「違うよ。だってぼくは本気で腕を失くすと思ったのだから」

「それはきっと君が今年のクリスマスに一番欲しかったものなのだろうね」

どうだろう。たぶん違うと思う。ん? 待てよ。実はそうなのかもしれない。不思議と答えと隣

接しているところが彼の秀逸さを物語っていた。もともと具体的には何も所望していなかった。でもクリスマスに欲しくなったのは左腕となった。体のオーバーホールは前から希望していた。でも知りたくない真実から逃げていた。

「死んで当然の毎日を送っているぼくのこんな生き汚いまねだってさ、聖なる夜なら許してもらえる。そうも思ったんだ」

「そうだったんだね。どうだい。気持ちのほうはだいぶ落ち着いたんじゃないかな」

彼の優しい表情に、ぼくのほおからほほえみがこぼれ落ちた。

「あっちのほうは、一週間分の薬を出しておくよ。心配ない。一週間薬を飲めば普通に治るよ」

何が書いてあるのかわからない書類をもらうと、ぼくは病院のみんなに満面の笑顔でお別れを言った。

「みんなにメリークリスマス。いろいろと調べてくれてありがとう」

先ほどの天使のようなドクターが、慈愛に満ちたその顔でぼくに言った。

「クレイジーな若者にとっても、いいクリスマスでありますように」

クリスマスの当直で疲れきった彼らの顔には、ほほえみが浮かんでいた。ホテルまで乗せてくれたタクシーの運転手は、気さくなおっさんだった。

「なぁ、あんたの家ではもうクリスマスのお祝いはしたかい」

「あぁ、うちは早めに終わらせたんだ。もう子どもたちもぐっすりと寝ている頃さ」

「それはよかった。メリークリスマス。この聖なる夜に家族のために働いているあんたに、とっておきの話をしてやるよ」

ぼくはにやりとして言った。

「世界一バカな、ある日本人の話さ」

＊

まったく、ペットショップで売れ残った犬のような気分だ。プラスチックのお店でまずいコーヒーを片手にほえた。

「うちは親が厳しいから、マーはちょっと……」と電話口で言うクロエに、腹を立ててがぶりとかみ付いたら、クロエがほかを当たってくれて、リカルドが受け入れてくれることとなった。

車できのうやらかしたことの顛末を話すとリカルドは声を出して笑ったが、時に渋い顔をしたようにも見えたので、さすがに性病のことは伏せておいた。うちでは同じ事にならないようにしてくれよと明るく念を押されたが、ぼくもそこまでばかではないので、そんなことはよくわかっていた。向かったのはリカルドの父親がやっているニューヨークスタイルのピザ屋だった。うちの父親が作るピザが一番さ、とリカルドは目を輝かせて語った。たしかに彼の父親のピザは肉厚で、生地がふっくらしているのが最高だった。リカルドが、父親のピザを誇らしげに語る表情が、すべてを美しいものに塗り替えていて、ぼくの気持ちも目の前のピザ生地のようにふっくらと温かくしていた。リカルドの父親は、留学生のぼくに過去の自分の姿と重なるものを感じたのか、あれこれぼくの将来のビジョンについて訊いてきた。ぼくは喉を詰まらせながら、堅実に歩みを進める若者を演じるのに必死だった。

夕方にリカルドの家を訪れると、黒人の子どもが飛びついてきた。リカルドの妹らしい。名前はエンジェル。この家の天使だ。四歳くらいだろうか。アメリカのこの年の子どもは全く手に負えない。しつこく絡んでくるのをリカルドの母親が止めに入った。リカルドと似て目が澄んでいる人だった。リカルドの家は、バルコニーがゴルフコースに面したのどかな平べったい家だった。リカルドの父親は家のバルコニーでゴルフボールをコレクションしているらしく、かごいっぱいのゴルフボールをぼくに見せ、この家にいるとゴルフボールを買う必要がないのさと不敵に笑った。

夕食はバルコニーでみんなテーブルを囲んだ。グラスにイタリアのワインを注ぐと、リカルドの父親が少し戸惑いながら言った。

「言いづらいのだけど、いつものをやっていいかい？」

なんのことかよくわからなかったけど、ぼくはうなずいた。

「きょうはマーと一緒に食卓を囲めることをうれしく思います。この巡り合わせ、そして恵みに感謝を。アーメン」

言いづらかったのは、ぼくの事を敬けんな仏教徒だと思ったからだろう。

夜には「黒人が差別される古い映画」を観た。映画の中で糾弾される黒人青年と、エンジェルの肌の色が頭の中で妙に引っ掛かっていた。

明くる朝、リカルドは父親の店の手伝いに出かけ、ぼくはリビングで、実に十数年ぶりにプラスチック製ブロック玩具に熱中していた。ぼくは無意識で塔を作っていた。エンジェルは開始から一時間も持たず、すぐにちょっかいを出してきた。子どもは飽きやすく、一つの事に長く集中できないのだろうか。そうは考えたものの、ブロック玩具を頭に投げつけられた時は痛かったので、さすがに腹が立った。その度に母親が懸命に彼女を叱っていた。叱られるたびにエンジェルは、おなかがすいたと言った。たばこでも吸いに外に出たいけど、今出ると喫煙者なのがばれそうなので我慢した。母親もだいぶ疲れている様子だった。ぼくは少し自分の子どもの頃の話をした。

「エンジェルは、ぼくの子どもの頃に少し似ているよ」

「本当?」

「うん。子どもらしい子どもだってぼくはよく褒められたんだ。でもそのせいで、人にはたくさん迷惑をかけたよ。遊園地でおもちゃの刀を持つと、もう完全にその気になっちゃって、そこらへんを歩いている人に本気で切りかかった。小学校に入ると毎日けんかして、毎日決まって負けていた。ぼくが七歳の夏休みにお母さんと初めてアメリカに来た時、ぼくの首には犬の首輪がついていたんだよ」

「犬の首輪だなんて冗談でしょう。でも、それだけ元気な子どもだったのね」

「うん、元気な子だったんだ。それにね、ぼくは子どもの頃、未来の自分を思い浮かべ器用にそれに成り切ることができたんだよ。対象の偶像に成り代わるたびに、ぼくは記者会見を受けるんだ。それはぼくにとってまぶしい世界で、その時、ぼくには周りが何も見えなくなる。何も聞こえなくなる。そのことしか頭に入らない。真剣そのものさ」

ぼくはことばを続けた。

「父親はぼくがＡＤＨＤなんじゃないかって言いだして、お医者さんに診てもらって薬をもらうことになったんだけど、なぜかお母さんが強く反対して、ぼくはその薬を飲んでいないんだ」

リカルドの母親は、喜々とした表情を浮かべた。

「あなたもそうだったのね。実は私たちも、エンジェルをお医者さんに診てもらって、薬が必要と言われたのだけど、あの薬は副作用が大きいから、私たちはエンジェルはこのままでいいと考えたのよ。同じ考えの人と出会うことができてうれしいわ」


ぼくは規格外にかわいい子どもだったので、当然ながら周りからも甘やかされて育った。彼らは、ぼくが将来大物になるって言ったし、ぼくも疑いもしなかった。ぼくの家の家族アルバムには、お姉ちゃんの小さい頃の写真があまりない。ぼくのほうが断然かわいいので、彼女が写真を嫌いになってしまったんだ。

ぼくが六歳くらいの頃、母親には一日一冊の本を読まされた。ぼくはつまらない本のページを三十ページくらい平気で飛ばす子どもだった。おもしろいなって心から思う本はあまりなかったけど、一つだけ子どもの頃のぼくを狂わせた作品がある。映画『ネバーエンディング・ストーリー』だ。ちょっと頭がおかしい男の子が、本の世界に入っていって女王様に名前を呼ばれるという物語で、子どもながらにあり得ない話じゃないと思ったし、ものすごく身近なことに感じられてなんだか怖かったのを覚えている。現にぼくはぞわぞわっとしたり、ぞくぞくっとするとき、たいてい彼らと会話ができるのを知っていた。子どもながらにぼくは自分が見られていることを知っていた。ぼくがあの世界だなんだと言っているのは、実はドラッグをやるずっと前からの話なんだ。

もっと教えてあげると、ぼくが生まれたのは昭和六十一年の一月十八日。星座は宿命の山羊座。名前に授かったのは総画三十九の数奇な運命。どうやらぼくの名前は日本神話の天照大神と関係があるらしく、それもあってか、ぼくはものごころついた頃から、自分が将来何かをやらかすって常に知っていた。それは恐らく社会に影響を及ぼす何かだろう。昔からぼくの人生は先に結末が見えていた。結末が必然なものであるから、あの世界はわざわざ人員をさいて、ぼくの人生に「きっかけ」や「餡」を落とし込む。言い換えるとそれは「運」であり、ぼくの父親は運には質量があると考えるクチだった。自らの持って生まれた運の総量よりも、ぼくの持って生まれた運のほうがはるかに量的に多いと彼は言うのだ。そして運には限りがあると言い、努力しろと話を強引にまとめようとする。でも実際のところ、ぼくがあざとく知っているのは運に限りなんてないってことだ。結果が必然なものであるというのが先に見えているかぎり、少なくともその結末を予定通り導き出すまでは、あの世界が飴をケチるなんてことはあり得ないのだ。

だからこそ人生はドラマチックに展開する。すべてはシナリオどおりで、ぼくは適当にアドリブをかますだけ。むしろ自ら崖っぷちの状況に自分を追い込んで、結局はスレスレでうまくいくのを楽しんでいる一面もある。ほかにできることと言えば、体調を整えることと、ドラッグでズルして啓示を自ら奪いにいくこと、それか次の啓示が自然に降りてくるのを待つくらいだった。そりゃ長い人生この考えが揺らぐことだって時にはある。でもそれを信じる強さが、ぼくのエゴにスパイスをつけて、わが世を華やかに彩るんだ。

昼になるとリカルドが戻ってきたので二人で車で出かけた。車に乗り込むと待っていましたとばかりにマリファナを吸った。起きて三十分以内にマリファナを吸わないなんて、ずいぶんと久しぶりだ。その後、ぼくは気になっていた事をリカルドに訊いた。

「あのさ、リカルドの妹は、家族の中でなんで一人だけ肌が黒いの?」

「あぁ。妹はうちで養子にもらった子なのさ。あの子の母親は、あの子がまだおなかにいる頃にヘロイン中毒でね。だからあの子は落ち着きがないし、いつでも食べ物依存のようにおなかをすかしているのさ」

ここはのどかだった。数日を過ごした中で、ケイシーとクロエにも会えた。夜中にリカルドの父親の店で、ドイツビールをタップから勝手に出して飲み、コカインもやりながら、ケイシーとビリヤードで勝負すると、とてもリッチな気分になれた。予想していたことではあるが、やはり富裕層の住む街には上質なコカインがある。リカルドの友達の金持ちのディーラーは、銃も持っていたし、相当にクレイジーだった。エクスタシーも割と良さそうな物を持っていたのでついでに買っておいた。残念ながら、ここではＬＳＤは手に入らなかった。

この街での最後の夜に、リカルドの友達の家のガレージで初めて会う連中とコカインをやった。なぜかリカルドの友達本人はその家にいなかった。リカルドも十二時くらいに、あした朝迎えにくるからと言い去っていき、夜中まで残った数人でコカインをやりながら騒いでいると、誰の母親かわからない母親に追い出されて、みんなで車中泊をした。

「今ここでマーのマジックボックスが警察に見つかったら、俺ら全員終いだな。まぁ、そのときはそのときだな」

オレンジ郡の育ちのいい連中は、なぜかうれしそうに言った。

＊

ＬＡではなんでもビッグにやるのよ、いつかジェニファーがそう言っていた。ＬＡまではリカルドが車で送ってくれた。車中でぼくはダナに会うのが待ち遠しく感じていた。ダナが大学を辞めたのは二カ月くらい前だった。あれから元気にしているだろうか。ダナから言われた住所の家に着くと、彼女はぼくをハグで迎えた。着ている服からはどこか懐かしい匂いがし、彼女がまだサンフランシスコにいたあの頃と変わらない玉ねぎおばさんのような頭にもどこか哀愁を感じた。

「ここは私のおばさんの家なの。おばさんって少し変だから大麻が好きで、だから私たちいつもこの家で遊んでいるのよ」

中にはダナの女友達がたくさんいて、ジェニファーも来ていた。ダナの友達はみんなＬＡの子だから、初めて会う子が多かった。彼女たちにとってのぼくはいわゆるうわさの彼で、初めて会うのにぼくの特徴は押さえているようだった。ダナのきてれつなおばさんにサンフランシスコで買ってきたマリファナをお土産に渡した。ダナはそこまでしなくていいのにと言っていた。

「しばらく会わないうちに英語うまくなったね」

ダナが褒めてくれたので、ぼくは少しくすぐったくなった。

「マーは今ではネイティブのように英語を話すわ」

ジェニファーはどこか誇らしげに言った。ネイティブのようにとは言い得て妙な気もするけど、たぶん、間違ってはいないはずだ。ぼくはバカだから、英語はフレーズでおぼえていったんだ。

「マー。私の妹を紹介するわ。かわいいでしょ」とジェニファー。

ジェニファーも十分美人だけど、妹はさらに美人だった。

「妹のほうがかわいいじゃん」

「知っている。だけどそんなことはっきり言わないでよ」

そう言いながらも、ジェニファーはどこかうれしそうだ。

「ねえ、マー。一日だけでもいいからうちに泊まらない？　ママを紹介したいの。ママも楽しみにしているのよ」

ジェニファーの家。行ってみたい。女の子の家っていいよね。

「じゃあぼくはジェニファーの妹と寝るよ」

「あのね、彼女まだ高校生だから。もういいわ。あんた泊めるのやめとく」

その日は、ダナのおばさんのワインをみんなで三本くらい空けた。マリファナも吸ったし、大丈夫なのかなとも思いながら、テーブルでコカインもやった。うわさどおりの豪遊っぷりだとみんな笑っていた。夜も遅かったのでぼくとダナは、みんなと別れた。車中でダナが言った。

「おばさんにお土産をありがとう。すごく喜んでいたわ」

「あれの出どころは医療大麻クラブだからね。きっと気に入ると思う」

「うちのおばさんって、大麻を地元のガキから買っているのよ。ほら、うちのおばさんって変じゃない？　だからあいつらおばさんからぼったくるのよ。普通の二倍くらいの値段を吹っかけるの。許せないと思わない？」

「そうだね」

「うちはだいぶ前に両親が離婚したの。私は今、パパと住んでいる。パパは無口で気難しい性格だけど、悪気はないからあまり気にしないでね」

家に着くとダナは、もう遅いから寝ようと言い、毛布を上から持ってきてくれた。そしてぼくにハグをすると、二階の自分の部屋へと上がっていった。ダナの家は、建物は古そうだが、ロフトにキッチンがあるのが面白いと思った。ソファーに横になると足の先のクリスマスツリーが目に留まった。それは綺麗に飾り付けられていた。しばらく眺めていると、ぼくは一つの事に気が付いた。もしかすると、ダナがクリスマスを避けたのは、その日が離れ離れになった家族が久しぶりに集まる日だったからなのかもしれない。コナーには悪い事をしたと改めて思った。この休みにはいろいろな家庭を見たけど、その象徴とは、きっとこのクリスマスツリーのようなものなのだろう。優しい光にくるまれながら、ぼくは眠りについた。

＊

車窓からストロボのような街の光の軌道を眺めていた。大胆な街並みだ。後部座席で一人吐息で窓を曇らせた。エクスタシーで脈打つ鼓動は、カーステレオから流れる四つ打ちと似たようなＢＰＭで、ぼくはそれを確かに感じながら、窓を開け神聖な空気を思い切り吸い込んだ。ただの深呼吸が気持ち良い。「寒い」とダナに言われてしかたなく窓を閉めた。運転すると性格が変わるという人もいるけれど、ダナはまさにそれで、ステレオから流れてくる音楽に肩を揺らして楽しそうにしていたかと思えば、急にガッガッとハンドルをぶったり、トラフィックをののしったりして、喜怒の二面を発露していた。助手席のティファニーは、エマ・ワトソンのような高嶺の花ブロンドで、こよいは髪を後ろで三つ編みに結んでいた。ぼくをわっしゃわっしゃなでてくるタイプではなかったし、彼女はぼくに対して一歩引いた姿勢を保っていた。ほかにはダナの従妹が一緒にいた。これは持論だが、一緒にレイブに行くのはやはり女子かレズビアンに限る。ダナの従妹は、高校生のくせにさっきエクスタシーをやっていた。あのきてれつなおばさんもその事を知っているのだろうか。とにかく、ぼくはすでに二発ぶち込んだエクスタシーが胃の中でとろけていて、もう気持ちよくておかしくなっているのです。未知なる性興奮の絶頂、その頂へ昇るさなかに、ぼくたちは会場に着いた。こよいの会場はなんとあのレイカーズのホームスタジアムだ。すでに地響きのような重低音が地面を伝っている。車を降りると肌に冷たい風が突き刺さり、ぼくたちはみんな薄着なので、寒いねと笑いながら、危険な匂いがする暗い道を駆け抜けた。

ゲートはすでに狂気に満ちあふれた人並みがずらりと列を成していた。列と言っても縦一列ではない。ぐちゃぐちゃだ。ふとダナが手を握ってくる。きょうはいつも以上に握りしめる手がぎゅっとしている。ダナはぼくを自分の正面に立たせ、ぼくの目を見ると真面目な顔で言った。

「いい？　きょうは絶対にはぐれないようにしなきゃだめよ？　あのね、会場は大きいの。一度はぐれたら二度と会えないと思ってね」

少し大げさな気もしたが、ダナの言っていることはわかった。ここはＬＡなので、サンフランシスコとは全然違う。油断なんてしていなかった。ボディサーチは、男女別々に行われた。ドラッグはすべてぼくが持っていて、ちゃんとある所に隠していた。マリファナはかさばるのでダナに持ってもらった。ダナは女のほうのサーチが甘いことを知っていたし、別に神経質に考えてはいなかった。このような商業レイブで、彼らが本気で探しているのは、銃であり、マリファナではないからだ。ボディサーチを無事クリアし、後はサーチで分かれたダナと合流できるか。約束の入り口付近でダナをしばらく待っていると、人混みの中でダナを見つけた。まるで迷子の子どもを捜す母親のような面持ちだ。ぼくを見つけると彼女はほっと胸をなで下ろし、隣にいるティファニーの肩を握った。ＬＡの人さらいの波はだてじゃないみたいで、この時点でチームからは一人が脱落していた。ダナの従妹だ。電話しても出ないので、置いて行くことにした。ダナはそれなりにショックを受けていた様子だった。そしてぼくにもう一度念押しで

「あの子のようになっちゃだめ。私が絶対にそうはさせないから」と言った。

スタジアムは、まるで躍動する昆虫のように大きな口を開けていた。丸みを帯びた昆虫の胴体部は割と高めの周波数で揺れ、目をペンで書いたら自走しそうだ。ぼくたちはその大きな口に飲み込まれていった。ＬＡではなんでもビッグにやる、か。きょうは一緒にいないジェニファーのことばが頭によぎった。会場の入り口付近で飲んだビールは冷えていてうまかった。でもこのような物を一晩中飲んでいたらトイレが近くなってしまう。儀礼の一杯。さらりと飲み切り、荷物となったコップは

すぐに床に放り投げた。会場の地理はよくわからない。ふらふら時計の針と逆の方向に進むと、ダナに腕をグッと引っ張られた。ダナはみんなで手をつながないと迷子になると言いだし、そこからはダナを先頭にする形で、ティファニーが真ん中で、ぼくは彼女と手をつないだ。横に引っ張られる形で、しばらく人波をかき分け進むと、屋外のサブステージに着いた。流れているドラムンベースは、ぼくの中に眠っている狂った攻撃性を抱き起こす。スラブ壁を背にたばこを吸っていると、男が声をかけてきた。

「きょうはどんなドラッグをやっている？　エクストラない？」

「エクスタシーならエクストラはあるけど」

「やったぜ！　種類は何？」

「ホワイトクラウン。でもクリーンすぎるから、あまりレイブ向きではないと思うよ」

ダナが持っていたブルードルフィンのほうがダーティで踊りやすいので、こよいぼくは二つをカクテルしていた。どうしても欲しいと彼に言われたので、ホワイトクラウンをしかたなく売ることにした。本当は十ドルで買ったけど、五ドルで売った。ぼくはやましい気持ちになった。ぼくが売るなら、もっといいやつじゃないと納得できなかったんだ。でも旅先ではこれが限界だった。その後も何人かに声をかけられて収拾がつかなくなったので、ダナが店じまいを宣言し、ぼくたちはサブステージを後にした。ティファニーが一人でぼくの手を引っ張るのがきついと言いだしたので、配置を交換し、今度はぼくが真ん中になった。ぼんやりとした蛍光灯に照らされるコンクリートのスタジアムの廊下を、跳びはねるように踊りながら歩いていると、通り行く人々はまるい目をしてぼくを見ていた。するると、通路にいたラティーナの美しい女の人がぼくを見て、目を大きく見開くと、自分の胸に飛び込んでおいでと両手を広げた。ぼくは、すぐさまあの子が欲しくて彼女のほうに向かうと、ダナとティファニーに手を引っ張られた。そして連れ去られるぼくを、彼女は残念そうな表情で肩をすくめ見送った、いいところだったのに。ダナは

「ごめんね、マー。会場は広いから、一度はぐれるともう会えなくなっちゃうのよ」と申し訳なさそうに言った。

「でもあの子、おいでってぼくに手を広げていたよ」

「わかっているわ。でもね、マー。レイブにいる子って性病持っていることもあるから、気をつけなきゃだめなのよ」

大丈夫、それならぼくも持っている、なんてとても言えなかった。

「でも――」ぼくはまだ諦めきれずにしゅんとしていた。

「でもたしかにマーに視線が集まっているのを感じる……」

ティファニーは少しいぶかしげな表情で首をかしげ言った。その表情の裏には、きっとアジア人の追っかけの女二人と見られたら、ブロンドガールのプライドが許さないといった感情を抱いていることだろう。

「たぶんぼくが日本人だからじゃないかな」

「すかっとするくらいクレイジーな、ね」とダナ。

「ダナが言っているクレイジーっていうのは、ドラッグの衝動と、最強のエゴで、女の子をはらはらドキドキさせることができる、ぼくみたいなピンプのことを言うのだよね」

「ごめん、音がうるさくて聞こえなかった。もう一回言って」とダナ。

メインホールに近いのか、音は次第に大きくなり、ぼくはもういいですと思った。昔からサイケデリックトランスは音が下品なところが好きだった。メインホールで二人と手を離すと、ぼくは体をぶち壊すように跳びはねて踊った。ぼくの周りには、少々の人だかりができていた。ダナも最初は「見て、マーの踊り方」と言って笑ったが、そのうち一緒に踊った。薄暗いこのホールでダナの楽しそうな表情が光で残像となりかすかに照らされた。少し遠くに、露出の多いセクシーな格好の女の人たちが、何やら高い場所で踊っていた。あそこにはどうやって登ったのだろう。彼女たちは乱れ咲いた美の象徴で、たまっているぼくには蘭の花に見えた。薬で収縮しきったぼくの性器は先っちょよりしくしくと涙を流していた。爆発音が風となり、ぼくの体を突き抜ける。しばらくすると、ダナが「二階席へ行くよ」と一声発し、ぼくの手をつないだ。スラブ壁に等間隔で付いている蛍光灯の光は、暗闇の中でははっきりと見えなかった人間の健全たる狂気を映し出す。叫び出すアナーキーに蛍光色のスケルトン、マスカラがにじんでパンダみたいになった女、上半身裸の汗くさそうなスキンヘッド。どいつも足元がおぼつかなく、何度か体がぶつかった。アリーナの二階席に着くと、前列のヘッドレストに足をどっかりと乗せ、大きく背伸びをした。二階席はスタジアムのメインホールをぐるりと楕円状に囲っている。たしかにここからの眺めだと、この場所があのバスケチームのホームスタジアムというのも納得だった。ぼくたちはみんなでマンモスのようにジョイントを吸うと、ダナは何かを思い出したように

「そういえば、私があげたあのアシッドやらないの」とぼくに訊いた。

ぼくはすっかり忘れていた。ＬＳＤはコナーの親にオレンジ郡で没収されてから、ずっと探していたのだけど、なかなか見つからなくて困っていたところ予想外にダナが持っていたんだ。サンフランシスコから持ち帰ったが、結局やらないで取ってあったらしい。

「やる。半分こしようか」

半分では足りないとわかっていたが、一応訊いてみた。

「遠慮しとくわ。マーの面倒を見なければいけないし」

たしかにそうだと思った。ぼくはＬＳＤを口に放り込んで、ジョイント二本吸い終わった頃には、体がけだるさをともない重くなってきたので、ダナの肩に寄りかかり眠った。

またここか——猛烈な寒さに目を覚ました。目に飛び込んできたのは採れたての野菜たち、キャロットにルッコラ、キャベツにケールとほうれん草……。思わず目をこするも、アリーナの二階席から見える群衆は、やはりすべて野菜に見えた。

「おはよう。気分はどう？　このスタジアムは照明がすごいでしょ。アシッドなんてやった日には、

すごい幻覚が見えるんじゃないかしら」とダナ。

「マーが寝ている間に、カウントダウン終わっちゃったよ。三十分くらい寝ていたわ、あんた」ティファニーがあきれたふうに言う。

寒くてぶるぶる震えていたぼくに、ダナがパーカーを貸してくれた。グレーの杢編みのパーカーは、サイズもちょうどでぼくを優しくくるんでくれた。フードを頭からかぶると、気を引き締めるように自分でほおをたたいた。ここから先はサバイバルだ。ダナも最後まで気を抜かずぼくの面倒を見てほしい。だってぼくが正気をなくしたら、ここからまっすぐは帰れないだろうから。そんな心配をよそに、ティファニーは
「私、喉が渇いた」と言った。

「うーん。そいつは危険だね。今のぼくを動かすのは、君が思っている以上にリスクを伴う。なるべくぼくはここにとどまりたいのだけど……」

「私たちがついているから大丈夫」

ダナの説得でぼくは歩かされていた。ＬＳＤがだいぶ効いているのか、上手に歩けない。フードをかぶったせいで何度かハットが脱げそうになったが、そこはダナがよく目を配ってくれた。ようやくたどり着いたドリングバーには長蛇の列ができており、店員はゴブリンだった。

「ゴブリン！　ゴブリンがいる」

指をさすとダナにぱちっと手を払われた。

「指をささないの。ここLAではそういう小さい事が、トラブルにつながるんだから」

ダナはぼくの首をつかんでことばを続ける。

「あれはただの人よ。ちょっと小さい人。マーがトリップしているだけよ。ほらもう一回よく見てごらん。ゴブリンなんてどこにもいないわ」

そのことばに前の列の人たちがぼくを振り返った。みんな『ロード・オブ・ザ・リング』の悪役のような見た目をしていた。隣を見るとティファニーの鼻が狼になっていた。その鼻はピクピクと獲物を捕らえ震えていた。ぼくがダナの背中の後ろに隠れていると、リラックスしてとダナは言った。

「私がついているから大丈夫。それにゴブリンは人に危害は加えないよ」

そして誇らしげな顔を浮かべ
「LAに来て良かったでしょ」と笑った。

列が進み、距離が近づくと、さらにゴブリンは鮮明なイメージとなっていく。ここまで鮮明だと注文するのが怖かったので、狼のティファニーさんにぼくの欲しいものを伝えて代わりに買ってもらった。ゴブリンが作ってくれたドリンクはほんのり甘酸っぱい味がした。やはりレイブには来る価値がある。幻覚剤というものの神髄を、また一つかい間見た気がした。次いで二人はトイレに行きたいと言った。残念ながら、ぼくも我慢の限界に近かった。

男子トイレは地獄絵図だった。列に並ぶと、その異様さに卒倒しそうになった。つんざくように鼻を攻撃してくる排せつ物の悪臭に、代謝物の酸。程ない距離でぼくを待つタイル貼りの空間からは、汗と尿が混ざり合わさった蒸気が密閉空間の天井を伝い、『ハリー・ポッター』のディメンターのような煙の化け物に変異し、ぼくの頭上を飛び越して行く。列を成す野郎どもの半数以上がなぜかTシャツを脱いでいる。彼らは肉の塊以外の何ものでもなく、先ほどまで女子と一緒だったぼくは、環境の急激な変化についていけない。ぎりぎりまで息を止めて頑張ったが、無情にも、目と鼻と口すべてに蒸気を思い切りくらった。列が進むにつれ、圧迫感が増していき、タイル壁の異質空間が目の前にまで来ると、ある恐ろしい事実に気がついた。これは刑務所そのものだ。ここにいる筋肉質の野郎どもが力ずくで押さえつけてきたら、なすすべもなくカマを掘られるだろう。ふざけんじゃねぇ。そんなのは絶対にイヤだ。でもおしっこがしたくて、もうぼうこうが破裂しそうだからここから逃げ出すわけにはいかない。屋外であればどこかで立ち小便ができるだろうか。そうこうしている間にぼくの番が来た。足の踏み場もないくらいあふれた小便が、タイルの地面の上で水たまりを作っていた。前から苦手だったがあの小便器は無理だ。どんなに離れてしても、ぼくのデニムに跳ねるに決まっている。早く行けよと小突かれた。後ろで苛立ちの声が突き刺さる。次の瞬間、個室のほうの扉が開き、男が出てきた。助かった。靴が浸水するのを防ぐために、つま先を立て恐る恐る壁に囲まれた空間に向かった。しかし、目の前に広がった異空間は、泣き叫びたくなるような惨状を呈していた。

なんとか用を足したぼくは体育座りをしながらずっと放心状態でダナを待った。ダナが戻ってくると、「どうしたの」とぼくの背中をそっとさする彼女の母心もそっちのけで、ぼくはダナの服で体のあちこちを浄化した。二人は、女子トイレはさほど悪くはなかったと言った。それからぼくたちは駐車場へとつながるコンクリの通路の地面に座った。なんておぞましいこの世界、ぼくは完全にへこたれていた。通路を通る人々の群れ、彼らの熱気や興奮の裏側には、排せつ衝動が立ち現れ、あのような生々しい肉汁の分泌物として、トイレを埋め尽くす。もうあの悪夢のような情景のことは考えたくない。ここまでか。初めのほうは女の子を両手に爽やかな汗を流していたんだ。それが今や拭いきれない汚れにまみれている。もう踊る気がしなかった。頭をぐったりとうなだれコンクリートの床を見つめていた。そんな時、ぼくは大変なことを思い出した。

「忘れていた。コークがあるじゃん！」

ダナとティファニーは顔を見合わせると間もなく笑い出した。「この期に及んでこいつは」と言いたげだった。ぼくは立ち上がって跳びはねた。ぼくは絶対に懲りないんだ。

「むちゃよ。エクスタシーとコークを混ぜるのは危険なのよ。しかもあなた、アシッドもやっているじゃない」ダナが冷静に言った。

「大丈夫だよ」

無視するように、ぼくはドバッとコンクリートの上にコカインを広げた。少し出し過ぎたかもしれない。カードを使いラインを作ると、ダナは、

「オーマイゴッド！　コンクリの上でコークをやるのはあんたくらいよ」と言ってティファニーと笑っていた。

コカインを鼻で一気に吸い込むと、呼吸ができないくらいにもん絶した。どうやらぼくは今まで勘違いをしていたみたいだ。コカインなんて大したことない、こんなもんかと思っていた。でもこの時に初めて思ったよ、コカインは完全無欠のアッパーだって。嘘のように一瞬で全身の疲れが吹き飛んだんだ。ＬＳＤ特有の踊れなくなるけだるさも、もうそこにはなかった。肉体だけではない。先ほどまで心を支配していた嫌な事がすべてなくなった。これには驚いた。踊りたい。踊り狂いたい。ぼくはまだまだいける。あの刑務所の地獄絵図も、もう頭にはなかった。よし、そこら中のセクシーな女の子を連れてラインをやろう。みんなが疲れてきたこの時間に、ぼくはコカインで革命を起こしてやる。これこそ真のパーティの王様だ。

「コークは優秀な天然素材だ。ほら！　体がこんなにも軽い」

跳びはねてみせると、二人はまた笑い出した。一緒に踊ろうとダナの手を引っ張ると、

「私たちは疲れたからここで待っているわ」と彼女は言った。

ぼくはメインステージへと向かった。先ほどは邪魔されたけど、もうほかの女と一緒に踊ってもいいんだ。辺りを見渡すと、先ほどまでセクシーな女の人が踊っていた高い場所の上で一人の男が踊っていた。よし、あそこに登ろう。そして照明を浴びるんだ。ぼくはダナとティファニーの元へ戻ると、二人をメインホールに連れ出した。

「ほら、あそこ。あそこに登って踊る。ここで待っていて」

指をさした先に見えるのは、ぼくの晴れ舞台。登ろうと足をかけると、先ほどの男がぼくを引き上げてくれた。黒い物体の断崖に立ち、観衆を見下ろすと、ぼくは悦に入り大きく手を上に広げて目を閉じた。まぶたの裏に光が差し込んできた。ぼくが有名になる未来の雰囲気をぼくに味合わせたいと、誰かが照明を当ててくれたんだ。曲のドロップインの瞬間に、ぼくは地面を激しく蹴飛ばした。

「見て！　薬をやると人間の体はこんなにも自由になるよ！」

酒を飲んだくらいじゃこの肉体は満足しない。それ以上の刺激を常に追い求めている。ぼくたちはこうやって暴れたい。生きているってわめきたくなるまで狂いたい。この瞬間、この衝動が、ぼくを突き動かすから、ぼくは壊れるまで狂ったように笑いたいんだ。

その時だ。男が飛びかかってきて、ぼくを黒い物体の上に押さえつけた。さらに男は首根っこをつかみ、毛が生えた黒い物体にぼくの顔を押しつけた。誰かが、ぼくの右足をぐっとつかみ強引に引っ張った。ぼくは黒い物体に爪を立てながらも、たくさんの手がぼくを捕まえようとしている瞬間を見た。キャッチされると、ぼくは男に地面に押さえつけられ、そして数人にがっちり両腕を後ろからホールドされ、立たされた。

怒髪天をついた表情をした男が、ぼくの髪をつかんで言った。

「お前、何回も警告しただろう」

「え、何が」

「聞こえなかったなんて言わせねぇぞ！」

「この野郎、何回も警告したのにスピーカーの上で跳びはねやがって！　スピーカーが倒れる寸前だった。そしたら人が下敷きになって大惨事だ」男は声を荒だてる。

「お前どうせ薬でもやっているんだろ。こっちへ来い！」

ちょっと待って、話を聞いてくれよ！　数人につかまればぼくは連れ去られた。恐怖のあまり毛穴から何かがはい出ている。ぼくは警察に引き渡されるのか？　足で必死に地面を踏ん張ろうとし、必死に抵抗しても、男たちの力の強さに圧倒され、ぼくは無力だった。

「おとなしくしろ。お前、何回も警告しただろう！」

「聞こえなかったんだ！　ぼくは英語がわからないんだ！」

ぼくは叫んだ。

「嘘をつけ！」

「彼の言っていることは本当よ！　彼は英語が話せないのよ！」

後ろからダナの声が聞こえた。彼らはダナのことばに反応することなく、抵抗するぼくを数人がかりで動けないようにし、廊下を突っ切っていく。警察だけは勘弁してくれ！　関係者以外立ち入り禁止のサインを越えると、豚がシャワーを浴びていた。なんでシャワーなんだ、冗談じゃない。刑務所へ入ったらこんなやつにカマを掘られるのか。この空間はあのおぞましいトイレそのままだ。

「ぼくは英語ができないんだ！」

ぼくの悲鳴は廊下中を伝っていた。いつまで続くのかわからないこの通路は、ぼくの人生を早送りにして狂わせていく。イヤだ、なんでも言うことを聞くから、ブタ箱は絶対イヤだ！　ケツの穴がキュッと締まっていた。無理やり立たされ歩かされてはいたが、自分の足でなんて立てていなかった。知らなかったんだよ、本当だってば！　あれがスピーカーだなんて、本当に知らなかったんだ。警告だって本当に聞こえなかった。それにほかにもあそこで踊っていた人はいたじゃないか！　目の先には次第に鉄の扉が見えてきた。あのドアの先はもう隔離された世界なのだろうか、思わず目をつむった。もう悪いこともしないし、ドラッグもやらないから、神様ぼくを助けて！　鉄の扉が開くと、ぼくの腕をつかんでいた男が、思い切りぼくを突き放した。勢い余ってぼくは地面にひざをついた。

肌に触れたのは乾いた風だった。先ほどまでの熱気に蒸された空間にはない、からりとした空気。背後の鉄の扉がカチャリと音を立て閉まった。目を開けると少し離れた鉄柵の向こうに、赤点灯する護送車が二台。同時に道の向こうで救急車がけたたましいサイレンを鳴らし走り去っていく。でもぼくの目の前には警察も誰もいなかった。後ろには鉄の扉が無機質な表情でたたずむだけで、ぼくをわしづかみにする手も、ぼくをののしる臭い口も、そこにはなかった。はめられた、幸運な意味で。ぼくはハッとして、ドラッグを植木の影に投げ捨てた。

「こんなくそったれのおもちゃのためにブタ箱になんか入ってたまるか！」

大きくため息をつくと、鉄の扉からダナとティファニーが出てきた。二人とも息が上がっている。

「信じられないわ。マーをたたき出すなんて。こっちは金を払っているのに！」とダナ。

「ぼくは警察に捕まるかと思ったんだ」

「私もそう思ったわ。でもよかった」

駐車場へ向かって歩く中、ダナはずっと文句を言っていた。ぼくはもうあの警備員の荒行も、もう恨んではいなかった。柵の中を道なりに進むと出口らしき場所が見えてきた。

そこには黒人の女性警備員が立っていた。ぼくは少し挨拶を考え

「なあそこのあんた。きょうは最高に楽しかったよ。キックアウトくらったけどな。なぜならぼくは、スピーカーの上でこうやって踊っていたからね」と言って跳びはねて見せてあげた。バレリーナのようにお辞儀をすると、彼女は飛び上がって手をたたいて喜んだ。

「おうちへ帰ろう。こんな汚い場所はもうこりごりさ」

駐車場ではダナの従妹が、ぼくたちを待っていた。

「デュード！　みんなどこ行っていたのよ」

彼女は興奮して訴える。

「それよりも私、二階席から見ていたのよ。マーがスピーカーに乗ってね、両手をこうやって広げて跳びはねるように踊っていたの。ほかの場所を照らしていた照明が、一斉にマーに集まったのよ。でも

その後、マーは引きずり下ろされたの。私、いてもたってもいられなくなって、ずっと探していたのよ」

「うん。みんな知っている」

ダナがそう言うと、ティファニーが、もうこれ以上吹き出すのを我慢できないという感じで笑い出した。

夜空に吐息を浮かべながら、ダナのおばさんの家に帰ると、おばさんはまだ起きていて、ぼくたちの帰りを待っていた。ドラッグで泥んこになったぼくたちを、彼女はワイングラスを片手に迎え入れた。

「私のいとしき子どもたち、無事で良かったわ。楽しかった？」

「聞いてよ。あいつらマーをたたき出したのよ。こっちは金を払っているのに」

ダナはその後も、ぼくがトリップしてやらかした事を楽しそうに語っていた。ぼくは、あの熱気で足のつま先までギトギトになっていたので、ダナからこの家に二つあるというバスルームに案内してもらい、ふかふかのバスタオルを受け取ると、シャワーを浴びた。

シャワーから上がると、みんなはまだ起きており、早速

「シャワーが長い」と笑われた。

しばらくマリファナを吸って話をしていると、眠くなってきたので、ダナに

「真ん中で寝たい」と言うと
「ヨーロッパのピンプみたいね」と彼女は笑った。
チョコチップクッキーを食べた後、ダナと歯を磨いていると、
「ティファニーは女の子だからね。絶対に触っちゃだめよ。マーはわかっていると思うけど」と言われた。

歯磨きを終えるとベッドで、シーリングファンがゆっくり回転するのをうっとりと見つめていた。サウカルの家はこれがあるからいい。ティファニーは隣でもう寝ていた。ぼくは重くなるまぶたに逆らわないようにつぶやいた。


「あした、朝起きたら新聞を買いに行こう」

「新聞？　どうして？」

「あの時のぼくが一面に載っているかもしれないから」

「信じるわ。マーの言うことすべて」

「ぼくはあの光の中に自分が有名になる未来を見たんだ」

「信じるわ」

ダナはエメラルドのように美しいグリーンの瞳でぼくの目を見つめると言った。

「私たちっていつまでも親友よね」

＊

ディランはユダヤ人のストーナーだ。髪型とひげはヴィンセント・ギャロで、顔はギャロを縦に短くしたような感じで、彼はみんなに裏でリトルビッチと呼ばれている。小ざかしいって意味だろう。ディランは性格が悪いので、みんなは口々に「あいつがユダヤ人だからだ」と悪口を言った。ユダヤ人だからってどういうことなんだろうとほのぼの思っていたら、冬休み後ＬＡから戻ってほんの一、二週間で、今やぼくはディランの卓越した知性に言いくるめられ、仮住まいの存在へと降格していた。最大の要因はぼくが持っていたクラミジアだ。いつものように笑いながらよけいな事を言ってしまい、自爆したという話である。その病名を聞いてディランの表情が凍りつき、彼に家を出ていけと言われた。当初ベッドルームをディランと二人でシェアする予定だったが、この病気を口実にぼくはリビングに追放された。もう薬を飲んで一週間たっているので、とっくに治っているというのに、まるで空気感染でもするかのような扱いだった。

ディランは、ぼくの目の前で三百ドル以上したというあかね色の高級なガラスボングを、時折大切そうになでていた。横では、ディランの彼女のエリザベスが、ディランにこびりつくように座っていて、ぼくとケイシーとクロエは反対側のソファーから、そんな二人を白い目で見ていた。

「この前、俺がトイレに行ったら、こいつがシャワーから出てくるところに間違って遭遇してしまったのさ。びっくりするぜ。こんなんだぜ」

ディランがぼくをあざ笑うかのように、指でサイコロくらいの隙間を作り、みんなに見せた。

「いや、そんな小さくないよ」

「じゃあどれくらいなんだよ。やってみろよ」

ぼくは親指と人差し指を目いっぱい広げてみせた。

「嘘つけ」とディラン。

「やめなよ。ディラン。そんなくだらない事を言うのは」とクロエは横で笑っていた。ケイシーは下ネタが一切通じないので、こういう時は目を細めている。

「あの時は一番小さかったから――」

「当たり前だ。俺を見ておっ勃っていやがったら、今度こそこの家から追い出してやる。そうか、お前は売春婦の息子で、さらにそっち系か。よし、きょうからお前をそう呼ぶことにしよう」

「違うよ。うるさいな」

「おい、それよりもお前ら見てみろよ。マーのあのみっともないベッド。あれは絶対女とやれないベッドだな」

ディランが指さした方向を一応みんなで振り向くと、惨めなぼくの風船の城がどんとそこに鎮座していた。リビングに追放された後、しばらくはソファーで寝ていたが、父親からもらった高級なソファーが通常よりも早く劣化しているとディランに早速文句を言われたので、ケイシーの妥協案で、運搬に便利な安いエアーマットレスを通販で購入した。でもそれは思ったとおり、値段相応の性能しか持ち合わせてなく、朝になる頃には荷重が最もかかる所を中心に沈み、幾度もパンプする必要があった。

「いいじゃない。寝心地がよさそうで」

ケイシーは慎重にことばを選ぶような様子で言った。

「じゃあ、ケイシーお前、そのベッドでマーと一緒に寝たいと思うか」とディランが言うと、ケイシーは黙らされたように口ごもった。

「それは別の問題じゃない」とクロエがすぐさま返す中、ぼくはもう完全にむっとして、

「ケイシーが乗ったらパンクしちゃうよ！」と言うと、クロエはぼくの肩に思い切りパンチしてきた。

ケイシーが

「オーマイゴッド……」と言い鼻にしわを寄せていた。エリザベスが

「まあまあ、みんな落ち着きましょうよ。マーもそういう目的で、買ったわけではないのよね」などと抜かしたので、

「そういう目的じゃなきゃ、どういう目的なんだよ！」とぼくが声を荒げると、エリザベスは軽蔑した目でぼくをキッとにらんだ、いつものやつだ、アメリカで声を荒げると、自動的に見る反応……ここでは、先にどなったやつが負けなんだ。

「いや、普通に一人で寝るとかあるじゃない」とクロエ。ぼくがむっとした反応をすると、彼女はいたずらな笑みを浮かべた。

ケイシーは隣でダンプカーに轢かれたような表情をしていた。ぼくはブロンドガールであるケイシーのプライドを奈落の底に突き落としてやりたい。この逃げ遅れたホワイトガールをもっといじめたい。こんなんじゃ全然足りてなくて、もっとけちょんけちょんに口撃して、胸をもっともっときゅんきゅんさせたいんだ。正直言うと、ケイシーはまあまあかわいいし、ぼくはケイシーでも全然良かったけど、ぼくの性病がばれてから、もともとあったんだか、ないんだかわからない可能性が、現在ほぼゼロになっている。ぼくは彼女の隣で今、ショッピングモールにいる子どもみたいにソファーを転げ回って、

「あの蒼い瞳のドイツ人形が欲しい」と駄々をこねているただのキモいアジア人なのだ。でも、ぼくたちはこのほうが良かったのかもしれない。だってぼくが初めからケイシーに、かわいいねとか「そのスウェット、着飾らない君のそんなところが好きだよ」とか歯の浮くようなセリフを吐いていれば、今頃、ケイシーはクラミジアにかかっていただろう。だからケイシーとは友達でいいけど、ぼくはこの前にケイシーと一緒にピーターとゴードンの「愛なき世界」を歌った時のことが忘れられないんだ。彼女のブロンドが窓からさし込む陽の光に照らされ、まるでそれはガラスで手が届かないショーウィンドウのマネキンのようにまばゆいばかりにつやめいていた。

ディランが、猫なで声で

「どうだ、マー。君のブラザーにちょっと大麻を分けてやる気概はあるかね」と言った。手にはマリファナをほぐす鉄製のグラインダーを持ち、ぎざぎざがついた所にマリファナを置けと言ってくる。

「お前のボングを使わせてくれるならいいよ、みんなで」

「ま、しかたねえな」と言い、ディランはあかね色のボングと呼ばれる水パイプを大切そうになでた。

ぼくが大きいバッズをディランのグラインダーの上に置くと、ディランはそいつをつまみ上げた。

「こいつはあれか、この前に俺の行きつけのクラブで買ってきてやったやつだな」とディランは言い、そしてあごひげを誇らしげに触りながら
「このクラブの店員は、みんな俺のブラザーなのさ。彼らは俺が行くたびに毎回おまけをしてくれる、例えばエイス分を買うと普通は三・五グラムだが、彼らは俺には四グラム入れてくれるのさ。なぜだかわかるか。俺が愛されているからだよ」と続けた。

ぼくたちが眉一つ動かさないのは、およそ百回はこの話を聞かされているからだ。ディランは自己顕示欲の塊なので、こんな話ばっかりするし、誰よりも人から愛されたいって思いが強いやつだった。ごくまれにディランは遠い目をして、ぼそっとこの国でユダヤ人として生まれる葛藤を語ることがある。内容はほとんどおぼえていないけど、ぼくはなんとなく横でそれを聞いているのが好きだった。

「良かったね、ブラザー。でも、この大麻は正直ぱっとしないな」

「俺の目が曇っているとでも言いたいのか……まあいい、では俺が確かめてやる」と言い、ディランはグラインダーの鉄のふたを手のひらを使いぐっと押し込むと、ごりごりとマリファナを崩した。

「マーはどんな品種の大麻が好きなの、私はサワーディーゼルが好きよ」とケイシーがぼくに訊いた。

「名前がわからないんだ、ぼくが今まで吸ってきた中で一番良かったやつは。でも一つだけわかるこ

とがあるんだ――」

「名前がわからないんだったら、どうせクソネタに違いない」とディランが鼻で笑うと、エリザベスが「待って、ベイビー。まずはマーの話を聞きましょう」と言ってディランの肩をつかんだ。

「あれは、アウトドア栽培の大麻だった。恐らくヒッピーが北で育てているんだと思うよ。なんていうかガツンとくる飛びの強さがあって、まるで魔法がかかっているみたいだったんだ」

みんなふうんと言って聞いていたが、ディランは眉をつり上げた。

「やっぱり、お前は何もわかっていない。お前が知らない世界の話をするとだな、アウトドアの大麻は、医療大麻クラブでは安物なのさ。例えばほかのインドアの大麻が、四十ドルで売られている中、三十ドルで売られているのがアウトドアの大麻ってやつだ」

「なんでなんだろうね」

「さあな。とにかく、インドアのほうが優れているのはわかりきったことだ」

「でもこの前にシティのカンナビスフェスティバルで、ベテランのブリーダーの爺さんと話したけど、彼もアウトドアがいいって言ったよ。アウトドア・オーガっていう品種が彼の中のベストで、でもそれは二十年以上前に親株をロストしてしまって、もう再現できないんだって」

「おいおい大丈夫か、その爺さん、懐古主義が過ぎるただの妄想野郎じゃねえか。いいか、大麻っていうのは昔に比べて格段と栽培の技術も上がっていて、昔とは全く別物なのさ。俺の親父が言っていたから間違いない」

「でも彼は栽培器具を作っている会社の社長だったし、今の大麻のこともよくわかってそうだったよ。ぼくは死人と話したわけじゃないんだ」

「いいから、しゃべってばっかりいないで早くパックしなよ。みんな待っているのよ」とクロエがディランに言うと、ケイシーが
「私やろうか」と言い、ディランからグラインダーを受け取った。ケイシーはテキパキとボングにマリファナを充填し、少しぼくの顔を伺いながらもディランに手渡した。ディランはもったいぶった笑顔で、そいつを吸うと思い切り顔をしかめた。

「でも、この大麻はたしかに微妙だな。何が起きたんだ、この後味の悪さ」と言い口をすぼめる。

ケイシーがすぐに新しいマリファナを詰めてボングをぼくに渡してきたので、お先にどうぞとぼくが言うと、彼女はそれを吸ってむせながら
「悪くないと思うけど……」と言った。クロエが
「マーは品質にはうるさいのよ。それにマーはオランダにも行ったことがあるのよね」と言った。

「大麻は幻覚剤だからね、そりゃぼくはこだわるさ」

「は？　お前、大麻が幻覚剤だってマジで言ってんのか。幻覚剤をさんざんやっているお前がそんな違いもわからないとは、驚きだな」とディラン。

「幻覚剤をやっているからわかるんだよ」

「じゃあ大麻は幻覚剤みたいに幻覚が見えるか？　見えないだろ。こいつみたいなやつがいるから、

いつまでもたっても大麻が合法にならないんだ」
「ぼくには見えるよ。大麻がどうこう言う前に、ぼくたちはもっと抽象度を上げて、幻覚剤ってもののの本質を見つめ直す必要があるのさ」

ぼくたちの会話は、大抵くだらないものだ。ここにはなぜかテレビも音楽をかけるスピーカーもない。聖地だった大学から追い出されたこの疎外感を、ぼくはどうにもこうにも隠せない。でもうちはディランがよくしゃべるからいつだってにぎやかだったし、ぼくは寂しくなんてなかった。冬になったのもあってか、ＤＳＡのなじみもよくここに集まるようになった。ルームメイトのマックスとオースティンは、かたや寝るときも革ジャン、かたやモヒカンのパンクロックコンビだったけど、聴く音楽のジャンルは微妙に違うと言っていた。うちにはほかにも、ライアンというサンディエゴ出身のろくでもない白人ヤンキーのルームメイトがいたが、ガールフレンドのグレッタはいい子だった。グレッタは佇まいがグウィネス・パルトローみたいなつややかな天使ブロンドで、彼女は、みんなから偽善者と評判のエリザベスの事も嫌っていたし、この家の変人には心は開かなかったけど、ぼくには優しかった。グレッタは絶対つきあう相手を間違えていると思った。エリザベスは、もともとぼくが使うはずだった部屋に図々しく無料で住んでるくせに
「教えてあげるから、ちょっとおいで」なんて言って、ぼくに家事を全部やらせようとしてくる嫌な女だった。でも一方で英語は熱心に教えてくれたし

「この国の生まれじゃないから、知らなくて当然」なんて言って、ぼくの肩を持つことも多かった。きっとエリザベスはぼくが外国生活で感じる不自由さを乳母車に乗せて、夢中になって手で押している気にでもなっていたのだろう。

冬休みが終わり少しして、ぼくは短大に通い始めた。編入した際、日本の大学の三十単位くらいをまるまる移すことができたので余裕だと思ったし、大学と違い短大にはキャンパスの中にハウジングがなく、最も期待していたＤＳＡのようなコミュニティがなかったので短大に行く理由を見いだすことはできなかった。短大は働きながら通っている人も多く、授業に行って帰るだけのつまらない社交場だった。さらに、家から遠いから、朝の低い気温と戦いながら、バスに乗らないといけない。そのことはぼくにとってハードルが高く、ぼくのやる気は下がる一方だった。

第二幕

またここか——トーマスたちとスーパーボウルを観る約束をしていたのに、その約束を果たすことはできなそうだ。グレッタは最後にライアンと家を出る前に、ぼくに「気をつけてね。愛してるわ」と言った。

「このアシッドは強力なやつだから気をつけろよ」コナーは言った。

それを聞いていたみんなは、なぜか「やばそうだから、やめとく」と言った。

そんなことばがもうはるか遠い過去の話に聞こえる。ぼくは前からわかっていた。やばそうなんて予想を通り越して、「こいつは必ずぼくの命に関わる」と。


七階なのに窓の外は騒がしかった。

固く冷たいウッドフロアの上で目を覚ますと、おなかは排水管のようなパイプで張り巡らされていた。誤って摂取した劇薬にぼくは口から血を吐きそうだ。接着剤が体内で硬化を始め、胃と腸をガチガチに固めていく。体内の水がすべて硬化した時、ぼくはガラスの破片が胃の中にあるときのような痛みに襲われた。

「お前らだな……ぼくに毒を盛ったのは……」

声も絶え絶えにうめいた。視線を上げたくも、首が床にへばりついたように動かない。はいつくばった面前に、たしかに知覚している男のつま先が、あと一歩のところで見えない。

「違うさ。お前はドラッグをやったんだ。そいつの『本質』が何かってことぐらい、いまさらお前に説明は不要だろう？　それとも俺たちは、お前に初めましての挨拶をするべきか」

男は笑った。

「まさか境界線の手前までなら、いつでもこの世界からトンズラこけるだなんて思ってねぇよな？」

「当たり前だ。てめえらの介入を……ここまで疑ってかかった人間は、ぼく以外にはいねぇからな」

「さすがだ。お前はわかっている。ほかの連中は滑稽だと思わないか？　注射器使う系じゃなければ後戻りがきく？　後はヘロインだけは外しとけ？　ざれ言を抜かすな。めでたい考えで笑えてくるよな」

わかっている――これは「依存」の話なんかじゃない。

「褒めてやるよ。お前は若くしてこの世界の存在に気付いたからな」

男は上から目線でぼくに言った。ただの門番風情が、ぼくに小生意気な口を利いてやがる。こいつは後で殺そうと考えていると、隣の女が口を開いた。

「マーは、この世界の決まりをわかっているわよね。ないしょにするってことよ。これからあなたが見るものすべてを誰にも言わないって約束して」

それを聞いた男は不敵に笑った。

「別にないしょにする必要なんてないさ」

男が指をパチンと鳴らす。

「すべて終わった後に、俺たちは、お前の記憶を消すことができるからな」


参った——もっと余裕があったら言い返したが、体が床に飲み込まれていきそれができない。胃が締めつけられるような痛みを感じながら、体はぐんぐん下に落ちていった。

気が付くとぼくは建物の外でコンクリートに埋まっていた。胸の所まで迫る冷たい無機質のコンクリートの圧が増していき、やがてぼくは押し潰されそうになった。

「マーがこれからテストを受けるんだって」

その声は、妙に耳慣れていた声だった。どいつもこいつもなかなかのたぬき野郎だ。どうやらぼくの周りには、まともな友達は一人もいなかったようだ。

「いよいよね……最初はつらいけど頑張って」

なすすべもなく地面に埋まっているぼくを取り囲み、みんなは笑い声を発していた。

「いい？　契約を結べばマーは警察に捕まることもない。ありとあらゆるドラッグがここでは自由なのよ」

こんな状況でありながら、彼らがまとめたすばらしい特典にぼくは心を惹かれ、彼女の言うありとあらゆるドラッグの詳細に興味が湧いた。

「マーは話がわかるタイプの人間だわ。だけど決してしゃべってはいけない」

「彼を初めて見た時、彼がこちら側の人間だと僕にはすぐにわかった。もう引き返すことはできないさ」

恐らくは、ぼくがこの街に来た瞬間からこうなるようにしむけていたのだろう。とんでもなく、狡猾なワナだ。

「もちろんマーはこっちを選ぶわよね。でも条件が一つだけあるの」

女は狂気をにじませる。

「この世界と契約を結べば、マーはもう二度と親と会うことはできない」

*

「そうだ。たばこだ！　たばこでも吸って落ち着け！」

ぼくは周りのものには見えない水に溺れているのだろうか。体内に毒が回り、痛くてしかたがないので暴れ回った。マックスがたばこを渡そうとするので、思い切り蹴るとマックスはチェストの方向に吹き飛んでいった。

「くそー。たばこなんて吸える状態じゃないか。ああ、どうしようどうしよう」

マックスが般若みたいな顔でおたおたする様子が、まるで水中から見上げるよう目に映る。

「そうだ。マックス！　シャワーよ。マーはシャワーに入ると落ち着くのよ！」

女の懸命な声がした。

「それがあった。シャワーに入れよう！」

ぼくは数人に服を脱がされると、両手両足をつかまれバスタブに運ばれた。マックスはシャワーの温度についてしきりに訊いたが、答える余裕なんてあるわけがなかった。


バスタブの至る所から、蛇のような動きをする乳白色のチューブが現れ、体のあちこちに刺さってきた。ぼくは内臓を引っ張られるような痛みに思わず小便をちびった。チューブの片端がぼくの体にがっちりと吸い付くと、もう一方の端は、タイル壁の向こうの宇宙へと消えていった。視線の端には、狂ったハ虫類のようにシャワーヘッドが鎌首を振っている。血と肉が、タイル壁の向こうで集計結果に反映され、やがてたくさんのグラフが脳内に飛び込んできた。ぼくの順位は友達や有名人の名前をあっという間に通り越していった。執拗とも言える痛みにもん絶していると、歓声とブーイングが入り混じった声が聞こえてきた。投げつけられる汚物が生温かく肌を伝った。幾度となく神の実験台に立ってきたぼくだ。このような結果が見え見えの検査なんて必要ないはずだ。痛みで気を失いそうだし、こんな検査もう嫌だ。もうどうにでもなれと肝が据わってきた頃、黄色い声援に混じって友達の声が頭の中で響いた。

「頑張れ。もう少しだよ。これが最後……」

カウントアップされる数字が及第点を越えたのか、先ほどまでの痛みが次第に弱まるのを感じた。

「マーはやっぱりわかっているわ」

「そうよ。だってこれまでマーは無意識で、なんの抵抗もなく、この世界の存在を突き止めた」

「マーはちゃんとこっちに話しかけてくるよね。この世界のことはとっくに知っているって言っていたし」

「お好きにばか笑いできるトラップを仕掛けなよとも言ったわ。だけどぼくの機嫌を損ねないでって脅かされたのよ。つまり飴をくれなかったら、ただじゃ済まさないぞってことでしょ。ちゃんと見ているのよね……」


これでもうわかった。さっぱりと気が晴れた。シャワーを止め、ぼくがゆっくりとバスタブからはい上がると体から水が滴り落ちた。連中は気味が悪いくらい息をひそめていた。タイルの床を伝い、便座にはうようによじ登って座った。左に見えるトイレの窓の外はひっそりと静まり返っている。たぬき野郎め。窓からキャンパスの夜景を見下ろすと、ぼくはいつものしぐさをした。

「そこにいるんだろ？　たばこよこせよ。殺すぞ」

息を殺していたあの世界のやつらが、歓声と共に窓の外を光で染めた。

遠くの空からは重低音が鳴り響き、このマンションの周りには中継用のヘリコプターが飛び回っていた。ぼくは窓を全開にして窓枠に腕をつくと窓の外を見下ろした。キャンパスまるごとレイブ会場になったかのように、周辺の空にはぼくたち若者たちの狂気が渦巻いていた。常軌を逸した笑みを浮かべるとぼくはあの世界の歓声に包まれた。キャンパスは狂喜で躍動し、観衆はあの世界のぼくに謁見した。

すると紺色の空一面に映像が浮かび上がり、悪そうな顔をした連中がマルチスクリーンで映し出された。彼らは手にさまざまな形状をした「ドラッグの新製品」を持っていた。摂取方法からして独特そうで、それはまるで高額な医療器具のような雰囲気を持っていた。もとよりリミットなどない人間の多幸感、その全てがここに詰まっていた。映像が切り替わると、ぼくが目にしたのは、現世界のぼくだった。ケイシーとＤＳＡで遊んでいる何気ない生活の一部などが映し出され、さながらテレビシリーズのような番組になっていた。番組はコマーシャルに切り替わると「マー承認済」のスタンプがドンと押されたドラッグの新製品が映し出された。映像は窓枠にあごを乗っけて外のレイブ風景を見下ろすぼくに切り替わった。空に映るのは不敵に笑う悪魔の瞳。

窓の外の世界は見飽きたので、ぼくはバスタブに移動して腰を伸ばした。体はもう痛くなかった。

一人の女が現れるとぼくに訊いた。

「どんなことをしてほしい？」

「うーんと、いろいろあるけど、アシッドをやったせいで体中がベトベトだから、まずは、ぼくはシャンプーをしてほしい」

彼女はうなずいて、バスルームマンションにぼくをいざなった。ぼくがいるマンションが、全室、バスルームになったことを知覚した。リビングに、キッチンもない、そこにあるのはバスルームとひたむきに妖艶な世界。脳に飛び込んでくるピンクのバスタブの脇には、発色豊かな新型エクスタシーの錠剤がポーカーチップのように積まれていた。シャンプーはどうしたんだろうと思っていたら、そこでいきなりクイズが出題された。首をかしげていたところ、どこかから声が聞こえてきた。

「心配しなくてもいい。君はすべての設問の答えをすでに持っているよ」

たしかに彼の言うとおりぼくは答えを持っていた。答えはぼくの中にあった。バスルームマンションは各部屋にずらっと問題を用意しており、ぼくはそれを事も無げに解いていった。通りいっぺんにも思える問題を一つ、また一つと解き進めると、記憶は次のバスルームへとつなげられた。残りの部屋の数が頭に浮かび、どんどんとその数字が小さくなるにつれ、ぼくは胸の中に自己肯定感のこれ以上ない高まりを抱いていた。

いくつものバスルームの中で、一部には見たことのない毒々しい見た目の植物であふれている部屋があった。それはドームのように大きなバスルームで、中央には大きな一本の木が根を張っていた。樹脂でできた壁のつなぎ目の間には、全くの無音でぼくを見つめる者たちがいた。合図でわっと一斉に襲いかかることもできただろうが、彼らはそれをしなかった。気持ち悪いくらいの沈黙が、ぼくと彼らとの距離を保っていた。
問題を解いていくと、次第に共鳴が増していった。この世界のぼくの順位が、カウンターをぶっ壊すような勢いで駆け上がっていく。周りから感じる期待感やぶっ飛ぶ未来に胸を躍らせながら、ぼくはついに最後の部屋にたどり着いた。記憶を消すと言った門番野郎のことばが、脳を徐々に支配していくことに焦りを感じていた。ぼくなら大丈夫、答えを持ち帰ることができる。そう信じて最後の問題を解いた。ぼくはそれすらも自分の中に答えを持っていた。
大正解を告げる共鳴が鳴り響くと、ぼくはなぜか髪を逆立て
「てめえら、なめんなよ！」と大声でほえた。

すると、今までぼくが解いてきたバスルームの問題と回答のすべてが、まるでトランプを裏返したように一瞬でぼくの頭から消えた。バスルームの答えと人生の軌跡はフィルムテープに乗り、トイレにすさまじいスピードで吸い込まれていった。脳の中に活字がバラバラになり、最後に流れていくのを必死に目で追った。それは日本語だった。活字の文字の配列に「世界一」と「バカ」の文字がたしかにそこにあった。それはあの世界が確かな目でぼくにつけたレッテルだった。ちくしょう、記憶が遠のいていく……ぼくが見た最後の答えは、開いた口が塞がらないほどシンプルで革命的だったんだ。
「ふざけんな！　ぼくの記憶はぼくの持ち物だ！　絶対持ち帰ってやる！」

「てめえら、ぼくを誰だと思ってやがる！」

バスルームで数名の男に体を押さえつけられる中、ぼくはひたすら男たちに罵声を浴びせた。担架に乗せられて両腕を押さえつけられても、すぐに起き上がり救急隊員を

「お前ばかだろ！」とののしった。リビングを通過すると、そこに居合わせたみんなが、怒り狂って運ばれていくぼくを目で追っているのが視界の片隅に映った。

「親だろうが、友達だろうが、お前ら全員面倒くせえんだ！　ぼくがぶっ壊してやる！　こんな世界！」

エレベーターに乗せられると、ぼくはこのエレベーターが、担架ごとぼくをあの寛容な世界の空に放り投げてくれることに期待していた。

くそっ。こんな世界はもううんざりだ。ぼくは戻りたくない！

「てめえらおぼえとけよ！　飴をよこさなかったら、ぶっ殺すからな！」

目の隅に赤い警告灯が踊っていた。さっきまでいたバスルームマンションが高い空にそびえたち、担架で運ばれるぼくをヘリコプターからあの世界のカメラが捉えている。まぶしい光にぼくは思わず目を覆うと、足の近くでドアが閉まる振動が体を伝った。救急車はサイレンを鳴らし、ぼくの足を下にして坂を登った。落下傘兵のように、このドアをぶち開けて高い空にダイブするんだ。そうしたらあの世界で最高のパーティを始めよう。

でも救急車のバックドアは開かなかった。なんだろう。さっきまでの興奮が嘘のように、心が急に寛容になっていく。女神のドクターは、ぼくが死ぬ前に、ちゃんとぼくを迎えに来てくれるのだろうか。

「さっきはあんなこと言ってごめんね……」

暗くなった救急車の中で、ぼくは友達と親の顔を思い浮かべ、最期のことばを伝えていた。

「ケイシーとクロエにもよろしく伝えてね」

隣に座っていた救急隊員がうんうんとうなずくのを見ると、意識が飛んだ。

＊

「マー、ドラッグはやっちゃだめだよ」

目を覚ますと、白いあごひげをたくわえた男が、真上からぼくをのぞき込んでいた。喉がつかえて声が出ない。がらがら声でうなってみせた。男が顔をよけると、シャボン玉のようにきらきらしたいくつかの光がぼくを照らした。ここは手術台だろうか。ぼやけた明かりが次第に輪郭を持ち始めると、それがなんの変哲もない室内照明であることに気が付いた。男の足音が部屋の外に消えると、程なくしてどたばたと複数の足音がこちらへ向かってきた。頑張って少し首を起こすと、マークとトーマス、そしてアシュリーの姿が見えた。ずいぶんと取り乱している。ぼくを見るとマークは安どの表情を浮かべため息をついた。

「よかった。死んだかと思ったよ。キャンパスではマーが死んだってうわさが飛び交っていたんだ」

「大変だったのよ。マーが救急車で運ばれた先がわからなくて、サンフランシスコ中の病院すべてに電話したの。そちらの病院にクレイジーな日本人は運ばれていませんかって。そしてここがわかった」

アシュリーは心配でたまらなかったという表情をする。彼女の優しい気持ちが少し心にしみた。

「マーは本当に人騒がせなやつだな」

トーマスはあきれ果てた表情で言った。うめくぼくを見てアシュリーが少し驚いたように訊いてきた。

「声が出ないの?」

ぼくはゆっくりとうなずいた。首がだるい。体に違和感があったので、もぞもぞと動かすと、全身に針が張り巡らされていることに気が付いた。震える手で針を抜こうとしたが、うまく手が届かない。ぼくはマークに目で訴えた。

「これを取れって?　無理だよ。無理」とマーク。

ぼくは鼻をフンと鳴らして、腕についていた針をもぎ取った。腕からは血がにじんだ。

「何やっているんだ。勝手に取ったら怒られるぞ」

制止するトーマスの手を振り払い、ぼくは強引に次の針を抜いた。

「ナースを呼んでくる」アシュリーは慌てて部屋を飛び出した。

「とりあえずナースが来るまで待てよ。大丈夫だから。マーを置いていったりなんてしないから」

トーマスはがっちりとぼくの両手を押さえつけ言った。先ほどまでの壊れ物に触れるような力加減ではなく今度は本気だったので、しかたなく抵抗をやめ、ぼくは力なく天井を見上げた。

マークはため息をつくと、隣の椅子に腰を下ろし、ぼくに言った。

「きょうはスーパーボウルがあったんだぞ。一緒に観ようって言っていたじゃないか」

ひっそり静まり返った室内に、アシュリーがナースを連れて戻ってきた。ナースはぼくが勝手に針を外したのを見て、明らかないらだちの表情を浮かべた。

「あんたって本当に身勝手ね」

彼女はそれ以外にも何かぶつぶつ言いながら患部を消毒し、ぼくの大嫌いな針を取ってくれた。ナースはその後にアシュリーとトーマスを部屋の外に連れ出し、彼らと何かを話していた。心配そうにしているぼくにマークは、大丈夫と言った。アシュリーは戻ってきて
「マー、おうちへ帰ろう」と優しい表情で言った。地下の駐車場まではトーマスが肩を貸してくれた。いまだに引きずる光の残像を空っぽな頭でうっとり眺めていた。助手席のマークが車窓の景色に目をやると、ふと訊いてきた。

「なあ、マーは将来何になりたい?」

「こんな時にそんな話をしなくたっていいじゃない」とアシュリー。

「人間ばかになっちゃいけないよ。ぼくはそう思う」とマーク。

「いいか。つまりマークが言っている事はこうだ。例えばだぞ。俺は大学を首席で卒業して、何がなんでもシリコンバレーの企業で働いてやる。そして丘の上の家で暮らすだろう。その時にマーは何をしている」

「別にぼくはキャリアの話をしているわけじゃない。でも、人間はみんな大人になる。価値観だって変わる。一人だけ取り残されたら自分がかわいそうだろう?」とマーク。

「みんなどうかしているよ。何か悪いように考えていない? マーには明るい未来があるに決まっているじゃない」

みんなの心配がひしひしと伝わった。ぼくはこの美しい瞬間がいつまでも続けばいいのにと思うけど、きっとそれは無理なのだろう。それにぼくはこのバッドトリップで、完全に時が動き始めてしまったことを実感していた。でも今は、ほんの少し開けた窓から入り込むそよ風が心地よくて、ぼくは優しい人の話し声に耳を澄ませ、ただ目を閉じるのさ。

＊

家へ帰るとドアには鍵がかかっていた。ドアベルを鳴らしてしばらく待つと、マックスが扉を開けた。いかにもドアベルで起こされたかのような顔をしている。

「マー、お前パニックになって大暴れした……」

彼は数時間前の状況を思い出したのか、どこかやるせない表情で言う。

「マックス。マーは声が出ないんだ。叫びすぎたのかもしれない」とマーク。

暗がりの中ベッドに直行すると、風船の城がいつも以上に沈んだ。ベッドのせいだけではない、全身の重みを感じていた。極めて混乱した頭は、さまざまな思いを巡らせ、なかなか眠りにつけなかった。あまりに衝撃的すぎて、何から整理していいかもあやふやで、当然、答えも見つからず、思考がくるくると無意味に回るだけだった。

そのうちに体中に悪寒を感じ、ぼくは窓の外に気配を感じた。そして何かと目が合った。何かといってもここは地上七階だ。

「もう、君の手を離すから」

彼はそう言って消えた。程なくしてぼくは男の正体を悟った。あれはきっとぼくの守護霊なのだろう。かわいそうに……ぼくがあの世界を冒険することは、守護霊の彼にとっても大きな負担だったはずだ。

いつの間にかぼくは眠りについており、気が付くと朝の五時だった。窓の外は少しだけ明るかった。しかし夜が明けても、ぼくの体は夜を抜けなかった。全身がまひして、どうしようもなく重いままだ。じきに体にもっと異変を感じた。首がぼく意識に反して勝手に上を向きたがるのだ。力の入らない手を使い、無理に首を元に戻しても、持続できるのは一瞬だけで、首はまるでそれがもともとの形状だと主張するようにすぐにまた上を向く。脳は「上を向かずまっすぐになれ」と首に指令を出しているのに、頚椎を支える首の後ろの筋肉が、その指令を無視しているかのようだった。口から魂が抜けていくかのように、ぼくは声量を上げることもできず、うめき声をずっと上げていた。時間がたつのが恐ろしく遅く感じられた。数時間たち、ディランとエリザベスが起きてきて、リビングで苦しそうな声を上げるぼくに気付いた。ぼくはディランの文句も耳に入らないくらい悲惨な状態になっていた。

「どうしたの」

エリザベスの質問に答えたくもことばにならない。首がおかしいということをなんとかして伝えようと努力した。手で戻しても首が上を向く様子をジェスチャーでやってみたが、二人に伝えるのは難しかった。

「こいつなんて言っている?」

「わからない。でも苦しそうだわ」

「医者を呼ぶか」

ディランが訊いてくるも、医者は嫌だった。曲がらない首を反射的に横に振った。昨晩、守護霊からあんなことを聞いているので、これは医学的に解決する問題ではないと考えていた。しかし、苦しそうなぼくを見かねてか、ディランが医者を呼んだ。

そして医者はびっくりするほどすぐに来た。この医者、どこから来たのだろう。ぼくは怪しんで、目だけを下に動かして医者を見た。暗躍するあの世界が手を回したのだろうか。医者はぼくの首の後ろに少し触れると、すべてを理解したような表情を見せた。

「問題ない。お大事に」と言い残して、なぜこんな現象が起こっているのかも語らずに帰っていった。

そいつはまるで、何か別のことを確かめに来たようだった。

首はなんとか翌日に元どおりになったが、数日たっても声は元に戻らなかった。医者はたしかに問題ないと言ったので、医学的に問題ないというのなら、これはやはり心霊的な問題なのかもしれない。ぼくがしばしばLSDをやって霊界でむちゃをやるので、恐らくは、ぼくの守護霊のHPがゼロになってしまったのだろう。首がおかしくなったのは守護霊が入れ替わったからだとしても、ぼくが気になっているのは、新しい守護霊が、お土地柄、あんな日本人のジジイじゃなく、イケイケでHP高めのアメリカ人になるかどうかだ。キャンパス中に一度広まったうわさは、根強くそのまま宙を漂い、一部では本当にぼくが死んだと思っている人がいたとか、いないとか。外にも出られなかったので、いろいろな人が見舞いに来た。
なかでもヨハンナはたいそうお怒りだった。彼女は
「今から行くから」と宣戦布告のようなメールをよこし、ドアをぶち破るように部屋に入って来た。自分だってこの前にケタミンをやってバッドに堕ちていたのに、なんで彼女は怒っているのだろう。ぼくはそんな不思議な思いに駆られながらも、彼女にしったされていた。

「これ以上むちゃするなら、私、マーともう口利かないから！」

彼女に怒られるのがうれしくて、もう少しそばにいてほしくて、だけど声が出なくて、ぼくは自分が座るソファーの横をぽんぽんとたたいたが
「ファックユー！」と言い、中指を立てながら彼女は去っていった。

ディランも怒っていて、沸騰中のケトルといい勝負をするほど青筋を立てた形相で
「二度と同じ真似をしてみろ。たたき出してやる！」と頭ごなしにぼくを叱った。ライアンからぶっ飛ばされることはなかったし、グレッタは無事で良かったとぼくを甘やかしたが、マックスはあの日以来、ぼくを同じ目で見ることはなかった。

あれから二週間後、やっと声が元どおりになり、家のリビングでくつろいでいると、あの時いたという悪猫みたいな瞳をした女子が文句を言ってきた。

「最低だったわ。あんたが暴れ回って素直にシャワーに入らないせいで、見たくもないあんたの『あれ』を見るはめになったんだから！」

ぼくもむしゃくしゃしていたので、言い返してやった。

「そう言われても、ぼくは人に迷惑をかけるのが大好きなんだ。ぼくはいつまでも優しい君たちを困らせたいんだよ」

「あんた、何を意味のわからないことを言ってんの。あんたのそんなふざけた考えに、巻き込まれるこっちの身にもなってみなさいよ」

声は出るようになったけど、この前のバッドトリップでぼくには一つ後遺症が残った。ぼくは慢性的なフラッシュバックに悩まされるようになったんだ。前にメルが言っていたけど、フラッシュバックは、一般的には幻覚剤の常用者が、平時に突如トリップ状態に陥ることを言うらしい。大抵は数分の再現で日常生活に支障を来すものではないというが、ぼくが体験しているフラッシュバックは、そういった一過性のものではなく慢性的なもので、幾何学状に浮かび上がる文字だった。それはでこぼこしている面を有している壁や地面、天井などの上に、はうように現れた。空間上に立体的に現れる幻覚とは異なり、表面上に型押しされているかのようにこびりついていた。つるつるでまっさらな物体上には浮かび上がらなかったが、生活環境を見渡すと、どれも多少なり傷や光の陰影があるので、ぼくの生活環境には、でこぼこのない面などシンクとトイレくらいしか存在しなかった。蛇口から流れる水ですら、流動的にどんどん姿を変えていくので、フラッシュバックの台座となった。それは大麻のねっとりした樹脂の表面上には特にはっきりと現れ、よく見ると日本語のひらがなだった。ところどころ不可視になっているものの「**なめんなよ**」の五文字がばらばらに連なっていた。日本語を操れるのはぼくか、ぼくの守護霊に限定されると考えると、もしかするとあの時、守護霊は入れ替わったんじゃないのかもしれない。

あの日からこの世界の景観は全く別のものに変わった。フラッシュバックは次第にぼくの日常へと姿を変え、あの世界のことはもっと身近に感じるようになった。彼らのほうは警戒を増していたと思う。彼らはあの世界で見た事を決して話してはいけないって言ったけど、それってどこまで本気なのだろう。あともう一回くらい救急車で運ばれれば、あの時、消された記憶に辿り着ける気がしていた。あの世界はこのことをないしょにしろって言ったけど、ま、それは飴次第だなとぼくは思った。

＊

しばらくしてぼくはかねてからの悲願であった医療大麻の免許を手に入れた。以前にキャンパスで捕まりそうになったし、考えてみれば、それはぼくにとって必携の品だった。キャンパスでもあまり持っている人はいなかったけど、ぼくの周りでそれを持っている人間は、なぜかユダヤ人が多かった。このころ医療用の大麻は、カリフォルニアといくつかの州でしか認可されていなかったし、あまり情報もなかった。クロエは
「就職にひびく」と言って、興味なさそうだったし、医療大麻の免許を持っているディランに訊いてもおおかたが罵詈雑言で、要点が見えなかった。みんなは
「たぶん、アメリカ国籍じゃないとだめでしょ」と口を濁した。ケイシーに至っては
「マーはうまくいかなかったら、どうせ私のせいにするから嫌よ」と言って調べてもくれなかった。
ＤＳＡで途方に暮れ、たばこを吸っていたところ、この街から救いの手が差し伸べられた。見上げ

るとそこには天使の輪っかをつけたユダヤ人のゲイが陽気な笑みを浮かべながら、ぼくの前に立っていた。天使のケビンは
「アメリカ国籍じゃなくても取得できるよ、僕は免許持っているからわかる」とぼくに言った。ほかのみんなが言っていることは、よくある間違いかもしれない。ぼくはケビンを信じることにした。だってこの世に実体験より説得力のあるものはないからね。

約束の日の朝に、ぼくはそわそわしていた。これはぼくにとって、アメリカの大統領選挙や、スーパーボウルよりも深刻な問題なんだ。

リビングでうろうろしていると、ディランが起きてきて
「うろたえるな、お前が医療大麻の免許を取れなくても、今までどおり俺が代わりに買ってきてやる。お代は交通費五ドルと、ボングワンヒット分で手を打とう。いや、でもお前は売春婦の息子でペニスの小さいクソ野郎だから、ボングツーヒット分で勘弁してやろう」と言った。そんなディランのうざったいことばには耳を塞いだ。

スケーターボーイのショーンも一緒に行きたいと言っていたので、昼前にようやく電話を取ったケビンとDSAで待ち合わせし、しばらくショーンを待った。みんな集まると、ぼくたちはケビンの車でベイブリッジを渡った。目的地のオークランドにはショーンと何度か行ったことがあるけど、車でこの橋を渡るのは初めてだった。ショーンがうっとうしいくらいマリファナの話をしている中、ぼくは窓

から見えるシティの街並みに目を奪われていた。

「きょう終わったらさ、どこのクラブに行こうか。オークランドに僕が知っている所で、なかなか良かった所がある。そこでもいいなら喜んで案内するよ」とケビン。

「俺はどこでもいいよ」とショーン。

「どうせ行くんなら最高の所にしようよ。この街で一番のとこ」

ぼくが後部座席から身を乗り出すと、ケビンに
「マー、シートベルトつけて」と言われた。

「一番かどうかはわからないけど、サンフランシスコにお勧めのクラブがあるよ。でもそこはちょっと高くて、エイスで六十ドルするのさ」とケビン。

「は？　ぼったくりだろ」とショーンが声を荒げた。

「いいよ。そこにしよう」

「まあ、また後で決めても僕は全然構わないよ。そういえば、マーとショーンはふだんよく一緒に遊んでいるのかい」

「別にあんまり遊んでいないよな。でもマーはサンクスギビングの時に、俺の実家に来たことがあるよな」

「そうそう、お前の母親はマジで怖かった。生まれてこの方、笑ったことがなさそうな人だな」

「うるせえな」とショーンが笑った。

コナーはショーンの事を「母親のように細かいところがあるやつ」と言っていた。コナーとショーンは同じオレンジ郡出身でも高校が違うし、コナーはショーンの母親に会ったことがないのに、なんでそんなことがわかったんだろうとぼくは不思議だった。

「こいつと初めて会った時にさ、俺は大麻を切らしていて、DSAに行ったらこいつがいて、俺に大麻を分けてくれたんだ。そして、俺はちゃんと借りを返したよな」とショーン。

「ぼくは大しておぼえていないけどね。むしろぼくがおぼえているのは、二回目にお前に会った時さ。あの時、ぼくは講義棟の前で大学三年生の日本人の女子を女子に携帯の番号を訊いていたんだ。お前は急に現れて、彼女の前で、借りを返すだの、大麻がどうのこうのなどの話をしたんだ。よけいなやつが登場したと思ったよ」

「悪かったな。で、その日本人の彼女とはどうなったんだ」

「何度かセックスしたけど、その後、会うことはなくなった。彼女は学校で、ぼくはパーティで忙しかったから、ぼくと彼女じゃ釣り合わなかったんだ」

「それは残念だったね。ほかにマーは気になる女の子はいないのかい。ケイシーといつも仲良くしているけど、ケイシーの事はどう思っているんだい」とケビン。

「うーん、ケイシーね、ケイシーは顔がリスっぽいかな」

「どういう意味だよ」とショーン。ケビンもふっと笑った。

「わかんない」

「ま、いいや。ケイシーは前に俺の事が好きだったんだ。でもほとんど無視していると彼女に嫌われてしまった。彼女はもう俺とは話さないだろうな」

「あれ、それ、あの時じゃないかな、一度だけケイシーが分厚い化粧をして、ワンピースなんて着ていた時があったんだ。なんかやけになって大麻を吸っているなって思ったし、何よりもワンピースがすごく似合っていなかった」

「あ、その時のことおぼえている。ケイシーがドレスアップしていた日が一日だけあった」とケビン。

「お前、それ似合っていないってケイシーに言っていないよな……いや、言いそうだなお前」とショーン。

「マーは平気で言うだろうね」とケビンが笑った。

「うん。あれは何がいけなかったんだろうな。ケイシーのSNSを見ると水着写真はウエストもすごく細いんだよ。でもあのワンピースはずどんとして見えた」

「そうだね、服もサイズが合っていなかったんだろうけど、僕は化粧がいただけないと思ったね。僕だったら手伝ってあげられたのにな」とケビン。

やっぱり化粧はおかしかったよねと言いながら、ぼくがケビンとハイファイブすると、ショーンが珍妙な顔つきでこっちを見た。

「ま、ケイシーの話はもういい。マーはほかの子はどうなんだ」とショーン。

「ちょっと前だけど、レイチェルって子とセックスしたよ」

「嘘つけ。レイチェルってアシュリーの友達で、こっちに一週間くらい来ていた子だろ。彼女は超絶セクシーでお前には敷居が高いだろ」

「残念だったな、彼女はアジア人が好きなんだ」

「マジで?」

橋を越えて、次第にオークランドの市街地にさしかかる街並みを眺めていると、ぼくは不思議と魂が一時的にサンフランシスコから解放されたように感じた。ケビンが道に迷ったので時間がかかったが、着いたのは赤れんがの建物だった。こなれた足取りでずんずん進んでいくケビンの背中にすがるようにくっついていくと、受付でケビンはなれなれしい口調で、レセプトのきれいな女の人に話しかけた。彼女はケビンの事なんかどうせおぼえていないと思ったが、二人のやり取りは自然だった。しばらく待つと、ケビンが受付用紙を二枚持って来た。その紙には難しい単語が並んでいて難しかった。ケビンに解説されるも一個も頭に入らない。残念ながら英語を英語で説明されてもわからないときはある。ほとんどショーンが記入した用紙を提出すると、ベンチをこつこつ蹴りながら地面とにらめっこしていた。

心配をよそに書類はすんなり通った。診察代として百五十ドルを支払うと、ケビンがふと思い出したように言った。

「前に僕が来た時に、医者に処方箋をもらえなかった人がいたんだ。彼は最後にどなり散らしていたよ。うまくいかなくても診察代は返ってこないのだから無理もない。相当態度が悪かったのだろうね」

ケビンの他人行儀な口調にぼくは不安になった。

「お前は大丈夫だって。うまくやり過ごせる。質問にはきちんと答えるんだ。ただそれだけのことさ」ショーンは言った。

しばらくして、ぼくたちは説明会に参加するために別の部屋に通された。ケビンは、自分の時にはこのような説明会はなかったと早速不満をこぼした。部屋には声が大きい黒人のおばちゃんや、ゴールドのチェーンを着飾ったギャングに、白人の爺さんなどいろいろな人間がいた。登場したのはスペイン語なまりが結構強いヒスパニックの男で、彼は自分を医者だと紹介した。衝撃だったのは、この医者は脱線を繰り返しながら二時間にわたり、このロクでもない説明会を引っ張ったということだ。すぐ終わると高を括っていたのでぼくたちはがっかりした。内容は簡単なガイドラインとルール。ルールはさほど難しくはなかった。「リセール禁止」「家に子どもがいる場合は自分の部屋で吸うこと」「医療用大麻を買った帰り道は、どんな誘惑にも負けず、まっすぐ帰ること」医者は、ひったくりに遭う前に、さっさと帰れと冗談混じりに言っていた。リセールは発覚したら免許剥奪だとも言っていた。簡単な決まりだが、かったるそうに聞いている人の中にどれだけこの決まりを忠実に守る者がいるだろうか。きっと数えるほどだろう。

説明会を終えると、いよいよ診察の時間がきた。説明会はケビンたちと一緒だったが、診断は独りで受ける必要があるらしい。ここが正念場だと思った。こういう進路が分かれる場面には鳥肌が立つ。受付に名前を呼ばれて部屋に入ると、そこは社長室のような部屋で、成金趣向のオブジェが机の上に並んでいた。医者はブラインドを指でこじあげ、窓の外を憂うつそうに眺めていた。彼はぼくのほうに振り向くと、少しめんくらったかのような表情をした。ぼくが日本人だからだろうか。そこにかけてと言われたので背筋を伸ばして座ると、彼は自分のデスクチェアの座り具合が気に入らない様子で何度も座り直した。いい座り心地になり気を取り直したのか、事務的な表情で書類を瞥見する。少々の沈黙の後、医者が口を開いた。

「君の症状はインソムニアだね」

「そうです。眠れなくてとても困っているんです」

「症状はアップかい、それともダウンかい」

意味がさっぱりわからないので思わず首をかしげた。

「例えば、全く眠くならず夜中ずっと起きてしまうのか、それとも――」

「アップです。アップアップ」

右手で思わず上をさした。医者は納得したようにうなずいた後

「そうか。でもこれじゃ足りないなぁ。症状の数がね、足りないんだよねぇ。症状は最低三つ必要なんだ」

もったいつけるように顔を曇らせる。

「何かないかい、何でもいい……ないなら作っちゃえ」

彼がさらっと言いのけたのでぼくは度肝を抜かれた。もう事務的定型文でさっさと処理したい、というのがすがすがしいくらい態度に出ている。医者のくせにずいぶんと不真面目なやつだと思った。何をでっちあげよう。ぼくはかなりの壊れ物なので、症状を見つけるのはそう難しくはなかった。

「じゃあＡＤＨＤです」

「よし。じゃあ後一つだね」

医者は淡々と続けた。

「えっと、じゃあうつ病で」

「君はとってても、うつ病には見えないけどね」

医者は笑った。

「じゃあ、ほかのにします」

「いやいいよ。それにしよう」

医者はけだるそうに書類に判を押した。

それなりに想定される質問には備えていたつもりだったので、あっさりと終わり拍子抜けした。彼の気が変わらないうちにさっさとここから出ようと思った。これでぼくは自由だと叫び出したい気分だった。部屋を出るとケビンが廊下で心配そうに待っていた。ぼくの表情からうまくいったことを読み取ると

「ほら、大丈夫だっただろう」と彼は言った。

ショーンを待って、受付で順番に書類を受け取ると、赤れんがの建物を後にし、ぼくたちはＩＤカードの発行が行われる機関に移動した。そこはヘッズショップのような場所で、入り口付近には喫煙具やハイ・タイムスのバックナンバーが置かれていた。奥の受付で書類を提出し、用紙に必要事項を記入すると、レセプトの男がふと訊いてきた。

「栽培認可証はいるかい」

「二十七プラントまでは、合法的に栽培できるんだ」とケビン。ショーンが

「いつか一緒に育てようぜ」と言った。

「持っていたほうがいいさ。無料だしね」

男はそう言うと一枚の紙をカウンターの下から取り出した。下のほうに署名欄があり一応じっくり読むと「この医療用大麻は完全に個人の医療目的で使用される物です。化学物質は含まないように栽培します」と書いてある。栽培認可証にサインを済ませると

「裏で写真を撮るからハットを取って」と言われたので、ぼくはしかたなくハットを取った。発行されたクラブカードは、銀色の紋章がかっこいいと思った。ぼくの顔写真は、幸せがほおに乗っており、目はカシューナッツのように上向いていた。ショーンはもう待ちきれない様子で、オークランドのクラブでもいいと言ったが、ケビンが最高のクラブはサンフランシスコにあると言ったので、ぼくたちはサンフランシスコに戻った。

シティに着きストリートパーキングに車を停めると、ケビンが指さしたのは鉄格子の扉だった。

「どのクラブもセキュリティーのために鉄格子の扉を使うって、法律で決まっているんだ」ケビンが言った。

ガードマンにクラブカードを見せると、鉄格子がビープ音を立てて開いた。薄暗い中をのぞくと、正面に受付が見えた。チケットカウンターにしか見えない受付は、こちらからは向こうの顔が見えないようになっており、まるで小さい映画館の受付のようだった。

「この建物って前は小劇場か何かだったんじゃないかな」

「それはわからないな。後で訊いてみれば」とケビン。

受付でカードを提出すると、中の男はぼくのカードを手に取るとふっと笑った。受付の右にあるドアのロックが解除されたような音がし、中に入るともう一つドアがあり、ショーンが開けようとしたけど、そのドアは開かなかった。ケビンが
「後ろのドアが閉まってからでないと、そのドアは開かないよ」と言った。

後ろのドアが閉まるのを確認してから、ショーンがドアを開けると階段が下につながっており、一面、階段の壁までもがレッドカーペットで、階段を下りると目の前に広がったのは夢の純喫茶だった。カウンターの席では、白人の爺さんがまったりとコーヒーを飲んでいて、コーヒーの香りが立ちこめるマリファナの煙に独特のアロマを付加していた。テーブル席ではボングで一服やっている二人組もいた。

「ここのクラブは中で吸えて、ボングも貸してくれるのさ」とケビン。

売り場はまるでケーキ屋のようで、使用されているじゅう器はアンティークっぽかった。黒板にはチョークで本日のお薦めが書いてあった。ぼくはショーケースの中をのぞき込むと、見覚えのあるガラスの容器がずらっと並んでいた。黒いふたに品種ごとに異なるイラストが描かれたステッカーが貼ってある。

「この容器知っている、みんなが使っていた」

「そうそう。大学ではみんな一個は持っているよね。サプライズで君たちにこれを見せたくて、ここに連れてきたのさ」とケビンは言い、受付の男に話しかけた。

「彼らはきょう初めてクラブカードを取得したんだ」

「それはめでたい話だ。おめでとう」と男は言い、食用大麻のクッキーをぼくとショーンにくれた。ショーンがきょうのお勧めを訊くと、男はショーケースからガラスの容器を一つ取り出した。

「これかな。ポットオブゴールド。たまにしか入荷しない品種で、ヒンドゥークッシュとスカンクの交配種だ」

匂いを嗅ぐと、グレープフルーツのようにじゅわっとした柑橘系のいい香りがした。少々小ぶりのバッズはキラキラしており、ふだんはああでもないこうでもないと迷うぼくだが、たまにしか入荷しないという魔法のことばの後押しもあり、すぐに心を決めた。お金を払うと、男はマリファナを茶色の紙袋に入れてくれた。ケビンによるとこの紙袋も決まりらしい。ぼくたちはボングを借りて、アンティークのソファーで至福の一服をすると、しばらくケビンが夢中になってこの街にあるほかのユートピアについて語るのを聞いていた。

クラブカードを手に入れてしばらくは、シティの医療大麻クラブを巡った。中で吸える所だとロワーハイトストリートのヴェポルルームは内装が西海岸風で、たまにアウトドアのレアな品種が入荷するので好きだった。でもなんと言ってもこの街で一番だったのは、ギアリーストリートにあるディビニティツリーだったとぼくは思うんだ。

＊

この家に来てから半年くらいがたち、ぼくはこの家を出ることに決めた。夏休みが始まる少し前だった。グレッタが一緒に探してくれて、新居も決まった。ディランはあれだけ出ていけと言っていたのに、少し複雑な表情を浮かばせた。マックスはぼくよりも少し前に家を出ていった。人生の相棒だと表現していたオースティンとの確執があったらしい。つまらない話だ。初めから彼らはバンドすら組めないような仲だとぼくは知っていた。

マックスの代わりに入ってきた彼はＡＤＨＤのバンドマンで、クロエとセックスしていた。彼はカタカタ速くなる薬を毎日飲んでいた。ライアンはその薬を、彼にとって史上最悪にムカつく事があった日に、鼻から吸った。そしてぼくの予想どおり、眠れないとわめき出したので、医療用の大麻を分けてやると、ソファーでキッズのような寝顔になってすやすやと眠った。オースティンはいつも部屋でオンラインゲームに明け暮れていた。彼の関心が画面からそれるのは、マリファナが切れたときだけで、そんな時はいつもぼくを車で医療大麻クラブまで送ってくれた。モヒカンのヘッズ野郎がドブみたいに汚い車の中で

「マーの英語がうまくなっている」と目を輝かせて言ってくれた時、ぼくはすっかり気を良くしたんだ。グレッタも優しいし、ぼくはそれなりに不自由ない生活を送っていた。

でもあの日からずっと、ぼくは消された記憶を手繰り寄せるように生きていた。まるでくものように周りに綿密な糸を張り巡らせ、血管に蝶がかかるのを待つ日々だった。虎視眈々と獲物を狙うも、獲物はぼくの仕掛けた罠にかかってこない。

ぼくは消された記憶を取り戻すために、ＬＳＤをやった。するとどうしようもない体調不良に陥った。ベッドでもがいているぼくの背中をアダムが心配そうにさすってくれた。頭の中にあふれたのは大ブーイングだった。聴衆はまるで動物園のゴリラのように排せつ物をぼく目がけて投げつけてきた。ぼくをののしることばもがんがん頭に浴びせかけられた。ぼくはこのまま死ぬのだろうか。ふと頭に浮かぶのは親の事。こういうときに親の顔が浮かぶのはなぜだろう。あの時、彼らは「契約を結べば二度と親に会うことができない」とぼくに言った。

その契約、はたしてぼくは結んだのだろうか。どちらにせよ親には残念なことにぼくの眼は社会

にしか向いていない。これがきっと山羊座の真の宿命ってやつなんだとぼくは思う。

アダムのベッドで目覚めると、下腹部が生温かった。おしっこをちびったことに気が付いた。起きてからしばらくすると、少し気分が晴れてきた。いまだに意識は混濁してもうろうとしていたが、カムダウンはいつもどおり穏やかだった。自分の足で家へ帰ると、きつね色のフロアランプでほんのりと照らされたリビングで、ディランと一緒にマリファナを吸った。きっとこれがこの家での最後の「晩餐」になるだろう。

「ディラン。ごめんね」

そんなことばが何度か口から出た。

「だから、お前はさっきから何に対して謝っているんだよ」

「なんでもない」

この間、ＬＳＤをやって救急車で運ばれたのに、懲りずにまた今、ＬＳＤをやっているだなんて言えなかった。

「じゃあ、俺は寝るからな」と言いディランが部屋に戻ろうとした。

「ねえ、ディラン。もう少しそばにいて」

「お前、なんなんだよ。気持ち悪いな」

「いいじゃん」

「しかたねえなぁ。お前の大麻を俺のボングにパックしてくれるならいいぞ」

「わかった。パックしてやる」

ぼくは別に何も話さなかった。しんみりと黙ってマリファナを吸うぼくを、ディランはいつものようにからかっていた。やがて夜も遅いからと部屋に戻るディランの後ろ姿を見送った。

＊

ニーナと出会ったのは、偶然なんかじゃないと思う。グレッタがインターネットで見つけてきたルームメイト募集の投稿には、目つきの悪い白人の女の写真が載っていた。ブロンドを雑にセンター分けした戦闘民族のような顔をした女で、アメリカ人のことばを借りるならば、いわゆる「タマのついた女」ってやつだ。ぼくはその写真を見てなんだか妙な動悸がしたし、文章もロックスター気取りでいけ好かない野郎だと思ったが、グレッタはぼくの心配を無視して
「いい人だよ。まっすぐな瞳をしてる。ほら、ストーナーのルームメイト歓迎とも書いてある。ね、マーにピッタリじゃない」となぜか強く勧めてきた。
実際にニーナに会ってみると、ぼくは自分が動悸を感じた理由がすぐにわかった。サンフランシスコは、今回はしっかり考えたんだ。ぼくとニーナをぶつけたい、ニーナならマーを受け止めてくれるよってね。きっとぼくがほかの人の手に負えないので、このヒッピー女の所に預けられたのだろう。

ニーナとぼくは同い年だ。でも彼女は大学に行っていない。フリーボードという会社でマーケティングをやっている。彼女はスケートキッズとホーリスティックヒッピーを足して半分に割ったような女で、圧倒的なオーラでこの家を引っ張っていく正真正銘のリーダーだったんだ。

フリーボードはサンフランシスコ発祥で、この街のカウンターカルチャーの灯を担っていた。彼らが製造しているのはスノーボードの動きをする特殊なスケートボードで、雪の降らないこの丘の街の下り坂を、雪上のゲレンデに変えることができた。

普通のスケートボードと形状について違うのは、デッキの上に足を簡易固定するバインダーが付いていること、通常のスケートボードの四つのウィールのほかに、シータ回転方向を加えた二つのウィールが付いていることだ。この二つのウィールが、下り坂に対して平行方向にボードをスライドさせて減速させる動きを可能にする。フリーボードをやっている連中はみんな、楽しくてしかたないという顔をしていたし、初めてビデオを観せてもらった時、車をよけながら、すごいスピードでサンフランシスコの街なかを滑走する彼らはかっこよかった。こんなの今までに見たことがなかったから、すぐに買いますってぼくはベグの長財布を握りしめていた。ニーナは中古のだったらあるよと言い、ゴミだめのような物置から、木材も腐っていそうな古いプロトタイプを持ち出してきたが、ぼくは丁重にお断りをし、新品をファクトリーに買いに行った。いつもボラットのモノマネばっかりしているぼくの友達が、ボードを組んでくれた。

初めは家の前の緩い坂でルームメイトのローワンが教えてくれた。ローワンはたぶん世界で一番フリーボードがうまかったし、もともとぼくは雪の美しい国で育ったので、スノーボード経験者だったし、わりとすぐに乗れるようになった。

少し慣れて、ニーナたちと車で一緒に街に出るようになると楽しかった。ぼくが一番好きだったのはサンセット地区にあるクインターラストリートで、そこは下り坂がなだらかで、海までずっと続く坂からの眺めがきれいだった。ロンバートストリートのヘアピンカーブでは、みんなで坂を下ると、観光客がこぞって写真を撮っていて、ぼくだけ石畳の角に足を取られて転んで、ものすごい恥ずかしい思いをした。

その後に、ロンバートストリートから二つ通りを行った勾配の急なフィルバートストリートにぼくたちは向かった。車から降りると、ぼくは崖の上に立たされている気持ちになった。ローワンは「マーにはちょっとまだ早いかな……」と言っていたけど、ニーナは「大丈夫だって。下で待っているからな」と言って、崖の上でぼくの背中をポンと叩くと、颯爽と猛スピードで坂を下っていった。一人また一人と坂を下っていく中、最後にぼくとローワンが残った。ローワンが先導してくれると言ったので、決心を固めボードを坂に対して水平でずずずとゆっくり下ってみて、そこから覚悟を決めて一気に坂を下った。ジェットコースターみたいな角度で体が地球に対して傾いているような不思議な浮遊感と恐怖が体を包んだと思ったら、ウィールが一瞬石みたいなものに乗った違和感を感じ、間も無くぼくはグシャッと転んでみぞおちがぐへってなった。雪上と違ってアスファルトは容赦がないなと思った。ローワンがすぐに坂を登ってくる最中、ニーナは坂の下の方でずっと笑顔で手を振っていた。超むかつく女だと思った。

この家は一軒家で、ここに来てぼくはようやく一人部屋を手に入れた。ぼくの部屋は二階にあるこの家の入り口に面した部屋で、出窓もついていた。座るとちょうどいい高さで、物も置けるしぼくのちょっとしたお気に入りスペースだった。この家はステッカーが家中に貼ってある相当なボロ屋で、この街のフリーボーダーたちの溜まり場だった。いつも家には誰かが遊びに来てたし、知らない人が家のソファーに寝ていることもしばしばあった。ニーナが、この街のスタートアップのITベンチャーが始めたカウチサーフィンというSNSを駆使して、いろんな国からバックパッカーを連れてくるのだ。ニーナは勝手気ままだけど、フィリピン人のタイラーはいい奴で、家のことは大抵タイラーが面倒を見ていたし、彼は超がつくほど面倒くさいやつであるぼくの相談にもよく乗ってくれた。

でも、ぼくはホームシックにかかっていた。この家は大学からだとMUNIメトロに乗らないと来ることができないくらい離れているから、大学のみんなが気軽に遊びにくることはなかったんだ。この家のみんなは学生じゃなかったし、ぼくまでむだに早く社会人になったみたいで、どことなく違和感があった。ぼくはめったにほかの人をうらやんだりしないのだけど、ニーナの人生はちょっと楽しそうに見えて、大学の友達と離れたことも相まり、自分が急に脇役に成り下がったかのような疎外感を少しおぼえたんだ。

そんな思いを抱えていた中、タイラーが「車を買えば」と悪くない提案をしてきた。免許は簡単に取れるらしいし、それに何より、ぼくの貯金が尽きる前に買ってしまったほうがいいと思った。ぼくは車にはてんで詳しくないのだけど、タイラーはなんか詳しそうで、彼は「八十八年式のサーブ」を執ようにぼくに勧めてきた。中古で千五百ドルだった。タイラーに車を出してもらいサンフランシスコから南に一時間かけてそいつを見に行った。そこで待っていたのは、自宅兼ガレージで整備をやっている気さくなエジプト人の連中だった。早速試乗させてもらうと、天井から金色の粉がポロポロ落ちてきた。内装を覆っている布が破れていたんだ。整備士は、後ろでマリファナのブラントを吸い始め、自信ありげに言った。

「絶対にこいつだって。決めちゃいなよ。こいつはいいエンジンを持っている」

タイラーも含めみんなそう口をそろえるので、ぼくはこいつに命を預けることにした。整備してからうちに届けてくれると言うので、届くまでに免許を取ることにした。三十ドルくらいだった。筆記試験には日本語訳されたテキストがあったため、ありがたやと思い、試験を受けるも二回落ちた。不思議に思い、英語原文のテキストで三度目の挑戦をすると無事に受かった。実技はアダムに車を借りてちょっと練習して、二回落ち、振り出しに戻されそうになるも、三回目で無事に受かった。予想どおりの結果だった。最初はすぐに動かなくなりそうな古い車に見えたので、こいつに大した期待なんてしていなかった。でも、ぼくが生まれて初めて買った車は、不思議なことに心を持っている車だったんだ。乗っていくうちにこの車には調子の良い時と悪い時の波があるなと感じた。新しい相棒は、頻繁に会話をしてやる必要があった。
夏休みに入っていたので、早速サーブに乗ってＬＡのエリカの所にでも行こうとすると「夏だし、ＬＡまでは峠も多い。エンジンがオーバーヒートすると、カリフォルニアの真ん中で炎天下の中、立ち往生するはめになる」とタイラーに怖い事を言われたので、ぼくも今回ばかりは大丈夫だよとは言えず、素直にまたグレイハウンドに乗った。何か大切なものを天秤にかけられて、エゴが少し折れた音がした。

エリカの家はＬＡのパサデナにある西海岸風のインテリアがお洒落な西海岸のアパートメントだった。ＬＡは日中外に出るのは危険なくらい暑かったが、中は天井のシーリングファンが涼しげで、二階で空気の通りがいいのか、エアコンをあまりかけなくても窓を開けているだけで涼しかった。エリカはボブ・ディランの「くよくよするなよ」を携帯の呼び出し音に設定しており、このころやけに耳に残った。彼女はあれからサンフランシスコのことなんてもう完全に忘れて、ちゃっかりＬＡの国立大学に通っていた。エリカとダナは、何やら大きなけんかをしたそうで、犬猿の仲になっていた。ジェニファーは結構ふらふらしていて、当初ダナのリングサイドに立っていたが、この夏はエリカのサイドにいた。ぼくはドラマクイーンたちのぐちを聞かされるくまのぬいぐるみだった。女の子のケンカに男の子が肩入れするなど、ぼくにとっては百二〇パーセントあり得ない話なので、面倒くさくて仕方がなかった。ちなみに、ケイシーとクロエもけんかをしたらしく、もう二人で一緒にいることはなくなった。まあこれに関して言えば、たぶん悪いのはクロエで、あいつはいつもぶっ込んでくるやつだから、ケイシーもそんな彼女を嫌になってしまったのだろう。

ジェニファーは、何かとぼくのことを気にかけてくれるので、エリカの家によく遊びに来て、ぼくをリトル・トーキョーや、ショッピングモールに連れて行ってくれたけど、ぼくが「どこからでも、どんなに小さくてもいいから、ぼくはハリウッドのサインが見たいんだよ」と言っても、不自然な言い訳を並べ立て、全然連れて行ってくれなかった。

ある日、エリカの家で映画を観ようという話になって、ぼくたちはブロックバスターで、小津安二郎ファンのスーザンが、授業でべた褒めしていた『バッファロー'66』を借りて一緒に観たのだけど、ジェニファーはおなかでも痛いのか、終始顔をひきつらせていた。彼女は「マーがいい映画だって言うのだから、きっといい映画なんだわ……私にはこの赤いブーツの男の何がいいのかよくわからないけど」と言った。

エリカは彼氏と二人で住んでいたけど、基本的に暴れ馬系女子なので、時に悪徒化し、無差別にぼくたちに当たり散らすことがあった。ドイツ系アメリカ人のエリカの彼氏は気のいいやつだった。いいやつすぎるのか、エリカに完全に尻に敷かれていた。彼は凝り性のストーナーだったので、ぼくたちは割とすぐに打ち解け、怒ったエリカが馬の形をした大理石の灰皿を飛ばす前に、一緒にエリカの家から脱出する仲になった。彼の地元の友達は面白いやつらだった。

ある日、エリカの彼氏の友達のカナダ人の家にガラスボングのメーカーの社長が来て、ぼくはこのたび、彼からしっかりとした作りのボングを買った。色柄のない透明なボングで、落としたら最も割れやすいダウンステムが堅牢な厚みを持っていた。彼は実験用のフラスコも高い精度で作れると言っていたので、良い買い物をしたなと思った。

エリカの所だけだと飽きるので、ダナの家にも泊まった。ぼくはダナとティファニーと一緒に大きな遊園地に行って、世界で一番か二番に恐ろしいジェットコースターに乗った。勢いをつけようと思って直前にシューターでコカインをやったのが大失敗で、みんなが楽しそうに叫ぶ中、勢い余って一人だけ真顔で発作を起こしそうになったのも、楽しい思い出だ。閉園間際の遊園地では、P・P・アーノルドの「ザ・ファースト・カット・イズ・ザ・ディーペスト」が流れていた。

何をするのも、もの憂いサンフランシスコの初秋の土曜の朝のこと。ぼくたち一家は朝からマリファナを吸ってコーヒー片手にだらだらしていた。ぼくは出かけたくもあったが、ソファーと腰が接着剤でくっついていて立ち上がることができずにいた。そんな中、ニーナの一声でぼくたちはアラモスクエアに行くことになった。ニーナは前に、ぼくにあの『フルハウス』にも出てくる三角屋根のペインテッドレディーを見に連れていってくれるって約束したのをしっかりとおぼえていたんだ。うちのリーダーは口だけじゃないな、うれしかったよ。ふだんぼくは公園といえばほぼヒッピーヒルしか行かないから、ずっと行ってみたいと思っていたんだ。ニーナのでかいトラックに乗り込むと、近所のコーナーストアにて、ファットタイヤとアンカースチームを何本か、そしてぼくの好物の冷えたヤギ肉の串焼きを買い、一路アラモスクエアへ向かった。ストリートパーキングにトラックを駐め、ローワンがクーラーボックスをスケートボードに乗せて運んだ。ぼくも少しだけ押すのを手伝った。今まで知らなかったけど、アラモスクエアはハイトアシュベリーからも近くて、丘の芝生にはたくさんの人がいた。

そしてぼくはこの街に来て二年目でやっと彼女たちをおがむことができたんだ。ビクトリア朝建築の三角屋根の家が横一列に六棟連なり、窓がかわいくて、左から三番目の家のオレンジのペイントが鮮やかでぼくは好きだった。今日はまぶしいくらいに晴れていて、彼女たちの後ろには蜃気楼のように、ぼくが世界で一番好きなこの街サンフランシスコの街並みが広がっていた。

ぼくは芝生にどてっと寝転がって空を見上げた。ファミリーのとりとめのない話が、あちこちを行き交う中、ニーナがぼくのそばに来て腰を下ろした。

「どうだい。家には慣れたかい」

「悪くないね」と言って、ぼくは芝生の草をむしった。

「一つ訊いていいかな」

「いいよ」

「あのさ、初めて世界に出るときって、どんな気持ちになるんだ？　私はこの国からまだ出たことがないんだ」

「よくはおぼえていないけど、あのころは、とにかくどこでもいいから日本の外に出たかったかな。狭いって感じたんだ。それに日本の価値観を押しつけられるのも嫌いだった」

「狭いって思うよな。私もそう感じている。ちなみに、マーは日本の何が嫌なんだい」

「うーん、嫌ってほどでもないよ、みんな優しかったし。しいて言うなら、日本は個性よりも協調性を求めるから、ぼくみたいに共感性に乏しいタイプは生きづらい一面もあったかもね。アメリカに来てよくわかった」

「なるほどね」

「でもね、ぼくは思うんだよ。ぼくみたいに自分の国が嫌いだって国を飛び出すやつほど、外国の地で嫌ってほど、自身の国民性と向き合うはめになるんだ。きっとニーナも海外に出ると同じ目に遭うと思うよ」

　自身を振り返ると、そういうことばが自然と出た。

「ぼくも最初は日本を背負うつもりなんてなかった。ぼくはぼくでいいと思ったし、日本のことを訊かれるのは嫌いだった」

「マーってそうだよな。お前らに日本語は教えないって、いつも言うもんな。ま、日本は魅力のある国だと思うよ。日本の『ドラゴンボール』だって私は小さい頃から見ているし……やっぱり世界は広くていいな。いろんな人たちがいる。ここではさまざまな国の人に会うことは珍しいことじゃない。でも私は自分の目で世界を捉えたいんだ」

「世界は広くないよ。世界は狭いんだよ」

「世界は狭いか、マーはイギリスにも行ったことがあるんだもんな」

「うん。大学の一年の時に一年くらい行った。でもそこは田舎町だったから、アジア人に対する差別感情も強くて、だいぶ鍛えられたよ。チャイナマンって言われたし、ぼくはその時は、英語は全く話せない状態だったから、友達を作るのに苦労した。なめられちゃいけないんだなってその頃に思ったんだ」

「なるほどね、で、解決はしたのかい。白人全員殴り倒していくとか」

ニーナはふざけてしゅっしゅってシャドーボクシングをした。

「うん。自分でも変な話だと思うけど、突破口は大麻だった。田舎町だったから探すのに苦労したけど、執念で見つけた。たぶん、ぼくが日本人だからなんだろうね、みんなそのギャップが面白かったんだと思うよ。それから一緒に吸う友達を増やしていった。イギリスは面白いんだよ。ロンドンには、生のシロシビンマッシュルームが冷蔵庫に入って売られているお店があったんだ」

「嘘だろ、そんなお店本当にあるのか。イギリスってそういうイメージないけど。そもそも違法じゃないのか」

「本当だよ」

「いいな、いつか行ってみたい……マーはさ、何か夢はあるのかい」

「夢ね、ぼくはオノ・ヨーコよりも有名になりたい。世界で一番有名な日本人になりたいんだ」

ニーナはなんだか、こむずかしそうな表情を浮かべた。

「あのな、マー、私には有名になることは、そんなに価値のあることだと思えない。マーにはわかるかな。ほかにはないのかい」

「あとね、ぼくはアメリカ人の彼女が欲しい」

ニーナは目をまんまるくして笑い出した。

「今度は急に目標が下がったな」

「下がってないよ、難しいんだよ、この街は。こんな状況が続くようなら、そのうちぼくは南フランスのロマンチックな美女でも探しに、フランスに移住しちゃうよ」

ぼくは立ち上がって背伸びをした。ペインテッドレディーの後ろに蜃気楼のように映る街並みがさっきより少しだけ手前まで見渡せた。

「ま、ニーナはいつか世界に出るよ。ぼくにはわかるんだ。向こうの世界にはニーナを待っている人がたくさんいるから」

ニーナの顔がパッと輝いた。

「マーもそう思うか」

「ああ。もちろんさ」

「まあでも、あちこちで冷たい目で見られるだろうな。私は嫌われ者のアメリカ人だから」

ニーナはガムで作った風船をふくらませて空を見つめた。考えてもみればベトナム戦争の時にヒッピーが反戦を訴えたように、ぼくたちもまた一つの戦争の最中にいたのだろう。

「大丈夫だよ。世界はニーナが思っている以上に優しいから」

「そうだといいな」

芝生にあぐらをかくニーナの太ももの上にそそっと座ると、彼女は苦しそうにぼくの背中を抱いた。重いよと言いながらも、ニーナが少しため息をついたのが、後ろ髪を伝った。

「フリーボードは私にとって夢の仕事、いや、人生そのものだった。おなかの下にロゴのタトゥーもあるしな。でももっとお金が要るから、近いうちに海外に出るためにこの仕事を辞めようと思う。でもなかなかフリーボードに言いだしづらくてね。どう話せばいいか、今でも考えている。そんな時にマーがうちに来たのさ」

「でも今はまだだめだよ。ニーナは、ぼくを護らなきゃいけないんだから。この街がそう言っている」

至って真面目に言うと、ニーナは笑った。

「マーはこの街をよく生き物のように捉えるよな。私のママはヒッピーで、ヒッピー全盛期の時代をこの街で過ごした。ママもマーと同じように街を生き物のように捉えていたんだ。不思議だなって私はいつも思ってた」

「きっとこの街は一つの映画を作っているんだと思うよ。だからぼくたちみたいなタイプを追いかけてストーリーラインにつなぎ合わせるのさ」

「映画ね、どうなんだか」とニーナ。

ぼくたちは澄み渡った空をまぶしそうに見上げた。この街では霧がかかっているくらいが風情があっていいのに。そのようなことをふと思う。ここのところ、何かといらいらしていた。この街にやつ当たりして勝手に砕けたり、こんな仕打ちないとぼやいたり。でもいつだってそうだったように、しばらくふてくされていると、この街がなんとかしてくれる。ニーナは

「たとえみんなに止められても、私はこの街を出るよ」と言い

「だって人生やらないで後悔するよりも、やって後悔したほうがいい……マーもそう思うだろ」とぼくに訊いた。

*

クラスルームでは、スーザンの飼い犬のフレンチプードルが、お行儀良く黒板の前でお座りをしていた。スーザンはシネマ学部の名物おばちゃん白人教授で、このクラスのほかにも多くの必修クラスを持っていた。今期はほかに、脚本書きのクラスと、白人の特別講師がやっている「ドキュメンタリー製作」のクラスも取っていたし、わりとぼくはまじめだったんだ。

ガラッとクラスルームのドアが開くと、イタリア人留学生のマルコが遅刻して入ってきた。彼はすぐにスーザンの元に走った。

「すみません、ちょっと彼女とトラブっていて遅れてしまいました。ギリギリセーフですよね」

彼がぬっとスーザンの顔の近くに接近したので、スーザンは疎ましそうに顔をよけた。

「近いわね。それにあんた口がマリファナくさいわよ」

ぼくがなんとなく笑っていると、スーザンがぼくに目を留めた。

「あら、きょうは珍しくマーが授業に来ているじゃない。あなたもやっぱりマリファナが好きなのね。実は私も昔からそうでね。まあ、ハリウッドも、サンフランシスコのインディペンデント映画の業界も昔から、マリファナとは切っても切り離せない関係で……」と昔話を始めた。

スーザンはつっけんどんだけど、昔のハリウッドで映画を一つ残しており、どことなくオーラもあった。彼女はまっすぐな濁りのない瞳で、ぼくの才能を見つめていた。でも彼女のクラスは退屈だった。西部劇の編集はやっていると気分がだんだん落ち込んでくるし、このものにはぼくにしかできないという付加価値がない。それがなければ、ぼくは本気を出すことなんてできないんだ。

授業が終わると、ぽかぽかの陽気の中、マルコが話しかけてきた。うちに来ないかと言われたけど、午後は医療大麻クラブに行くつもりだったので、また今度と言って彼と別れた。

ここ最近はマルコの家に行くことも多かった。小汚いボロ屋で、彼のルームメイトは相当にクレイジーな連中だけど、たまにマルコが作ってくれる本場ジェノヴァのペストはなかなかの一品だ。彼は、オリーブオイルはいくらかけてもいいものなんだって言っていた。

外にあるだだっ広い学生駐車場で、サーブに乗り込むと、日ざしがずっと照り付けていたせいか、フルレザーシートが低温やけどでもしそうなくらい熱かった。サーブはカセットプレーヤーしかついていないので、ぼくは日本で昔集めていたジャマイカのロックステディのミックステープを繰り返し聴いていた。窓を開けながらわりと大音量でそれをかけていると、学生駐車場を出て通りを曲がった信号待ちで、隣の車線のブラックの女子二人がぼくを指差して腹を抱えて笑っていた。きっとぼくが聴いているそれって彼女たちのグランマが聴くような曲なのだろう。

行きつけの医療大麻クラブ「オーシャン」の近くに着くと、ぼくはストリートパーキングを探した。通りに面したスポットは取られており、ぼくの苦手なこの街特有の坂の縦列駐車をするはめになった。オーシャンで、警備員にクラブカードを提示し、えらく立派になった金属探知機のゲートをくぐり、小窓から中をのぞくと、ジャック・ジョンソンみたいな坊主頭の白人クリスと、メキシカンのクマみたいなジュードーが言い争っている様子が見えた。

ここ数日、彼らは毎日やんやんバトルをしていた。二人は共同出資で、クリスの一階から四階まであるばかでかい家で、およそ二百株のマリファナを栽培しているのだけど、この前にクリスがアリゾナに一週間遊びに行った時に、クリスはばかだから栽培室の水道の蛇口を全開にしたまま出かけてしまったんだ。降りかかってきた水道代は目をむくような金額だったらしい。

ぼくが中に入ると、二人は槍の投げ合いの手を止め、ジュードーが学校はどうだったかぼくに訊いた。ぼくがいつものように嫌な顔をすると、ジュードーは電子大麻の煙でパンパンになったわた飴袋をぼくに手渡した。ちなみに、ジュードーはブラジリアン柔術をやっているせいか、ジュードーと呼ばれている。ぼくも中学の時にかじったのでどんなものかはわかる。

壁側のピーナツみたいなテーブル席に腰かけると、頭の上のほうから壁に掛けられたテレビの音が聞こえる。

ジュードーが、テレビを眺めながら
「どっちが勝つと思う？　民主党か共和党か」とぼくに訊いた。

政治の話か、面倒くさいなと思った。

「民主党と共和党はどっちがどっちかわかんないけど、たぶん黒人のほうじゃないかな」

「マーは日本にいた頃、選挙で投票したことがあるか」とジュードー。

「ないよ。だって日本はどのばかに入れても、どうせ何も変わらないから」

「たしかアメリカと日本じゃ選挙のやりかたが違うんだよな」とジュードー。

「そうそう、ぼくはよく知らないけど。君たちの一票は責任が重すぎるんだよ。がんばってね。ぼくは応援しているよ」

ぼくはわた飴袋に手で圧を加えつつマリファナを吸った。なんか薄いなと思って、新しいマリファナをベポライザにセットした。ジーっと音を立て、逆さにセットされた袋に煙がもくもくと充填されていく。ここのところ、ぼくはクリスからマリファナを買っており、四十ドルで八グラムくらい入っていたので、ほぼ毎日、友達の所に遊びに行っても早々なくならないくらいのゆとりがあった。

ドアのロックが外れるビープ音が鳴ると、がちゃりと音を立てドアが開き、イタリアの大女優みたいな顔のナンシーが顔をのぞかせ、ぼくを見てパッと目を輝かせた。ナンシーはいつもの、誰も似合わないようなターコイズ色の革ジャンを、そつなく着こなし、きょうはブーツを履いていた。ジュードーはナンシーにぞっこんで、この前に彼女の家で二人でいるのを偶然見かけた。ナンシーはレズビアンなのにジュードーは男として険しい道を選んだ、でもナンシーもよくわかんない態度を取っており、どっちなんだとぼくは思っていた。

「あんた最近いつもここにいない？　私が来たときには必ずいる気がするんだけど」

「マーは放課後は大抵ここにいるよ。宿題もここでやっているのさ」とジュードー。

「この後うちに来ない？　今、ジェニファーが遊びに来ているのよ」

「なんか、二人一緒にいるのって珍しいね、後で行くよ」

「珍しくもないさ。ジェニファーは私に骨抜きだからね」と言い、いやらしく舌をぺろぺろした。

ナンシーはジュードーに目くばせをすると、ジュードーはバックルームから怪しげな茶色い袋を持ってきてこそこそとしながらナンシーに渡した。ナンシーは最近ジュードーからマリファナを買っているらしく、ぼくはクリスから買っているので、ぼくたち二人は「もうマリファナには困っていない」マリファナセレブ仲間だ。ぼくが、

「いくらで買ってんの」とナンシーに訊くと、ナンシーは蚊の鳴くような声で、ジュードーとクリスのほうに目を配りながら

「六十ドルでハーフオンス」と言った。

ん？　と思った。ハーフオンスって言ったら十四グラムだから、ぼくより多くもらっている。

「おい、ジュードー、お前ナンシーにひいきし過ぎじゃないのか。女だからってそれはないだろ」

ジュードーとクリスは笑った。そしてクリスがすまなそうに手を合わせた。

「ごめんな。俺が今まで、十分に、おまけしてやれていなかったってことだよな……次からはもっと増やすよ」

「お前マーに失礼だろ。もっとおまけしろよ」とジュードー。

クリスは苦笑しながら、ジュードーとこそこそ打合せし、少し驚いた顔をしながらも、ぼくにグーサインを作ってみせた。ジュードーは勝ち誇ったようにクリスを刺した。

「お前、やっぱりケチだな。だから水道代も払わないんだな。そういうことか」

「お前は何もやらないじゃないか。金くらい出せよ」とクリスは言い、何やら二人でまたイチャイチャし始めた。こいつら本当は仲が悪いんだ。はた目には冗談を飛ばし合う仲に見えるけど、ほとんどが皮肉の応酬だったりする。

ナンシーは見兼ねたように、また後でねと言って帰っていった。

「ジュードー、そろそろ仕事の時間だぞ」

クリスは腕時計を指さして言った。公には知られていないけど、バックドアの奥は栽培室になっていて、彼らは交替で世話をしている。ちなみにぼくも中を見たことはない。ジュードーはぶつくさ文句を言いながら、バックドアの向こうに入って行った。

クリスはぼくのほうに来て座ると、急に変な事を言いだした。

「春からは、短大でマーみたいに映画のクラスを取ろうと思ってな。もともとはアートスクールでデザインの勉強をしていたんだが、ここでの仕事とか栽培が忙しくなってしまって、結局卒業できなかった」

「え、来なくていいよ」

ぼくは驚いて目を見開いた。クリスが短大にいる姿なんて全く想像できない。

「ま、そう冷たい事を言うなよ。一緒のクラスを取ろうぜ」

一緒のクラス……来年の春で恐らく三度目になるであろう、西部劇の編集をクリスと一緒にやるのは、あまりにも落ちぶれているように我ながら感じた。

「前にも言ったと思うけど、俺はいつかギャング映画を作りたいのさ。次の収穫で、まとまったお金が手に入るから、ちゃんとしたカメラも買おうと思っている」

「いいね。暇だったら手伝ってあげるよ」

「暇だったら、か。マーはどんな映画を作りたいんだ」

「まだわからないんだ」

どんな映画を作りたいかは、クリスには言わなかった。ばかみたいな話だと思うし、残念ながら、ぼくたちだけで実現できるようなスケールじゃないと思ったんだ。

「で、いつ引っ越すんだ?」

クリスが言っているのは、ぼくがマリファナを育てるという話だ。でも今の家だといろいろと無理があるので、もっときれいな家に引っ越す必要があった。

「手伝ってやるよ。三日に一回は様子見にも行ってやる」

「うーん、考えとくよ」

　栽培でまとまった収入が手に入れば、映画を作る資金作りになるし、悪い話じゃないと思った。あとはまじめにやれば五十万以上はかかる初期費用が問題だった。親からは二年分の生活費をまとめてもらっていたので、当初お金はあったのだが、気にしないで使っていると、夏休みが終わるくらいに底を突いてしまった。一年ちょっとできれいに使い切ったという話だ。親はぶちぎれていたが、以降は月ごとに生活費を送ってくれるようになった。そんな背景もあり、栽培するにはお金が足りないのだ。

　テレビのチャンネルをぽちぽちいじっていると、サンフランシスコのローカルニュースのチャンネルで、市内のカンナビスクラブがＤＥＡ、麻薬取締局に強制捜査されたというニュースがやっていた。時々見るニュースだけどなぜ捜査されたのかが毎回わからない。クリスやジュードーに聞いても首をかしげるだけだった。

「またやられたか……次はうちかな」とクリスは言った。

　ＤＥＡじゃないけど、ここも以前に元従業員に強盗に入られたことがある。以前はもっと従業員がいて、キャッシャーの所の防弾ガラスもなかったし、入り口の金属探知機もなかった。物騒な世の中だけど、ここはなくなってほしくないんだ。キャンパスにいた頃は、たまにサボテンすらまともに育てられない農家の佳作に当たる事もあったけど、ここは違う。確かな品質と安心を顧客に届けている。

「クリスはさ、大麻はいつか合法になると思う？」

「無理だろ。医療大麻だけで手いっぱいさ」とクリスは笑った。

さっそく新レートでハーフオンスのマリファナを買うと、お気に入りのケムドッグとヘッドバンドが入っていた。クリスたちは今までのオージークッシュ一辺倒なスタンスから脱却し、それらの品種の栽培に力を入れていた。ほかにも何種類か入っていて、クリスが説明してくれたけど、どうせおぼえられないので、できれば袋は小分けにしてほしかった。

車をピックアップしてぼくはナンシーの家に向かった。ナンシーはクロエとエリザベスの女三人で住んでおり、彼女たちの家はイングルサイドの丘のてっぺんにあった。彼女たちの家の前でサーブを停めると、ぼくは澄み渡った空の中、サニーサイドの街並みをしばらく眺めた。ぼくがドアベルを鳴らすと、入ってこいと言われたので、中に入るとナンシーとジェニファーがソファーに座ってテレビを観ていた。エリザベスの小型犬のフィービーが、サバンナのインパラのように反応し、ぼくのほうに走ってきて尻尾を振った。ナンシーが
「お前ビッチだな」と犬を笑った。ジェニファーは屈託のない笑顔を浮かべ
「久しぶり、元気にしてた？」とぼくに訊いた。
大して久しぶりじゃないけどなと思いながらも、笑顔を浮かべぼくはフィービーを抱き上げると、

二人にハグをしてリビングの一人用のソファーに座った。

クロエとエリザベスは家にいないようだった。そのほうがいいのかもしれない、二人はベッドルームをシェアしており、犬猿の仲なのでよくぼくは愚痴を聞かされていたんだ。エリザベスは

「クロエが発情期の犬みたいに頻繁に男とセックスするから、そのたびに部屋を閉め出される」と言い、対してクロエは

「エリザベスがいつも部屋の隅にいるから、彼氏といても気まずい」と言った。どうでもいいことではあったが、エリザベスはディランと別れていた。

しばらく世間話でもして、ナンシーのボングでマリファナを吸って、オットマンに脚を乗せくつろいでいると、ナンシーとジェニファーはレズビアンの恋愛物テレビシリーズを見出して、ぼくはすぐに退屈になったので、みんなにはないしょでＬＳＤをやることにした。しばらくレズビアンの恋愛物を観ていると、けんかのシーンがものすごく多いことに気が付いた。レズビアンの口げんかは、ＬＳＤをやったせいか強烈な口調に感じて、ぼくは全身に汗をびっしょりとかいていた。まるでホラームービーを観ているかのようにおびえていたのか、初めのうちは

「マーうるさい」と言っていたナンシーも、

「きょうはどうしたの。何か変だな」と言い始めた。

このままレズビアンの口げんかを観ていると、ぼくはまたバッドトリップに陥るのではないかと不安に感じ、チャンネルを変えようと提案するも、二人は軽快に口を鳴らしながら、ぼくの提案を却

下した。次第にナンシーの友達が続々と家に集まってきた。ぼくは平静を装っていた。
夕方近くにクロエがサッカー部の練習から帰ってくると、汗でベトベトのおぞましいユニフォーム姿で、ぼくに近寄り
「マーがなんか変」と言ってぼくをまじまじと観察した。ぼくの首の裏を触り
「なんか汗かいているよ、熱があるんじゃないかな」と言いだし、ぼくに体温計を渡したが体温は平熱の範囲内だった。
「英語もいつもより下手だし……なんだろうね」と言いながら、クロエはやっとシャワーに入っていった。少しするとクロエがよれよれのTシャツと短パン姿で、バスタオルでごしごしと頭を雑に拭きながら、ぼくの座っていた一人がけのソファーの、ひじ掛けに座ってきた。ふわっと香るシャンプーの匂いに思わず目を細めていると、クロエが
「で、どうしたのかな。きょうのマーは」としつこく疑ってくるので、ぼくが観念して、
「実は今アシッドをやっているんだ」と言うと、クロエは飛び上がって、
「やっぱりね！　ほら、私の言ったとおり！」と得意げに笑った。

＊

サンフランシスコの心地よい温暖な冬、アメリカの短大の春のセメスターが始まっていたが、ここの

ところ、この家は不穏な空気に包まれていた。

ぼくはパスタを作った鍋を洗わないで放置していたので、ここのところいらいらしてそうだったニーナに文句を言われて、ぼくは思わずニーナを「ビッチ」とののしってしまった。ブーツで蹴飛ばされるかと身構えたけど、

「ビッチって言ったな、マーは私のことビッチって言いやがった！」と言ってニーナはドアの外に消えた。彼女の背中はなぜかうら寂しげにまるかった。ニーナはトムボーイだからいつも

「私の友達はみんな私のことを女として見てない」って半分冗談のように文句を言っていたし、いたずらに乙女な一面をさらすこともあったから、ぼくは本当は気付いてあげるべきだったんだ。だけどなぜかそれができなかった。

そのうちに、タイラーが彼女と一緒に出て行くことになった。新しい家はサンフランシスコから少し南のパシフィカという所にあるから、今度遊びにおいでと彼は言った。でもそれはファミリーの解散の始まりで、タイラーはメキシカンの彼女と別れて、そこにニーナが転がり込むことになった。ニーナがこの家を出ることになり、ぼくたちは激しく動揺した。この家は支柱を失ったんだ。終えんが近いのを感覚で悟った。ぼくがロストシンドロームに陥る中、ローワンは

「なんて無責任な女なんだ」と一人ニーナに腹を立てていた。この家は、ずっと前からフリーボーダーにとって青春のパーティハウスだったので、ローワンはきっとこの家に捨てきれない愛着を持っていたのだろう。そんな思いからか、ローワンは賃貸契約の名義人をニーナから引き継いだ。ローワンは

自分がこの家を守るといきまいていたが、彼にその器量がないのは、ぼくの目には明らかだった。

ぼくはこの状況に不安を感じたので、家でローワンとＬＳＤをやった。ローワンはシャンプーをして「シャワーの中で髪がいろんな色に変色した！」と目をまんまるくして騒いだ。

ＬＳＤで頭にスッと入ってきたあの世界の占い結果は、なんとも聡明で「マーはこのままでいいよ」って彼らはぼくに言ったんだ。

ニーナはいなくなってしまったけど、この街は、ぼくに飴をよこすのを忘れなかった。ニーナの代わりに、この街が送り込んできた人材にぼくは大満足だった。きっとこれもニーナが「マーを護る」という彼女に課された大切な仕事の引き継ぎをちゃんとやっていったということなのだろう。

ラターシャはアルメニアン系アメリカ人で、ぼくが彼女と出会ったのはもちろん偶然なんかじゃない。年はぼくとニーナより一つか二つ上で、ぼくは彼女の大ファンだった。彼女はアートスクールに通うグラフィックデザイン専攻の学生なのに、ゲイ雑誌の編集の仕事もやっていて、オークランドのアンダーグラウンドでは最も著名なレイブ組織の幹部でもあった。見た目はアンジェリカ・ヒューストンの若い頃のような雰囲気で、魔女っ気があるのが、ダナと一緒だと思った。そして彼女は実に創造的なＬＳＤを持っていた。ぼくは、これはあの世界の「特典」だと思った。そいつはまるでアートを目的とした用途に改良されたかのように鮮やかで、ミルクティーに溶けゆく砂糖のようになめらかにぼくの体になじんでいった。考えるに、オークランドのアングラレイブ組織ってだてじゃないし、ことこのＬＳＤに関しては、全世界のピラミッドの頂点にいるに違いない。これをきっかけに、ぼくは今まで深くは考えてこなかったアートというものに壮大な憧れを抱いた。そしてラターシャからは、ぼくが本当にアートの力で世界を変えることができるという夢をもらったんだ。

ある日のこと、ぼくはラターシャと話がしたくて、彼女の部屋をノックした。どうぞと言われ、ドアを少し開け顔を出すと

「ちょっと休憩して、ぼくと一緒に大麻でも吸おうよ」と言った。

彼女は壁につけたデスクで何かの作業をしながらも嫌な顔一つせず、いいよと言ったので、ぼくは部屋の中に入り、灰色のカーペットの上に座った。壁には、彼女が大好きなタラ・マクファーソンのアートが掛けてあった。ふとラターシャのデスクトップに目をやると、勃起した男の性器の写真が目に飛び込んできたので、ぼくは思わず目を覆った。

「ごめんね。今、保存するから、少し目を閉じていて」

ラターシャはそう言って、デスクトップをスクリーンセーバーに切り替えるとぼくのほうに来て座った。

「ハニー、学校はどう？」

彼女はぼくの事をよくハニーと呼ぶ。友達のお母さん連中を除いては、ぼくは女の人にハニーと呼ばれると、なぜかくすぐったくなるんだ。

「ドキュメンタリー製作のクラスをね、取っているんだけどね……前回はファイナルの課題を提出す

る前に単位を落としちゃったから、今回のセメスターは頑張ろうと思ってテーマを探しているんだ」

「オークランドのレイブシーンなんてどうかしら。それだったら私も手伝ってあげることができるわ。私のアートスクールから、高性能なビデオカメラも借りてきてあげる。ちょうど今週の土曜に私のほうで企画しているレイブがあるの。一緒に行かない？」

「行きたい」

オークランドのレイブなんて、ヨハンナがケタミンで倒れた日以来行っていないから、ぼくは前から行きたいと思っていたんだ。

「よし、じゃ一緒に行こう」

「何を撮ろうかな、やっぱりぼくが興味があるのはドラッグだな」

「でもそのテーマを選ぶとマーは手詰まりになる気がするのよね。変な正義感に身を滅ぼしちゃダメよ」

「そっか」

「何か違うテーマを探すか、見つからなければ、とりあえずたくさん素材を撮ってその中からテーマを考えるといいのよ。どちらが正解なんてないわ」

「ぼくは物事には必ず正解はあると思うよ。でもね、ラターシャの言っている事もぼくにはよくわかるんだ。脚本書きのクラスの先生が言っていた。世界平和をテーマにするやつはバカだって」

「そうよ。それに人間はね、みんながみんな狼じゃないのよ」

「狼？」

「あなたもそうよ」

ぼくはラターシャの言っている事の意味がよくわからなかったけど、ずっときっと胸の中に大切にしまって忘れられなくなるのだろう。

「マーはね、あなたの生き方そのものがパフォーマンスアートの象徴なのよ。そして何をやらせても自分の色に世界を染めることができるすばらしい人。いつかみんなに本当に優しい世界を見せてくれるって私はあなたに期待しているのよ」

「じゃあぼくはピエロってことなのかな」

ぼくは立ち上がっておどけて、パントマイムのまねをしてみせた。

「マーは私のとっても勇敢なチャップリン。私はあなたを愛している。そのことを忘れないで」


土曜にぼくたちはレイブに繰り出した。ＬＡでぼくが行ったような商業的なレイブとは異なり、廃墟を利用して招待制で催すそれは、オークランドの治安の悪さに相まり、肌にビリビリと感じさせる本物感があった。受付でラターシャの手伝いをしばらくした後、廃墟の会場内をなんとなく撮影していると、チャイニーズ系アメリカ人の女の人がナンパしてきた。少し目元のメイクが濃いと思ったけど、中世ヨーロッパの女騎士のコスチュームのようなセクシーな格好をしていた。

「あなた受付にいた人でしょ」

「そうだけど」

「探していたのよ。あなたこのレイブ組織の関係者？」

そんなむだな話をする必要がないくらいぼくたちは、したいって感情が抑えきれず、そのまま会場でメイクアウトした。しばらく彼女と踊ってからラターシャに、したり顔で先に帰るねと伝えると、見晴らしのいい場所まで移動して車でセックスした。サンフランシスコからほんの少し出ただけで、こんなことになるだなんて、絶対に何かがおかしいと思った。

幸せなひと晩を過ごし、彼女をオークランドの西にある彼女の家まで車で送り届けると、ぼくはサンフランシスコへの道のりを車で走った。お酒はあまり飲んでいないけど、エクスタシーをやっているので、街灯の光は残像を帯び、ハンドリングがもたつく場面が少々あった。

家に戻ると電気は暗く、さし込むのは窓からの月明かり程度で、よく見えないがソファーに体の大きい人が眠っていた。ぼくは忍び足で近づいた。なんかヒッピーっぽいおばさんだ。誰だろう。ドアと向かい合わせのソファーを見るとニーナが靴を履いたまま眠っていた。後で顔に落書きをしてやろう、そんなことを考えていると、ぼくはもう一つの気配を感じた。暖炉の前に何かがいる。そっと近づいてみると、それは大きな犬だったので、ぼくは「わー」って思い、体中が止めどない愛情で満ちあふれるのを感じた。犬はやばいやつに会ってしまったという反応をして固まっていた。

「よくわかっているね、抵抗してもむだだよね、いい子だね」と犬をなでると、急いで自分の部屋からブランケットを持ってきて、犬のおなかを枕にしてぼくは寝転んだ。きっとすごい量のお化けも連れているのに、犬が逃げないのは、ぼくがあの世界の重鎮であることを犬が理解しているからだろう。頭と首の後ろに伝わる犬の温もりが、ドラッグで傷ついた体を癒していった。そしてぼくは眠った。

明くる朝、誰かの話し声に目を覚ました。ニーナはぼくに気付くと

「おはよう。サンシャイン」と笑顔で言った。

ニーナの隣ではヒッピーのおばさんがぼくのほうを、何か珍しいものでも見るように、まじまじと見つめている。頭の後ろに何か体温のようなものを感じて、手を伸ばすと犬がまだそこにいることに気が付いた。

「うちの子は、知らない人にはあまり懐かないんだけどなあ。朝まで君とずっとそうしているなんて、にわかには信じられない現実だ」

「マーは特別なやつなのさ。彼はこの家の中で唯一、第三世界とつながっているグルだからね」とニーナ。

「この子はなんて種類なの？」

「バーニーズマウンテンドッグさ。大人しい犬だよ。君は知っているかい。犬は人間がドラッグをやっているとすぐにわかるんだ」

ヒッピーの女の人は言った。

「マーだったらテレパシーみたいなやつで、犬と会話もできるかもな」
ニーナがぼくをからかうように言った。

＊

アメリカに来てから約二年が経つけど、ぼくには彼女がいない。ぼくのすべてを受け止めることができる女の子。もしかすると、そんな子はこの小さな街にはいないのかもしれない。そうやさぐれることがしばしばあった。ふざけんな。だったら全米から連れてこいと思った。だってぼくにはこの街を捨てることなんてできないのだから。でもまずは動かしやすい駒から動かしていくのなら、その方針でもいいいと思った。そうしてぼくはまんまと恋という名の病にかかった。お相手はヨハンナのルームメイトだ。レネイはノラ・ジョーンズみたいな子で、アート専攻だった。前は小学生みたいな黒髪のボブだったから、ナードな女の子だなと思っていたけど、最近は長めで丸みのある大人ショート・ボブになり突如としてかわいくなった。ＬＳＤをやり始めてからか、急に口数も増えて明るい子になったので話す機会も増えていった。木曜のディナーパーティの後は帰るのが面倒くさいのでレネイとヨハンナの家に泊まることが多かった。

ある晩、レネイの部屋で、ヨハンナが腹を出して寝ている横で、レネイがブレイン・ホワイト・ティーズの「ヘイ・ゼア・デライラ」をかけて

「この曲は遠く離れる彼女に宛てた曲なのよ」と、てれ笑いを浮かべた時、もしかするとレネイはぼくのことが好きなんじゃないかと思った。ぼくにできることは
「これがぼくの勘違いでありませんように」と神に祈ることだけだった。

ジェニファーはこの前、ナンシーに絡んでいたと思いきや、なんとハーフジャパニーズのやさ男とつきあい始めた。やさ男はシェフなので、料理がうまいってことで、ヨハンナやレネイからもちやほやされていた。たしかにいい人だったけど、これはジェニファーの作り上げた虚構であることをぼくは理解していた。ジェニファーはレズビアンなので、ストレートの女子に「ジェニファーが迫ってくる」と疎まれる場面も過去にあったからだ。何よりも心外なのは、ぼくのほうが彼よりも断然イケメンなのに、ジェニファーは彼を選んだということだ。素直にぼくを選んでくれれば、周りから「勇気ある行動」と称賛される明るい未来がぼくたちを待っているというのにだ。ぼくはこれまで、ジェニファーがアジア人、というか男に全く脈がないんだろうなとほのぼの思っていたが、現在の構図を見るとアジア人は関係なく、まるでぼくの問題のように映るので、ぼくは正直ジェニファーにむかついていたけど、このきな臭い関係性を本気で解剖しにかかると、ジェニファーに嫌われるのでおとなしくしていた。でも裏では、ぼくはヨハンナと賭けをやっていて、ジェニファーがやさ男とセックスしていないほうに五ドル積んでいた。

ぼくがある日、車でケイシーの所に遊びに行こうとしていたら、ルームメイトのリアムが連れてってほしそうな顔をしたので、一緒に連れて行った。

リアムはドラゴンのような鼻をしたテキサス出身の男で、最近うちのガレージに住み始めたのでよく一緒に遊んでいた。エクスタシーが好きなやつで、ぼくはもうエクスタシーには正直飽きていて、レイブ以外ではほとんどやらないけど、フリーサンプルがぼくの家用のマリファナの瓶に入っていることがよくあった。

大学近くのケイシーのタウンハウスで、ケイシーたちに迎えられると、リアムがケイシーのルームメイトを、典型的な南部焼けしたブロンド美人だと裏で褒めちぎっていた。今まであまり意識していなかったけど、たしかに日焼けしたブロンドの子って絶世だなとしみじみ思った。ケイシーへのお土産にサワーディーゼルを渡し、ぶりぶりになってオフィスが舞台のテレビシリーズを見ていると、どうやらケイシーはコカインに最近ハマっているらしく、ぼくに入手先について尋ねてきたので、ブランドンの友達を紹介してあげて

「でもケイシーは中毒的な性格だから、十分に気をつけてね」と言った。

ケイシーは図星だったのか

「なぜそんなことがわかったの」と不思議そうにしていた。

その後ぼくたちは、南部焼けの美女も一緒に、ソーントンステートビーチの崖まで車で夕陽を見

に行った。

海が一望できる断崖には、一本の木が根を張っており、土からむき出しになった根の近くには数人だけ座れるくぼみがあり、そこはぼくのこの街一番のお気に入りの場所だった。ぼくたちはトランクからホースブランケットを取り出して、寒いねと言って、肩を並べ次第に落ちていく夕陽を眺めた。カリフォルニアの空はとても小さいので、一面がきれいに真っ赤に染まるんだ。そして東の空からは紫が赤を追いかけて、やがてきれいな紺色の空へと変わる。

帰りには、ケイシーが世界一のバーガーだといつも言ってうるさい、インアンドアウトバーガーに立ち寄った。ナチョチーズとオニオンがあふれるほどポテトにかかったアニマルフライは、ぼくも大好きだった。ケイシーたちを家に送ると、ぼくとリアムはデーリーシティのスーパーに立ち寄った。すると、ぼくがキャンパスにいた頃に何度かセックスした日本人の彼女と鉢合わせた。ぼくと彼女は陳列棚二列ぶんくらい離れた所からお互いの存在を確認していた。ぼくはがっつりと彼女ににらまれた。

後日、家で夕方に暇を持て余し、リアムと日本のテレビドラマを字幕付きで見ていると、キャンパスでのハウジングの契約が切れたからしばらくよろしくと言って最近この家に転がり込んできたアダムが、ＬＳＤをやろうと言いだした。ぼくはこのころラターシャ以外のルームメイトは全員いらないと思っていたし、独りになりたいと思っていたので、面倒くさいなと思ったが、しかたなく三人でＬＳＤをやった。

すっかり日も落ちた頃に、リアムがナイトクラブに行こうと言いだした。歩いて行ける距離であれば悪くはないなと思った。頭が混乱している約三名に妙案なんて出てこない。アダムは絶対運転なんかしないと言い、リアムは自分が運転すると言った。冗談じゃない。お前にぼくの大切なサーブを任せられるかと思った。LSDをやって運転するのは嫌だったけど、現在絶賛頭が溶けていそうなリアムがぼくのサーブを運転するのはもっと嫌だったので、ぼくは心を決めた。

「わかったよ。ぼくが運転するさ」

車に乗り込みキーを回したが、このまま運転すればよくないことが起こる気がした。しかし、リアムが言うようにこれは取り越し苦労で、何事もなくシティのナイトクラブに着くような気もする。相反する気持ちがぼくの中で戦っていた。さらにぼくにはもう一つ気になることがあった。バックミラーを見ると、車の中には、ぼくたち以外の者が乗っている気がしたんだ。このまま発車していいのだろうか。むちゃすぎる。いや、でも行ったら楽しいかもしれない、あくまでも行けたらの話だが。

「よし行こう。ただし、十五分後に」

「わかった。十五分後だな」

リアムは了承した。ぼくは車を降りると、後部座席に誰も乗っていないか確かめた。当然ぼくたち以外、誰もいなかった。

「十五分たったからもう行こう」

このようなやり取りを何度も繰り返した。ぼくたちは腹がよじれるくらい笑った。結局ただのばか話で終わり、ナイトクラブへは行かなかった。ソファーでけたたましく笑うリアムを見ていると、こいつは本当にクレイジーだって、感覚がどこかぼくに訴えかけてきた。ふとドアの向こうを見るとアダムの姿が見えた。落ち着きなく廊下をうろうろと歩き回っている。

「あいつさえいなければ……」

聞き違いかもしれないけれど、リアムを見てそう言っているように聞こえた。

*

「もうぼくのことは放っといてくれ」

ドアにみんなへの強い抗議メッセージを込めた張り紙をして、ぼくは部屋に閉じ込もった。ここのところ落ち着くってことがなく、ぼくは完全に自分を閉ざした。

ぼくは張り紙に

「お前らは豚だ」って書いたし、彼らはお返しに

「マーはペニスが小さい」って書いてきた。

そのようなひっ迫状態が続く中で、ローワンとケンカになった。きっかけはおぼえていない。ローワンは小柄なのに意外と力が強く、もつれてあっという間にバックマウントを取られた。床を見つめながら、自分の体力がこれほどまで落ちていることに驚いた。

「マー。お前のことは殴りたくない。ギブアップしろ」

ローワンが後ろで拳を振りかざしているのがわかる。目の前には耐えがたい現実と、どす黒いカーペット。目線を上げると、かすかにテレビ台が見えた。ぼくは次の瞬間、ローワンの腕をぐっと自分の肩に引き込んで、テレビ台にローワンを道連れにし自分の体ごと突っ込んだ。次に気が付いた時には、ぼくはローワンに後ろからスリーパーホールドをかけていた。

「やり返せ、ローワン！　そんなやつに負けんじゃねぇ」

後ろでは汚い野次が飛んでいた。

「あー、完全に入っちゃっているな。はい、ストップ」

憎まれ者のぼくが勝ち、どこか落胆した表情を浮かべる者によって、ぼくたちは引き離された。その日以降、ローワンはぼくを許さなかった。数日もしないうちに今度はリアムがキレた。

「お前なんか友達じゃない」とぼくが言ったからだ。

「お前はクソ野郎だ！」

顔を真っ赤にし、しきりにそう叫んだ。わかっていた。怒り狂った時のリアムはクレイジーだって。リアムは床に置いてあったスケートボードの鉄の部分で、ぼくの後頭部をぶち抜いた。気付いた時には、反射的にリアムにも、スリーパーホールドをかけていた。中学の頃に少しかじったブラジリアン柔術が嘘のように二回も役に立った。その後、後ろにいたローワンが、すぐに止めに入った。みんな混乱していた。

「お前の物なんか全部ぶっ壊してやるからな！」

リアムがしきりにそう叫ぶので、ぼくはここにいると大切な車だったり、カメラだったりが、壊されるのではないかという不安に駆られた。なので、ぼくは警察を呼んだ。しばらくして警察が来ると、ぼくは外で一部始終を話した。リアムに後頭部をスケートボードの鉄の部分で殴られたこと、正当防衛でスリーパーホールドをかけたこと。家の中からは、リアムが怒り狂い、警察に怒号を飛ばす声が聞こえてきた。

「それで君はどうしたい？　ぼくたちにあいつを引っ張ってほしいならそうするし、チャージを課すことを求めないなら、この場は何事もなかったかのように収めてもいい。ただし彼に警告はするよ」

警察は言った。考える必要はなかった。リアムはふだんからなよなよしたやつだ。これは必ず復讐を生むだろう。

「チャージは必要ない。ただこの場はもうこれ以上、やつがぼくの大切な物に手を下さないように収めてほしいんだ」

「そうだな。とにかく君もこの家はもう出たほうがいい。ほかに行く宛てはあるかい？　大事な物は車に積んで、ここから出て行くんだ」警察の一人が言った。

「ぼくたちは君の車が出るまでここにいるから」

ぼくは無我夢中になって大切な物をかき集めた。ぼくのハットにカメラ、ラップトップにターンテーブル。スピーカーとアンプは、大きいので持っていけない、後で取りに来る必要があるだろう。何度か車と部屋を往復しているとニーナの車が入ってきた。

「何があったんだ。なんで警察がいるんだ」

彼女は驚きを隠せない様子だった。

「頭をスケートボードで殴られたんだ」

「え、どこだ。ここか。本当だ。でっかいたんこぶができている」

ニーナに頭を触られると、なんだか泣きそうになった。

「思ったとおり、ニーナがいなくなってから、この家はおかしくなっちゃったんだ。ぼくもここを出なきゃ。偶然でも会えてよかった」

偶然と感じていたかのようにニーナには言ったけど、本当はニーナが来てくれたのもこの街がそうさせたってぼくは思っていた。

「あれ、お前は、マージャないか。お前のことは知っているよ」

車に乗り込もうとすると、警察の一人がぼくに問いかけてきた。ぼくはうなずいた。

「お前はいいやつなんだってな。この街じゃ有名人だ」

警察に褒められて、ぼくは傷だらけでほほえんだ。ニーナはその様子を狐につままれたような目で見入っていた。

「お前だけは、キャンパスでドラッグを売っていないんだよな」

「売ってはいないけど、配って歩いているという話だ」と別の警察が笑った。

別の警察からも確信を持った感じで、そう言われたので、ぼくは何も言えなかった。もしかすると、ぼくが今、なぜか警察に褒められているのも、あの世界の「特典」が関係しているのかもしれない。

＊

うちに来いよと言ってくれたコナーの胸でぼくは恥ずかしいくらいに泣きじゃくった。

「あいつら、ぼくの大切な物に手をかけるんだ」

「いいんだ。何も言うな」

男だって泣きたい時はあるよな、コナーはそう言っている気がした。コナーが言うように、起こった事を並べ立てる必要なんてなかった、ぼくは自分が悪いことを十分にわかっていたから。

コナーの家はアウターリッチモンドの静かな住宅街にあり、短大からは遠のいたが、公園やシティには近づいた。コナーはピストにはまっており、クロモリの細いフレームの自転車を部屋から担ぎ出し、よくピスト仲間とシティに出かけていた。コナーのベトナム人ハーフのルームメイトも、昔からのなじみで彼とはよくウォリアーズの試合を観た。ウォリアーズはずっと弱小だったから、どうせ今年もだめなんでしょとシーズン開始当初は思っていたけど、ヘッドコーチのドン・ネルソンを中心に、ポイントガードのバロン・デイビスや、カクカクした動きが素晴らしく歪な三番のスティーブン・ジャクソン、ミシェルが妙に応援していたセンターのアンドリス・ビエドリンシュなどが活躍し、久しぶりにプレイオフに駒を進めて、プレイオフ一回戦、まさかのまさかで西の第一シードのダラスに勝ったんだ。サンフランシスコの街は大騒ぎしていた。

コナーはこのころ、家でハシシオイルを作ることに熱中していた。市販のブタンガスを溶剤にしていて、そのせいか何か間違っているのか、どうも味が薬っぽくてまずかった。コナーに原料のマリファナの葉っぱ部分を探してほしいと頼まれたので、面倒くさいなと思いながらもしかたなく探しているとリチャードに行き着いた。リチャードはイタリア人留学生のマルコのルームメイトで、ドラッグならヘロインでもなんでもやるやつだった。彼は赤毛のリーゼントで、よくテレビを観ながら社会のケツの穴に棒みたいな物をぶっ刺していた。彼は達観したように世間を見下ろしていて、ドラッグについて話すことはいつも驚くほどリアルだった。リチャードはハンボルト郡に知り合いがいて、マリファナの葉っぱ部分なんか捨てるほどあると、薬焼けしたようなしゃがれた声で言った。

ハンボルト郡はアメリカ最大の大麻の生産地だ。サンフランシスコから北に車で約二百マイル行った所にある。サーブのご老体が心配だったが、ぼくは思い切ってハンボルト郡に向かった。リチャードを拾って、街を抜けしばらく車を走らせていると、少しレネイの話になった。リチャードは後ろで寝ていた。

「レネイはいい子だと思うけど、お前に合うとは思えないな」とコナー。

「そうかな」

「お前には話したかな。前にレネイはうちのパーティに来て、俺とメイクアウトした。そうしたら、横から別の女が割り込んできて、レネイを突き飛ばして、俺にキスをしてきたのさ。ま、しかたがないよな。俺はどうしてもあの晩、セックスがしたかった。レネイはあの感じだからワンナイトは厳しそうだったけど、別の女は今すぐにでもって感じだった。俺がその女を選んだから、レネイは泣きながら部屋を出ていったのさ」

「ああ、聞いたよ。何回も」

その話はレネイからも聞かされた。レネイは恥ずかしそうに何かを補足していたけど、その晩の経緯はコナーが言っている内容と基本的に一緒だった。

「でも、よかったかもね。レネイは、セックスのときは結構暴力的らしいよ」

「暴力的？」

「うん、レネイとやったぼくの友達から、この前に聞いたんだ。なんか、すごいグッて強い力で頭とか押さえつけてきて、髪とかも引っ張るんだって。つねったりもしてくるらしいから、彼はひと晩で三十回以上は痛いって叫んだと言っていたよ」

「なんかわかる気がするな。だったらレネイはやめとけよ。いいか、お前には何事もロマンティサイズする悪い癖がある。アメリカの女はそういうんじゃないんだ」

ぼくたちは途中でメンドシーノ郡に立ち寄った。車が通り抜けられるように穴が空いた木をくぐったり、国道沿いの周りに何もないログハウスのようなビール醸造所で、そこの自社ブランドのクラフトビールを飲んだりした。コナーは
「こういう所で飲むビールは最高だな。まさにアンリアルだ」と目を輝かせ言った。

「おいしいよね」

「俺はアイリッシュだから、ビールにはうるさいんだぜ。このアイピーエーは最高だ。ノーカルにはシティには売ってないような銘柄が山ほどあるって話だ」

ハンボルト郡についたのはもう夜中近くだったので、ぼくたちは車中泊をすることにした。なんだろう……ぼくはこの街の異様なオーラを感じていた。サンフランシスコともまた雰囲気が違う。街がすさまじい霊気を放っていた。

次の日の朝、リチャードは彼の知り合いの家に車を着けさせて
「お前たち車で待っていろ。俺の顔を見たら、やつらは斧で襲いかかってくるかもしれないからな」
と言って一人で降りていった。
「なんで斧で襲われるんだろう」とぼくが訊くと、コナーは
「どうせ金かドラッグを過去に持ち逃げしたとかの、ロクでもない理由だろ」と言った。
「なるほどね」
しばらくしてリチャードが小走りで戻ってきた。

「ここはだめだ。次に行こう。お前たち早く車を出せ」
最初はどうなるかと思ったが、何軒か回り、最終的には四十五リットルほどのゴミ袋五袋くらいのマリファナの葉部分を無事に入手しサンフランシスコに戻った。

ハンボルト郡から帰ってきてほどなくの事だった。ぼくは女子に誘われてＬＳＤをやった。ヨハンナ、レネイ、ジェニファーとミシェルの四人が一緒だった。ラターシャは二カ月くらいこの街を離れていないと言っていたので、しかたなくコナーからＬＳＤを買った。コナーは口を酸っぱくして
「いいか。このアシッドは俺が経験した中で一番強力なやつだから、くれぐれも気をつけろよ……一枚でいいからな。女たちにもダブルドーズはするなってちゃんと言っておけよ」と言った。そして売るのは人数分だけだと言って譲らないので、ぼくは人数をごまかした。ぼくは彼女たちにしっかりと忠告を伝え、ぼくはいいでしょと思い自分は二枚食べた。コナーが言ったとおり、堕ちたのはあっという間だった。忠告むなしくぼくはまたあのバッドトリップに堕ちていき、救急車で運ばれた。

またここか――病院で目が覚めた。はいつくばるように自力で病院を出ると、タクシーを拾った。家に帰ってコナーにタクシー代を払ってもらうとコナーは怒り心頭に発した様子だった。ジェル化した男のように、ドロドロに溶けきった頭で、ただただどなられていた。
聞くところによると、ヨハンナはぼくが暴れて手に負えないので、慌ててコナーに電話したという。

ぼくはジェニファーのマンションで椅子を一つか二つぶち壊したらしい。なんとなくおぼえている。そしてまた救急隊員を罵倒しながら運ばれていったらしい。これもなんとなくおぼえている。幸いだったのは、ぼくがいなくなった後も、女は気を取り直して最高のトリップを楽しんだということだ。ぼくは前と同様に二週間くらいまともに声が出なかったし、またしても、あの世界の入り口にも立てなかったことに失望していた。

しばらくしてヨハンナから

「まとまった量のアシッドが欲しいのだけど」と相談を受けた。

だめもとでコナーに訊いてみたが断られた。そして彼はなんかちょっと怒っていた。

「だいたいなんで、お前は女に都合よく使われるような隙を与えるんだ。アメリカの女はそういうんじゃないっていつも言っているだろ」

「お前もヨハンナも本当に面倒くさいな。男とか女とか関係ないだろ」

「面倒くさい？　お前に言われたくねえよ」とコナーが言うので、ぼくは笑ってしまった。

「お前は普通にアシッドを売ればいいんだよ」

「じゃあお前、レネイとやりたくないんだな。友達ってやつでいいのか。この貸しはどうする。いいか、お前がやっているのは、自分のベッドに女を寝かしてやって、自分はソファーで寝るようなものだ。アメリカではそういうのはあり得ないんだよ」

女に使われているというふうにはぼくは思わないけど、ＬＳＤについては、ちょっと前の一件のことがあるので、ぼくもこれ以上コナーに強くは言えなかった。ぼくはしかたないので、リチャードを紹介することにした。

マルコとリチャードのゴミだめのような家に、ヨハンナとレネイを連れて行くと、二人はリチャードを見て、怪物と遭遇したように小さくなっていた。

「じゃ後は適当に連絡取り合ってやってね」と言い残し、二人を車で家まで送っていくと、ヨハンナは車中で

「あんた、なんであんなやばそうなやつとつきあっているの」と、少し心配そうにした。

そしてヨハンナの悪い予感は当たってリチャードは金を持って消えた。ＬＳＤは液体なので原液を厚紙や角砂糖に染み込ませて売られることが多いのだが、リチャードが彼女たちに売ったシートはただの厚紙で、ＬＳＤなんて一滴も乗っていなかったらしい。

ヨハンナはしょんぼりした声で電話をしてきた。ぼくはまたやってしまったと思って、ごめんねと言って次のプランについて考えた。コナーに相談したところ、コナーは

「マーは紹介しただけなんだから悪くない。放っとけ」と言った。

「え、でもリチャードを紹介したのはぼくだし、ぼくが悪いよ」

「いいや、お前は悪くない。だいたいからしてな、女が半端な覚悟で男のビジネスに首を突っ込むからこんなことになるんだ。もとよりただの女子大生がアシッドをシートで持っているなんて話、俺は

聞いたことねえよ」

「そもそもお前がさっさと売らないから、こんなことになってるんだぞ。お前が一番悪いやつなんだ。なんとかしろ」

「なんで俺が女に無料で利用されなければいけねえんだ。教えたよな。お前は女に使われているって。悪いのは俺の忠告を無視したお前だろ、この前のバッドトリップしかり、お前はなんでいつも俺の言うことを聞かないんだ」

「えー、コナーなんとかしてよ。ぼくレネイに嫌われたくないよ」

「だめだ。これは教訓なんだ。あいつらには自分たちでケツを拭かせろ」

「もういいよ。お前じゃ話にならない」

ぼくはしかたなく、テキサスのオースティンにいたただの女子大生のお姉さんに泣きついて、彼女の友達のゲイのジェイジェイの番号を訊いて、オークランドまで車でＬＳＤを買いに行って、それをヨハンナにあげた。ヨハンナもレネイも跳びはねて喜んで、ヨハンナは二人きりになった時に、鈍感なぼくでもわかりそうなサインをたくさん送ってきた。きっとジェニファーと裏で賭けでもやっているのだろう。ぼくはヨハンナがかわいく思えてきて、正直言ってこのころ、レネイとヨハンナでちょっと迷っていたけど、どちらにせよ、この変な一件の後だと、なんだかそんな気にもなれなかったんだ。

三日後にヨハンナとレネイの家に行くと、レネイの幼なじみがＬＡから来ていた。彼のことをうれしそうに語るレネイの表情に、ぼくが僅かに抱いていた幻想はぐちゃぐちゃに飛び散って消えた。そしてぼくはその日の夜に、身の毛もよだつような寒い長文のテクストメールを彼女に送信した。彼女からの返信はなかった。また、やらかしてしまった……そう思った。何を書いたなんておぼえていない。でもぼくは、レネイがぼくの「弱さ」に気付いてくれるってどこかで期待していたんだ。

時間を巻き戻したい、そう思い鬱になりながら翌週木曜のディナーパーティに臨むと、レネイは何もなかったという芝居をした。そしてラターシャの創造的なＬＳＤがいかにすばらしいものだったかを生き生きとした表情で語った。横ではジェニファーとヨハンナがすべてを知っているような顔つきをしていたので、ぼくはみんなの顔を見ることができなかった。ちょっと鼻にかけた態度をしているレネイの幼なじみのガキと隣り合わせで、惨めな思いを抱えつつ、やさ男が作ったボンゴレのパスタを食べていると、やさ男がぬっと現れ、優しい表情でぼくに笑いかけ、ぼくの皿の上にチーズのかけらを置いた。実はやさ男も最近、酔ったか、とち狂ったかで、夜中に寝ているヨハンナのベッドに入るという事件を引き起こしたばかりだった。

たばこを吸いに外に出ると、外は薄暗く灯りがきつね色を帯びていた。しばらく眺めているとヨハンナが外に出てきた。

「私もマーと一緒にたばこ吸う。一本ちょうだい」

「いいよ」

ぼくはナット・シャーマンという高級たばこをヨハンナに一本あげた。ぼくたちは肩を並べ、鉄のポールにひじをついて、たばこを吸った。

「ねえ、マーはレネイのことが好きなんでしょ」

「うん」

「残念だなあ。私はマーのこと、こんなにも愛してるのに」

ヨハンナを見ると彼女のブラウンの瞳がキラキラと揺れていた。ちょっとマジメなふりをしているけど、これはトラップだと思った。ヨハンナがジェニファーと裏で賭けをやっているのは感覚で知っていたし、だいたいその賭けの内容も想像がつく。ヨハンナの透き通ったもち肌にほんのちょっと載った赤を眺めていると、彼女を愛おしく感じてきた。ぼくが想像する賭けの内容からすると、これはセーフなはずだ。でももしそれら全てがぼくの勘違いだとしたら、絶対気まずくなるし、そうなったらもう立ち直れない。やっぱりだめだ……お前が先に脱げってここは素直に言うべきなのだろう。そんな思いを胸にぼくが目を細めると、彼女はぼくの肩を抱いて「ドンマイ」って言うかのようにぼくをガシガシとさすった。

この一件でぼくは少し甘酸っぱい思いをしたけど、リチャードはたぶんあの金でまたどこかでヘロインをやるのだろうな。なんだかリチャードらしくて笑えるとぼくは思う。

コナーの家にいたのは二カ月に満たない期間だった。最後にはコナーの大家にぼくが住んでいるのがばれて、彼の家にはいられなくなった。コナーとはきっとずっと友達なのだろう。コナーは社会的にはへそ曲がりだけど、思慮深く、男気ってやつに満ちていた。同じ街にいるからまたいつでも会えるよな。ぼくはコナーの家を後にした。

*

コナーの家を出て、次にぼくを引き取ってくれたのはタイラーだった。ぼくが彼の家を訪れると、タイラーはニーナに言った。

「マーがここに住むってことで、ニーナもそれでいいよな」

ぼくはニーナに前にひどいことを言ったから、彼女に嫌われているんじゃないかって心配だった。ぼくが恐る恐る、

「ニーナはぼくの事なんて嫌いでしょ」と彼女に訊くと
「ほんのちょっとだけね」と彼女は笑った。

パシフィカはサンフランシスコから車で南に十五分くらいの所にある海沿いの街で、ここには健全さがあった。シティの雑踏や大学周辺の霊気じみたよどんだ空気もここにはない。歩いて行ける距離にはプライベートビーチ風なビーチがあり、いつも人はほとんどいないのでよく出かけていた。ぼくたちはそれぞれ車を持っていたけど、車の駐車スペースは一個しかないので、いつもストリートパーキン

グを見つける必要があった。

ニーナとタイラーは二カ月後にフィリピンに行くことが決定していたので、それまでの間だったけど、ぼくはサンフランシスコから一度離れ、ニーナとまた暮らすことになったんだ。彼女がこの国を出ることは、以前から知っていたけど、送る立場になるとはぼくもまたここに長くい過ぎたのかもしれない。

このところなんでもない日常生活の中でぼくは漠然と不安を抱えることがあった。ロバータ・フラックの「愛は面影の中に」を聴きながらぼくが思い詰めた顔をするので、ニーナは「彼女がマーの心を奪っていった」と笑った。ニーナはそして「なあ、タイラー、私たちの飛行機がこの国を飛び立つときは、この曲をかけようぜ」と言って曲を変えた。


学校は期末にさしかかっており、ぼくはこなさないといけない課題をいくつも抱えていた。授業に出席さえすれば単位が取れると評判の映画祭の企画運営のクラスは、教授がまたあのスーザンで、ぼくは今まで授業に突然来なくなる生徒だったので、何か作品で驚かせてやろうと映画祭の上映作品を一つ作ることにした。ぼくに目をかけてくれている彼女のことを裏切ってばかりで、迷惑をかけている自覚はあったからだ。もちろん、彼女のためだけではない。ぼくは自分がやればできるってことを、自分に証明したかったんだ。プロットを立てる映画なんて撮る余裕はなかった、能力的にも人的にも。できるのは独りである程度製作できるドキュメンタリーだなとぼくは考えた。いくつかテーマを考えてきた中で、ぼくはこの際、素直に、フリーボードを題材にすることに決めた。ニーナから昔のフリーボードのフィルムをもらい、大枠の構成を固めていると、ニーナも途中から手伝ってくれて「マーはアート性の高い編集をするね」と珍しく褒めてくれた。インタビューシーンでもふだんどおり、彼女は輝いていた。クリスにも来てもらいサンフランシスコの街なかのシーンも撮り、編集すると、最後にパズルがしっくりとはまった実感があった。

作品をクラスで発表した日、ぼくの作品を見た時のスーザンの表情は忘れられないものとなった。あのつっけんどんだった教授の顔が、パッと輝くのをぼくは見たんだ。そしてぼくが出した作品はあっさりと採用が決まった。映画祭本編でも、正直言って負けるわけがないと思った。映画祭の企画のクラスも、このまま最後まで普通に授業に行っていれば単位はもらえるはずだった。しかし、ぼくは作品を作ったお熱でそれなりに燃え尽きてしまったので、作品が採用されてからは彼女のクラスには戻らなかった。それで気まずくなって結局、自分では少し楽しみにしていた映画祭にも行かなかったんだ。

後で結果を聞いたところ、最優秀作品賞に選ばれていたことがわかった。

家のソファーでトロフィー片手に、当日のビデオを観ていると、壇上ではスーザンが胸にリボンを付けて来賓席に座りずっと下を向いていた。どこかがっかりした表情を浮かべる彼女を見ると、ぼくは胸がきゅんと締めつけられるような感情に襲われたが、一方で、それをどこか気持ち良いと感じてしまった。もちろん単位は落とした。

天気のいい日曜の昼下がり、タイラーは「サーフィンに出かけないか」とぼくを誘った。

ぼくは天気がいいからってサーフィンをやるのは気乗りしなかったし、誰か適当な女子でも誘って浜辺でビールでも飲もうと思った。ぼくは、この街に来たころからの友達のパンダみたいなアマンダに会いたくなって彼女に電話をした。

「え、私？　私を海に誘っているの？　どうして？」

電話口でアマンダは困惑した口調で言った。とりあえず彼女の住んでいるタウンハウスに向かうことにし、タイラーの車に乗り込むと、タイラーが何かを思い出したかのように言った。

「リアムっていただろ。ほら、お前をスケートボードで殴ったやつ。あいつ今、ゲイポルノに出ているってよ」

「マジで？」

「あぁ、お前はどう思うか知らないがな。ラターシャってゲイ雑誌の編集やっていただろ。おそらく彼女を経由して出ることになったんだろうな」

「なんで。お金目的？」

「どうだろうな。もともとゲイだったのかもな、俺にもそうは見えなかったけどな」

タイラーは淡々と語ったが、あまりの衝撃にことばを失うぼくを見て、前方を見ながらも、同情に近いような視線を寄せた。

「あいつもそうだろ。どうせ。あの下に住んでいたやつ」

タイラーが言いたいことはすぐわかった。

「アダムのことか」

「あぁ、間違いない。あいつらは友達のふりをしてお前に近寄った」

「友達のふり、か。でもリアムは、ぼくの友達のケイシーのルームメイトのこと、かわいいって言っていたんだけどな」

「ま、わからないものだな」

「この話はもうやめようよ。頭の中がぐちゃぐちゃなんだ。正直言って考えるだけでも面倒くさい」

「だな」

「でも、ぼくが納得がいかないのは、なんでこの街はいつもこういうことをするんだってことなんだ」

「ニーナもお前もさ、いつもそれに関しては一緒の事を言うよな」

アマンダの家に着くと、もふもふのアマンダとハグをして、アマンダのルームメイトのステファニーともハグをした。彼女たちの家ではポータブルのスピーカーからジャック・ジョンソンの曲が流れていて、それもそのまま海に持っていくことにした。南の海に向かう道の途中で、アンカースチームをダース買いして、海に着くと、アマンダとステファニーははだしで砂浜を走っていった。タイラーが適当な場所にシートを敷き、ぼくは早速ビールの栓をライターで開けると、しゅぽっといい音がした。タイラーは「先に行っているからな」と言いサーフボードを持って沖に歩いて行った。

アマンダとステファニーが戻ってくるとぼくたちは穏やかな日ざしの下で乾杯した。アマンダとジョイントを吸っていると、ステファニーは自分の彼氏の話をずっとしていた。ぐちを聞かされるのはもう飽きたな、ぼくってなんなんだろうと思いながら砂をいじっていた。

しばらくしてビールも残り少なくなってきた頃、

「サーフィンしないの」とアマンダに言われたので、しかたなくボディスーツに着替えたのだけど、着る時も体にひっついてくるそれに苦戦した。アマンダとステファニーは、

「マーはなんて細いの」ときゃーきゃー言っていた。

彼女たちの声援を浴びながら、もう見えないんじゃないかというくらい、遠くにいたタイラーに向かって泳ぎだした。すぐに息が苦しくなり、足をつけるとそこから先は歩いた。波が顔にバシャッとかかってきて、うっとうしかった。

＊

俺たちがフィリピンに発つギリギリまでいても大丈夫だよ、とタイラーは言ったけど、ぼくはそんなのは寂しいので、このころはトーマスの家で寝泊まりしていた。トーマスはなぜか学食のチケットをたくさん持っていたので食べ物にはあまり困らなかったが、ぼくには「アメリカでついにホームレスになる日本人留学生」という不名誉な肩書きがついており、うわさはたちどころに広まり、いちいち会うたびにあわれみの表情を浮かべる者が多かった。トーマスには七三カットで眼鏡でポロシャツをタックインした白人のルームメイトがおり、彼はチェスに大層な自信があるようだったが、ぼくが間違えて何度か彼に勝ってしまったので、雑魚のトーマスも一緒になり、彼らがぼくに再戦を申し込んでくるのが、このごろのぼくの癒しになっていた。

ニーナから電話がかかってきたのはそんな時だった。

「家の駐車場の横に停めていたら車がレッカーされた」と電話で泣きそうな声をし、取り乱すので、すぐにパシフィカに戻ると、家ではニーナが放心状態で突っ立っていた。顔を見たら口をひん曲げて悲しそうな表情を作ったので、ぎゅっとハグしてあげた。「苦しい」「潰れる」そう言いながらも、肩を震わせていたのが、いつもの気の強いニーナとは違っていた。女の子だもんな。彼女をこの街から無事に送り出してあげなきゃ。ぼくならなんとかできる。そんな気がしていた。それにしても、ぼくたちみたいなやつはなぜいつも旅立ちの時に、こうやって問題に巻き込まれるのだろう。

ぼくたちはサーブに乗り、南にあるトーイングカンパニーに向かった。

「あの車はきのうやっと買い手が見つかったんだ。後は車を引き渡せば、フィリピンでの生活費の足しになる。でも車検が切れているから、今レッカーされるのは非常にまずいんだよ」

ぼくは適当に相づちを打ちながら、前を見て運転した。

「なんでこんなことになるのか意味がわからないよ。私がこの街を出るって決めてから、みんな人が変わったように私に意地悪をするんだ」

「しょうがないよ。だってニーナはこの街でいろんな人の想いとつながっているから」

「私はサンフランシスコに何かやり残したことがあるんだろうか。なんでこの街はいつも私にこういうことをするんだ。全く理解できないよ」

ニーナの車があるトーイングカンパニーは鉄柵で覆われ、まるで気味悪い車の墓場のようだった。そこには警察が集まっていた。

「最悪の事態だ。なんでここに警察がいる。どう考えたって不自然だろう。車検が切れているのが、こんなにも早くばれたのか」とニーナ。

「たしかに。でも大丈夫。彼らは、ぼくたちに会いに来ただけだよ」

そう言うとぼくは車を降りた。ニーナはぼくの後ろについて来た。

「マーとニーナじゃないか。お前らは本当に仲がいいな」

警察はぼくたちを見て楽しそうに言った。

「ニーナの車を返して」ぼくは彼らに言った。

「もちろんさ……ところで、この車は車検が切れているように見えるけど、気のせいなのかな」

ぼくたちは何も言い訳をしなかった。後ろにいた女の警察が口を開いた。

「はい、二人ともよく聞いて。どこに行っても、人に迷惑を掛けないように生きることは大切だよ」

「大丈夫。わかっているさ」ニーナは言った。

不思議なことに、ぼくはこの問いにどこかで答えた気がしていた。そして同じ答えが思わず口を出た。

「だって、法がぼくたちを守ってくれる」

女の警察はにこにこして
「そうだよ、マー。だって、完全なる自由は、完全なる秩序の下に成り立つのだから」と言った。たまには秩序を守って生きるというのも悪くない。ニーナが旅立つ前に、ぼくたちにそれを教えるために君はここに来たんだね。

ぼくとニーナは、おのおのの車に乗り込むと、ハイウェイを駆け上がった。ニーナがすぐに興奮気味に電話をかけてきた。

「デュード！　なんであいつら私の事、知っているんだよ」

「サンフランシスコの警察はすべてを知っているよ。ぼくがあの家を出たあの日、ニーナも聞いたでしょ。きょうの警察も一緒の人だったんじゃないかな」

「どうだったかな。あんまりおぼえていないや」

ニーナとは電話で長いこと話していた。実際にぼくたちは何度か接触事故を起こしそうにもなった。

「いろいろと訳がわからないことばっかりだったけど、マーには世話になったな。私は行くよ。人生やらないで後悔するより、やって後悔したほうがいいからな」

ニーナはよくそれを言うね。ぼくにもなんとなくわかるんだ、そのことばの意味が。

「見送りには行かないよ」

「ありがとね、マー」

＊

数日後、ぼくは独りになるためにソーントンステートビーチの崖へ車を走らせた。

「次のリクエストは……」ラジオでＤＪが話している。

流れてきたのはＭＧＭＴの「タイム・トゥ・プリテンド」だった。ニーナは飛行機が飛んだらこの曲をかけようぜって言っていた。見上げるとたまたまか何か飛行機が一機、空を飛んでいくのが目に飛び込んできた。何時の便かは訊いていないけど、あの飛行機にはきっとニーナが乗っているのだろうなと思うと、ぼくは胸がじんと熱くなった。

ぼくはもう人に疲れていた。トーマスの家を出て、夏休みにとりあえず入居した家では、イライラして新しいルームメイトに当たり散らした。別に何も嫌なことはされなかったけど、このようなポッと出の登場人物を送り込んでくるなど、この街はついに頭がおかしくなってしまったのかと思った。

夏休みなのでみんな実家に帰っていて、この街にはヨハンナしかいなかった。ヨハンナはこの街出身でサマースクールに通っていたので、家にいつもいたけど二人だけだとさすがに退屈だった。あとは毎日オーシャンに行くだけで、対処法のない孤独と格闘していたところ、エリカの元彼から電話がかかってきた。どうやら彼は今ＬＡを離れ、サンタクルーズに住んでいるらしい。少々乗り遅れて騒いだ末に、ぼくは夏を彼のサンタクルーズの家で過ごすことにした。

サンフランシスコから車で南へ二時間ほど行った先にあるサンタクルーズは、穏やかな海辺の街で、アメリカでのサーフィン始まりの地としても有名だった。

エリカの元彼は、自分が今まで手に入れたマリファナのサンプルを少量、約十種類くらいぼくのために取っておいてくれた。初日の夜には、三時間くらいに渡り、マリファナの品種の歴史の話を聞くはめになった。では実際に吸ってみましょうまでの余興がいちいち長かった。彼は凝り性で、マリファナのテーブルマナーにもうるさいやつだった。「ライターのガスがマリファナの味を損ねるので電気アイロンで火をつける」「グラインダーは巻くとき以外は基本的に使用しない」「毎朝ボングはぴかぴかに洗浄する」などのこだわりのたしなみは、すべて彼から学んだ。

彼の家は平家で四人の怠惰なストーナーの屋敷で、夏休みなので基本的に誰も何もすることがなく、みんなで朝からぶりぶりになってソファーでテレビを観ることが多かった。家のマスターベッドルームはマリファナ部屋になっていて、夜中にカナダ人が黙々と農作業に勤しんでいた。朝起きてサンタクルーズの長閑な陽の光を浴びて、歯を磨きながらバルコニーのウッドデッキの上で体操でもすると、この世界はなんて平和なんだろうと思った。エリカの元彼は朝から晩まで、実にペン先が細い描画用のペンで、目を細めて近くで見ないとわからないような、細かい線のアートを作っていた。

「なんの絵なの」と訊くと

「意味なんてないのさ」と彼は語った。

この街にはＬＡで会った連中が何人かいた。この家に住んでいるカナダ人もそうだし、エマ・ワトソン似のティファニーと、ダナの従妹もいつの間にかサンタクルーズの大学に通っていて、よくこの家に遊びにきた。ぼくはこのころまだレネイのことを引きずっていたので、この家の人間はそんなぼくを励ますように

「ティファニーはシングルだし、この街に来てからご無沙汰だから、今ならマーでもいけるよ。ほうら、アメリカってすばらしい国だろう?」と言った。

むちゃ言うなとぼくが言い返すと、エリカの元彼が

「デュード、むちゃではない。いいか、サンタクルーズっていうのは基本的にセックスとサーフィン以外に何もすることがない街なのさ。そしてこの街の男は大麻ばっかり吸っているから、残念ながらセッ

クスに興じる体力を持ち合わせていない。だから、サンタクルーズの女はセックスに飢えている」と、さも定説のように語った。

ティファニーとは何もなかったけど、彼女のほうで異変があったようで、エリカの元彼が、彼女はヘロインをやっているとある日突然言いだし、何やら探偵を始めていた。ティファニーはたばこも吸わないので、なんだかよくわからないなと思った。

ここでは夜には上等なメキシコのテキーラのボトルを割り勘で買って、みんなで取り止めのない話に花を咲かせる。ボングでマリファナの煙を肺にためた状態で、テキーラのショットをやり、熱くなった喉から吐息と一緒に煙を吐く。サンタクルーズはそんなゆったりとした夏を友達と過ごすには最適な街だった。

*

夏休みが終わりサンタクルーズから戻って、久しぶりにショーンに連絡を取ると、ひょんなことからオープンハウスに行くことになった。ショーンからその家の住所を聞いた時、ぼくは運命の導きを感じた。その家はぼくが前にニーナたちと暮らしたフリーボードハウスと同じ通りにあったんだ。ショーンと車であの頃の家の前を低速で通り過ぎると、それはもう廃屋と化していた。

新しい家は二階建てで家中に新築の匂いがして、ベッドルームは六つもあった。リビングは五十畳ほどの広さで、大理石の天板のアイランドキッチンに、ガスで火がつく偽物の暖炉もこざかしくて最高だった。一階の玄関を開け、つるつるな石張りの廊下を通り、木の階段を登ってリビングを一瞥すると、誰もが

「ホーリーシット！」と叫ぶ、この街のラッキーボーイにふさわしい家だった。ただでさえ家賃が高いこの街で、この新築物件で一人月に一千ドルで済むなんて、はっきり言ってあり得ないと思った。

ショーンは初め、

「マーは本当にクレイジーだからな……嫌な予感がする」と言い渋っていたが、ぼくがわーわー文句を言うと一緒に住むことを了承してくれた。

家具一式は全く何もなかったので、ぼくはこの街のガレージセールをショーンと巡り、ちゃんとした机や椅子を買った。マットレスは中古の物を入手し、今度は寝具を買いにサンフランシスコの南にあるホームセンターに行くと、ラルフローレンのホームコレクションで、ぼくのハットによく似た配色の爽やかなピンクとイエローの布団に目を奪われた。これだと確信し買って帰ると、ショーンの彼女に「私なら絶対にそんな布団使っている男とは寝ない。悪いことは言わないから返品しなさい」と言われたので、後日返品し、ときめかないシンプルな布団を買った。一とおりぼくの部屋の物がそろって気持ちが落ち着くと、これぞアメリカンドリームだと思った。今までは床に教科書が転がる環境だったので、これからは勉強もがんばろうと思った。

ぼくはこのころ、ハイディ・クルムがホストの『プロジェクト・ランウェイ』という服飾デザイナーのオーディション番組に録画するほど熱狂していた。シーズンファイブのファイナリスト三名まで進んだケンリー・コリンズって子が作るカクテルドレスが、本当に美しいものだったんだ。ショーンと、ショーンの彼女には、そんなのは女が観る番組だとさんざんばかにされた。これは差別だと思った。ドレスを作れるようになれば、なんとなくかっこいいんじゃないかなと思っていたわけだけど、二人にはどうもそれが理解できないようだった。秋のセメスターが始まって二週目のぎりぎりのタイミングだったが、なんとか服飾のクラスに滑り込むことができた。映画祭では最優秀作品賞を取ったし、もう映画はわざわざ自分で学ばなくてもいいと思った。ラターシャもぼくはなんでもできるって言っていたから、服飾の世界にだって色を添える自信はあった。

ぼくが「どうせ失敗するからやめとけ」と言ったのにショーンは、自分の部屋のクローゼットの中でたった六株くらいのちんけなマリファナを育て始めた。もともとショーンは植物学専攻で、植物全般に興味があったので、観賞用でいいなら好きにすればいいと思った。

ある日、クリスが遊びに来て

「下のガレージをまるっと潰して一室マリファナの栽培部屋を作ってやるよ。初期の設備投資費用もすべて出してやる」と言った時、ぼくとショーンは跳びはねて喜んだ。

これでようやく安定した収入を得ながら、ぼくの大好きなみんなとここで一生遊んで暮らせる。

ぼくはこのままでいいんだ。ＬＳＤで占った結果はやはり間違っていなかった。ぼくの人生計画はパーフェクトだと思った。

＊

新しい家の近所にはブランドンがいたので、この頃は彼の家にもよく遊びに行った。ブランドンはマルセロと、もう一人のルームメイトと住んでおり、彼らはみんなサンディエゴ出身らしく、クリスの事もよく知っていると言っていた。マルセロはバスケが好きだったので、ぼくたちはよくバスケの話もした。今年のシカゴのルーキーは化け物みたいな身体能力を持っていたんだ。ぼくはエルトン・ブランドが好きで彼が現役最高の四番だと言ったら、マルセロに「お前は何もわかっていない」と言われた。マルセロはギルバート・アリーナスが本当にスマートなプレーヤーだと言っていた。

ある日、ぼくは新しく入荷したというエクスタシーの毒見の依頼を受け、マルセロの家でエクスタシーをやった。じきに胃がごろごろ気持ち良くて、ぼくはソファーででんぐり返しの状態で、背中を天井に向けて伸ばしていた。ぼくの隣ではマルセロの犬が、うーっとうなり声を上げていた。

「モナはメスだから、男のお前に触られるのが嫌なのさ」

マルセロは壁側のソファーで、目がきらきらしてかわいいイタリアの女の子と一緒に座っていた。ブランドンと彼のもう一人のルームメイトは家にいなかった。

「でもぼくは、エクスタシーをやっているから気持ちよくて、彼女を少し触っていたいんだ」

「お前のその今の体勢を見てみろよ。やっぱりお前はバイセクシャルなのさ。そしてとんでもねえ変態野郎だ。お前が今、俺の犬とセックスしたいと思っているのは、俺には見え見えだ」

「違うよ」

ぼくが焦ってでんぐり返しの状態をやめると、二人はぼくを笑った。

「正直になれよ。何もおかしなことはない。この家の全員、いや、この家に来る連中は全員バイセクシャルなのさ」

「お前、ぼくをからかっているだろ。ブランドンがバイセクシャルなわけはないだろ。あいつはクロエともやっているじゃないか」

「お前、バイセクシャルの意味ってわかっているか。矛盾しているぞ。言っていることが」

ぼくはハッとした。そうだった。そういうことか。だからシュルームを一緒にやった時に出ていったのか。

「お前もバイセクシャルになれよ。だってジーザスはゲイなんだぜ」

「は？　お前、何言っているんだ？　全然意味がわかんないよ」

「何って？　教えてやったんだよ。お前がこの街のジーザスになれない理由をな」

マルセロの言っていることの意味が全くぼくには理解できなかった。マルセロは隣の彼女と目を合わせて、いたずらな表情を浮かべた。隣で彼女は読めない表情でぼくにほほえみかけていた。

「しかたがないな。お前にはもっといろいろ教えてやるか。みんなもマーに黙っているなんて酷なことするよな」

「なんのことだよ」

「お前、クリスからいくらでマリファナ買っているって言った？」

「六十ドルでハーフオンスくらいかな」

「だろ？　同じ地元で昔からの知り合いの俺たちがクリスからパウンドでまとめ買いするよりも、安い値段でお前はクリスから買っているんだ。なぜだと思う？」

「おいおいやめろよ。それにクリスは彼女だっているだろ」

「ばかだな。また繰り返しているぞ。バイセクシャルだってことが答えにならないか？」

まさかとは思った。でもマルセロの言っていることはムカつくくらい、つじつまがあう。この街は何がしたいんだ。アダムとリアムの件しかり、本当に力技でぼくをバイセクシャルにしようとしているのだろうか。

「まあ動揺する気持ちはわかるさ。でも俺は初めてお前に会った時から、お前はバイセクシャルだって知っていた。そのうわさを振りまいたのも実は俺だ」

「は？　お前かよ。ふざけんな。お前のせいでこっちは彼女もできないんだ」

「まあそう言うなよ。バイセクシャルになるといいことだってあるぞ。両方のお楽しみを味わうことができるのさ。お前はまだ一つの楽しみしか知らない。もったいないことだと思わないか」

「悪いが、ぼくは女の子が好きなんだ」

「ああ、だけどお前の隣には誰がいる？　この街に来てから、お前とつきあいたいと思う彼女の一人でも見つかったか。現実を見ろよ」

マルセロはにこにこしながら言った。ぼくはずっと前から変だと思っていた「現実」ってやつにハッとした。

「まあ、俺も悪魔ではない。だから一つ提案をしてやる。この俺の隣にいる彼女だが、お前はこの子が俺の彼女だと思っているだろう？」

「うん。違うの？」

「彼女は俺のかわいい妹なのさ。そして、俺は小さい頃から彼女とセックスをしている」

「は？　お前、ぼくをからかっているだろ」

でもたしかに彼女のくりくりとした瞳は、マルセロのそれと似ていた。

「で、提案だが、お前エクスタシーもやっているし、今セックスがしたいだろう？　彼女はお兄ちゃんの言う事をよく聞くいい子だから、特別に俺が口を利いてやってもいいぞ。ただし条件がある……」

マルセロはもったいぶって言った。

「二時間三十ドルだ」

ぼくは財布を確認した。幸いなことにそこには六十ドル入っていた。

「気持ちを隠すなよ。正直に言えばいい」

マルセロは、隣の彼女に何か耳打ちをした。彼女は読めない表情で、にこにこほほえんでいたかと思うと
「私、マーとセックスしてもいいよ」と言いだした。

ぼくはふき出した。完全にこいつらぼくをからかっていると思った。

「どうなんだ」

「はい、セックスがしたいです。三十ドル払います」

「よし、でもな、三十ドルだと一つ条件があるんだ。まずは妹とお前で二十分やる。そして二十分たったら俺も混ざる」

「ふざけんな。お前はいらねえだろ」

その時、ブランドンが家に戻ってきた。ぼくは躊躇なくブランドンに質問をした。

「なあ、ブランドン、お前バイセクシャルなのか」

「は？　何ばかなこと言ってんだ、お前」とブランドン。そしてマルセロのほうを見て状況を理解したように、ぼくのほうを見ると、笑いながら言った。

「お前、マルセロにからかわれているんだよ」

「よかった。じゃあクリスがバイセクシャルっていうのも嘘か」

「クリスは彼女いるだろ。お前ばかだな」

いやいやでもそれはバイセクシャルだとあり得るわけでは……と思ったが、この話題も、から振り

の誘惑も、もうたくさんだった。さらにブランドンに訊いたところ、マルセロの隣に座っていた彼女は、マルセロの妹でもなかったことが後にわかった。後日、クリス本人にも本当のところを訊いてみると、ブランドンと同じ反応だった。そしてクリスは、マルセロはクレイジーだから気をつけろとぼくに言った。

*

ぼくはクリスマスの日をブランドンの家で過ごしていた。サンディエゴ出身の連中が集まり、庭で昼からＢＢＱをやった。マルセロは肉の焼き方にうるさくて、七面鳥もいつ終わるんだかわからないくらい時間と肉汁をかけていた。

もう夕方になり、ぼくたちはソファーでビールでも飲みながら語っていた。一緒にいたプラチナブロンドの双子姉妹が目にもまぶしい南部焼けした美女だった。彼女たちは一卵性双生児だから、アメリカ人直伝の「肉のおいしい焼き方」を実践するいい機会だった。日焼けしたブロンドガールを、きつね色になるまで、外側はパリッと、中はジューシーに焼き上げるよ。彼女たちは本当にそっくりで、どっちがカイリーでどっちかエルケかぼくにはわからないし、どっちでもいいからぼくとつきあってほしかった。

「ライアンはこっちで粋がっているだけで、結局地元でも大したことないやつなのさ。あいつのストーリーなら山ほど話してやる。マーはサンディエゴに行ったことがあるか」とブランドン。

「あるよ。一度だけリカルドとどっかの夏休みで一緒に行った」

「サンディエゴは気に入ったか。いい所だろう?」

「全然。一度、夜にパーティに行ったんだ。そうしたら、ボス猿気取りの白人の男が彼女を連れてぼくのほうに歩いてきて、『どうだ。俺の女は美人だろう。お前は一生かかってもこんな女と寝ることはできないだろうな』とぼくに言ったんだ。ぼくはまだこんな化石みたいなばかが地球上にいたのかと驚いたよ」

「まあ、サンディエゴはな。特に俺たちの世代はそういうやつばっかりかもな」とブランドン。

「それがあったから、ぼくはサンディエゴが嫌いなんだ」

キッチンで七面鳥を焼いていたマルセロが急にこっちに歩いてきた。

「マー、お前今なんて言った?」

「え、サンディエゴなんて嫌いだってお前に言ったんだよ。だって、ねえ、サンディエゴのいいところなんて、せいぜいメキシコの国境から近いから——」

次の瞬間、ぼくはマルセロに胸ぐらをつかまれ、足が地面を離れるくらいまで怪力で持ち上げられ、「あ、足がついた」と思った時には顔面に一発えぐい頭突きをくらった。頭突きの威力がすさまじく、頭にはきれいな星が飛んでいた。意識が宇宙と現実をさまよったその時、ブロンドの双子姉妹が、まるで赤ちゃんを床に落としてしまったときのような悲鳴を上げた。天井を仰ぎ、ぼくは後ろのソファーにすーっと倒れこんだ。美人双子姉妹はぼくの元に駆け寄り「オーマイゴッド、なんてひどいことに」とぼくに口々に慰めのことばをかけ、ぼくの両頬に天使のキスをした。そしてすぐに立ち上がると

「なんてことするのよ！」とマルセロを罵倒していた。その後、二人に包帯を巻いてもらった時、この子たちとは本当に３Ｐがしたいと思った。

ソファーで眠りにつき、しばらくして起きた時、喉がからからだったので、冷蔵庫に飲み物を取りに行くと、そこには一枚のインスタントカメラで撮った写真がマグネットで留まっていた。見ると包帯ぐるぐる巻きで熟睡するぼくの隣で、マルセロが拳をぐっとして勝ち誇ったポーズをしていた。さらにその横に両手でピースをしている双子姉妹がいて、それを見てぼくはふっと笑ってしまった。

＊

目の腫れが少し引いてきて、そろそろ包帯はいらないかなと思っていた頃、ぼくはブランドンたちとサンセット地区のハウスパーティに来ていた。マルセロのエクスタシーでもやりながら、コナーからもらったアブサンのボトルを片手にぼくはほろ酔いだった。中は人でごった返しており、さながらライブ会場にいるかのように人をかき分けて、ぼくはふらふらキッチンに向かった。チェイサーがほしかったのだ。

すると、一つの温かいものがぼくの名を呼び、胸に飛び込んできた。

「聞いて、マー。私、彼氏と別れたの！」

ステファニーだった。彼女の瞳はキラキラと輝いていた。

「本当？　じゃあ、マーの彼女になりなよ」

何も考えずにことばが出た。彼女はキャーとかわいく叫ぶと、ぼくの前で跳びはねた。

「うれしい！　もちろん私はマーの彼女になるよ」

彼女は迷うことなく美しい声で言った。

時が止まった。気のせいじゃない。キッチンで陽気に騒いでいた人たちが、水を打ったように静まり返った。突き刺さるような視線がすべての方角からぼくたちに浴びせられていた。まるで映画のワンシーンのように、辺りが急に暗闇になり、明かりがぼくたちを照らし、カメラワークはぼくたちがキスするのをスピンショットで捉えるようだった。彼女の舌はとても柔らかく、じゅーっと温かく、頭の中が真っ白になった。対してぼくの舌はエクスタシーのほろ苦い味がしただろう。その時のぼくは、ただ、愛情に満ち満ちていたよ。ぼくは彼女の目を見つめ言った。

「本当に？　それはすばらしいことだよ」

ぼくは彼女を抱き締めた。

「だって君は、ほかの誰でもない『マー』の彼女になるんだから」

正直このようなのぼせたことばが口から出るとは自分でも思わなかった。周りは驚きのあまり、口を開けていた。あのマーが女子に告白？　周囲の女はみんなそんな顔をしていた。ぼくは周りの人間がぼくにどのような視線を投げかけているか察知していた。ステファニーを見つめている目は、周りもしっかりと視界に入れていた。周りのみんなに視線をぐるっと向けるとぼくはステファニーに言った。

「みんなが君の事を大切にしてくれるよ。ぼくの大切な人はみんなにとっても一緒だからね」

ステファニーは戸惑うことなく無垢な表情でほほえみかけてくる。

その時、ハッとわれに返った。彼女はまだ周りの状況が見えていない。彼女の背中に向けられたこの刺すような視線が何を意味するか。それは羨望のまなざしか、それとも嫉妬からくる視線なのか、そんなことではない何かがある気がした。なんだろう。この空気が凍りついたようなみんなの反応は。周りからの視線を蹴散らすようにことばを続けた。

「大変なこともあると思うよ。ぼくは普通じゃなさすぎるから」

「気にしないわ」

そのことばに安心して、ぼくは彼女と手をつないだ。

「一緒に何がしたい、何が欲しい？　なんでも買ってあげるよ」

ぼくは幸せに満ちていた。しかし、自分たちの世界に浸れる時間はあまりなく、その直後からぼくたちは忙しかった。ステファニーの友達がエクスタシーが欲しいと話しかけてきたのだ。ぼくは手持ちがなかったので、マルセロを捜す必要があった。でもこういうシチュエーションは、前にも経験したことがあるような気がしていた。

「お願い。マー。面倒だろうけど捜してあげて。彼女はあしたが誕生日なの。ごめんね。私はケイシーとお話ししながらあなたを待っているから」

「え、一緒に行かないの？」

捜すと言っても、どうせこの家の中なのに。

「お願い。私のためだと思って」

これがステファニーの彼氏としての初仕事になるのか。嫌だった。ぼくはしかたなくつないでいた手を離した。ケイシーなら大丈夫。きっとステファニーにぼくのいいところも悪いところもうまく伝えてくれるだろう。ステファニーの友達と一緒にマルセロを探していると、コナーの背中とぶつかった。

「聞けよ、コナー。彼女ができたんだ。ステファニーっていうんだ」

「ああ、見ていたよ。おめでとう。でもさ、彼女って前はもっとぽっちゃりじゃなかったっけ。ま、いい子が見つかってよかったな」とコナー。

マルセロはどこをほっつき歩いているのか、なかなか見つからなかった。このタウンハウスの中を下のガレージから、バルコニーを通じて、雑草が生い茂ったバックヤードまで探した。やっと彼を見つけたのは、家の外だった。「じゃ、後はよろしく」とステファニーの友達をマルセロに取り継ぐと、ステファニーとケイシーがいた場所に急いで戻ったが、彼女たちはもうパーティにはいなかったんだ。そしてぼくはこのパターンが発動した時の事を思い出した。レイチェルとセックスした時だ。エクスタシーを捜すという、一見不可解にも思えるトラップの掛け方が今回も一緒だったのだ。ぼくは胸に一抹の不安を抱えながらも、大丈夫と自分に言い聞かせ、しばらくパーティを楽しんだ後、マルセロたちと一緒に車で家に帰った。

次の日の朝、ぼくはアマンダに、ステファニーの連絡先を訊こうと電話した。すると、アマンダは「マー。彼女、もうあなたに興味ないの」と短いことばで残酷な真実をぼくに告げた。

まったくと言っていいほど、意味がわからなかった。ずっとぼくの味方だったアマンダがなんで急にこんなに冷たい態度を取るのだろう。ケイシーの行動だって不可解だ。ケイシーの事も、もう信用できない。彼女はぼくの親友だと思っていたのに。とにもかくにもステファニーのせいでぼくはもう完全に頭がおかしくなってしまった。

この街はこんな手の込んだことまでしてぼくに一体何がしたいんだ。やっとこれからって時に、彼女の一人くらいいたっていいじゃないか。彼女という存在があればぼくは勉強だって頑張れるのに、何もかもがぶち壊しだ。電話をしたら、

「ハローベイビー」で会話を始めて、

「ラブユーベイビー」で電話を切るとか、そんな当たり前のことがぼくはしたかっただけなのに、この街のそういうところは本当にもう嫌になっていた。

＊

ニーナがこの国を出てからしばらくたって、メールで現地フィリピンの動画のリンクを送ってきた。そこにはニーナが現地の小学校みたいなところで、子どもたちに英語を教えている日常が映っていた。ビデオにはブラック・アイド・ピーズにフィーチャリングがジャック・ジョンソンの「ゴーン・ゴーイング」という曲が使われていて、このころ妙によく耳に残った。ショーンは最近になって「マーがよく変な事を言う」と言うようになった。ほかのルームメイトともよくわからない理由でけんかになることが多かった。

ある日、日本の叔母から荷物が届いた。中にはホメオパシーが入っていた。ホメオパシーとは植物、動物、鉱物などをとても薄い濃度で希釈したものらしく、叔母はぼくの事が心配なのかたくさんの種類のホメオパシーのレメディーを送ってきた。もともと叔母はドイツでホメオパシーを研究した医者でもある。いくつか試してみたが、特段、何も起こらなかった。

使い始めて三日くらいで、エリカの元彼がサンフランシスコに遊びに来た。ぼくが何か変なことを言ったのか、心配で来たと彼は言った。彼は数日うちに泊まり、

「お前は生き急いでいる。人生は必ずしもエピックである必要はない」と言い残し、サンタクルーズに帰っていった。

ホメオパシーを一週間くらい使っていると、次第に思考がクリアになっていくのを感じた。ＬＳＤをやったときに達観するあの感覚がなんとなくよみがえってきた。どんどん脳への血流が良くなり、枝葉末節にとらわれることが少なくなってきた。そして、そこにどんと座っていたのは、問題の本質だった。それについに行き着いた時、ぼくは気も狂わんばかりに怒号を上げた。

やらなきゃいけないことが頭の中を駆け巡った。万能感がぼくを包み、本当になんでもできるようになってしまうと、急にすべてが忙しくなった。頭の回転が速くなり、どんどんことばが自分の中から湧き出てきたので、ＳＮＳでそのことをガンガン発信していった。ＳＮＳはまるで詰まっても流さないトイレのようにコメントで埋まっていったが、すべて無視をした。

ぼくが家中をうろうろと歩き回り、ショーンに「落ち着け」と口を酸っぱくして言われているそんな最中に、ドアベルが鳴った。この忙しい時に誰だと思いながら、ドアを開けるとそこに立っていたのはニーナだった。ニーナがアメリカに戻ってくるなんて聞いていなかったし、思いもよらないサプライズに心がじんと熱くなった。

「本当に同じサドワストリートに住んでいるんだな。中も広そうな家だ」

そんなことはどうでもよくて、ぼくは気付いたらニーナにハグをしていた。

「会いたかった」

「私もだよ」

「どれくらいこっちにいるの」

「あさってにはフィリピンに戻るよ」

ぼくはニーナには本当の事を話そうと決めた。ショーンやほかのルームメイトには外してもらい、だだっ広いリビングでニーナにその事を語った。そう、ぼくはみんなを救う一つの治療法をあの世界から完全に盗み出したんだ。

「まあ、それが実現するかどうかはさておいて、マーが言っている事は本当にクレイジーだよ」

「うん。ぼくもわかっている。親にはね、『医者になんてならなくていいから、マーは感性を磨きなさい』って言われて育ったんだ。でも別に医者になるってことは大切ではない。大切なのはぼくが体を治したらその研究を進めるってことさ。必要なのは高い専門性と、呪術師のように第三世界を見据えることのできる幻視力。ぼくの叔母が送ってきたホメオパシーが、ぼくが生まれながらに毒性学のエリートである事を、ぼくに知らしめたんだ」

ぼくはテーブルの上に置いてあったホメオパシー薬の青い箱を手に持って説明した。

「なるほどね」

「この街は好きだよ。本当に愛している。でもぼくの精神が持たないんだ。一度、日本に帰って体の治療をしようと思う。親にも話してあるんだ」

ニーナはどこか腑に落ちないような表情を浮かばせた。

「なんで日本に帰らなきゃいけないんだ？　この街の病院じゃだめなのか」

ぼくは少し考えた。さまざまな思いが頭を巡る。

「この街には、ぼくがそれをバラすと困る連中がいる。だからぼくは彼らから自分の身を守る必要があるんだ」

「具体的にはそいつらはどんなやつなんだ」

「それがわからないんだ。でもね、一つわかっているのは、やっぱりぼくたちは世界の中枢をぶん殴る必要があるってことなんだ。それさえできれば後は本当に偉い人がなんとかしてくれるよ」

「本当に偉い人ね。まあ、とにかく、それはクレイジーだよ。冗談や軽い意味のクレイジーじゃなく、マーの着想は実現すれば目玉が飛び出るくらいクレイジーだ」

ニーナはやっぱり否定しなかった。もしぼくが悪い連中に殺されてしまっても、彼女がぼくのことばを次の世代に伝えてくれるだろうと、ぼくは少し胸をなで下ろしたんだ。


日本に帰ることを決めてから荷物を整理し、本当に必要な物だけ大きな段ボール箱に詰めると、先に荷物を空輸で送ろうと考えた。ブランドンはポストオフィスで働いているので、ぼくはブランドンに電話して、車でポストオフィスへ向かった。

「ぼくは日本に帰って医者になるんだ。こいつを日本に送って。ぼくのラップトップとかの大切なものが入っている。あいつらに取られてしまうとおじゃんだからね。飛行機に持ち込むんじゃなく、先に空輸したいんだ」

「マーお前、何を言っているんだ。いいか、まず、お前は日本には行かないだろ」

ポストオフィスでバイトするブランドンは、笑って取り合ってくれなかった。その時、ポストオフィスにはブランドンだけしかいなかった。

「だから、日本に行くって言っているだろ。ぼくは医者なんだよ」

「しつこいな。俺は忙しいんだ。おまえの荷物は送らない」

ブランドンは冗談混じりにことばを続けた。

「何を密輸しようとしているのかは知らんがな。巻き込まれるのはごめんだ」

ぼくはため息をついて、ぼくの胸くらいの高さの受付カウンターに飛び乗り、ブランドンに背を向けて壁を眺めていた。

「だいたいお前はばかか。ここで医者になるのに何年かかるか知っているか」

医者になるのに何年かかるかなんて関係ない。日本に帰って少し体の治療をするだけさ。はっきりしているのは、ぼくが完全に回復したら、あの研究をすぐに始める準備はできているということだ。

ぼくは余裕の笑みを浮かべていた。

「最低でも八年だ。それに医者になるのには頭が良くなきゃいけないし、たくさん勉強をしなきゃいけないんだぞ」

ブランドンは温かい手でぼくの肩に触れた。

「悪いことは言わない。俺たちと遊んで暮らそう」

ぼくは天井をぼっと眺めた。ブランドンは優しいやつだ。遊んで暮らそう……その思いやりはうれしいけど、ぼくは勉強がしたいんだ。わくわくが止まらない。生きがいにつながることを朝から晩までやるのだから、つらいことなんかないさ。そうと決まれば、早く日本に帰って行動に移さなきゃとうずうずする。

いつの間にかブランドンはいなくなっており、知らない店員が後ろにいた。ハッと気付けば、ぼくは人の来ないこのポストオフィスでずっと受付カウンターに座っていたのだ。壁の時計の針がずれていた。なぜこの店員は何も言わないのだろう。あまりにも無防備な現実に気付いていなかったことにぼくは慌てた。傍若無人な連中がいつぼくの未来を奪ってもおかしくない。段ボール箱を両腕に抱え、ぼくはポストオフィスを後にした。

サーブに乗りひと呼吸つくと、コナーの顔が浮かんだ。あいつなら護ってくれるかなと思い、海が見える場所で車を停めて電話した。コナーは陽気に電話に出たが、ぼくの沈んだ声ですべてを悟りすぐに心配そうに言った。

「マー、お前大丈夫なのか」

「大丈夫じゃないよ。誰かがずっとぼくをつけてきている気がする」

「ＳＮＳの投稿見たよ。お前は本当にクレイジーだな。どうなっても知らんぞ」

「あぁ。自分が何を言ってのけたかわかっているさ。心配しなくても大丈夫……ぼくが豚に勝ちさえすれば」

「豚？　よくわからないから、少し時間を作ってこっちまで来ないか。俺は今ミッション地区の酒場にいる。ここら一体はすごいことになっている。何かが起こるぞ」

ミッション地区と聞いて、ぞくっとした。あのような人どおりの多い場所に行ったら、ぼくは格好の餌食になる。悪いな、コナー。そこへは危険すぎて行けない。ぼくはうやむやな返事をして電話を切った。そこからぼくは行く当てもなくドライブした。ぼくにとって相棒のサーブの中にいるのが一番安全だと思えた。

そんな中、ケイシーから電話がかかってきた。

「大学の近くでパーティあるけど来ない？」と訊くので、いつもであれば飛んでいくところだけど、きょうはよしとくと言ったら
「大丈夫？　みんな心配しているのよ……」と本当に無垢な心がにじむような声で言った。ぼくは、最後に愛しているよと彼女に伝え、電話を切った。

ディランは元気にしているだろうか。あいつなら医者になったこのぼくをなんてののしるだろう。ぼくはディランの家に車を走らせた。ディランは寝起きのような顔でぼくを迎え入れると、ぼくをソファーに座らせ話をした。ディランは怒ってはいなかった。でもぼくの事を本当のばかだと言った。ぼくはというと、旅立つ前に友達と少しでも一緒にいたかったんだ。

「訊いてもいいかな」

「なんだよ」

「ディランはぼくの正体を知っているかい」

なぜだかこいつに叱られたい。今のうちに思い切りばかだって言ってほしい。

「医者だろ？　さっきからそればっかりつぶやいているじゃねえか。そして俺はお前にハッキリと言ったはずだ。お前はとんでもない勘違い野郎だってな」

ぼくはぐふふって最高にグーフィに笑った。

「いいか。もう一度だけ言うぞ、マー。アメリカではそれはタブーなんだよ。ここでは誰もが、お前みたいな大ばか者に小ばかにされることを嫌う。そもそも、ここで医者になるというやつが、どんなやつかお前にはわかるか」

「ぼくが言った、神のアーティストみたいなやつのことだろう？」

「ちげえよ。頭がいいやつってことだよ」

ぼくも今まではそう思っていた。でもね、ぼくはこの世の秘密を知ってしまった。この使命感にぼくが駆られるまでは、ぼくはなんにもわからない世界一の大ばか者で、みんなから否定されることもなかった。ディランは「今のマーは絶対おかしい」とぼくに言う。もう周りがぼくをどう見ているかなど考えたくない。今のぼくにはこの世のすべてがはっきり見える。バカを追求して、ついに誰も到達したことのない真理に辿り着いたんだ。

ディランはいつの間にか目の前から消えていた。それすらも気付かないくらいぼくは心ここにあらずという感じで思考していた。ここにももういられない。ぼくは所在がなくディランの家を後にした。

＊

ディランの家に行った翌日、自分のベッドで目が覚めると、この世界はきのうまでと違う世界に変わった。ドラッグをやっていないのに、周りの雰囲気の違いに戸惑うぼくがいた。人の顔が曲がったりするなどの一切の幻覚や、あの物体上に浮き上がるフラッシュバックの気配も全くなかった。不思議だけどドラッグ抜きでも、あの世界と頭の中がつながっている気がした。

窓を眺めていると、ぼくがこの前にニーナに語った事に対して、対抗勢力が動き出したことを直感した。何かぼくを中心に騒々しくゲームが執り行われる。ここ最近恐ろしく鋭くなった感覚がぼくにそれを訴える。やはりぼくはのんびりしていてはだめで、まずは肉体を逃がしてあげないといけない。肉体を失っては、ぼくがこの先なし得ると予言したこともすべてが水の泡になる。ぼくはTシャツを着てデニムを穿き家の外に出ると、狂いそうになる重圧にことばを失っていた。家の前を散歩する高齢の白人でさえ、銃を持ってぼくを撃ち殺すんじゃないかと思った。トラックが目の前の道路を通ると、四人くらいのギャングが、ぼくを蜂の巣にする様子が目に浮かぶようだった。

やはりあのことはニーナだけじゃなく、ほかの友達にも話そう。電話帳を見るとヨハンナの番号が目に留まった。

「ヨハンナ。お願い。お願いだからドラッグをやめて！」

「急にどうしたの？　ねえ、マー、あんた大丈夫？」

「ドラッグは豚の絵だ！」

ぼくは体の奥底から叫んだ。

「豚の絵ってどういう意味なの、ねぇどういう意味なの？」

「お願いだからドラッグをやめて。あれは豚の絵なんだ！」

「マー。とにかく落ち着いて！」

ヨハンナが電話口でぴしゃりと言った。

「ぼくは医者だ。君を助けたい……」

ぼくは泣きじゃくっていた。

「すべてわかったんだ。この街がぼくに介入してくる本当の理由が……」

「ドラッグは人間の肉体と精神をつかさどる神のアートなんだ。そしてそれはこの世で最も妥協が許されないものだ」

「だけど、豚が神のアートで遊んでいる……ぼくたちはずっと豚の絵の上で遊ばれていたんだ！」

「わかるわ。マー」

電話口でヨハンナがぐすりと涙声になるのが耳を伝った。

「だってあんたって……マーはいつだってドラッグについてみんなの事を心配していた」

「人間は一人ひとりがアートをするために生まれてきたのに……この世は病的な芝居で満ちあふ

れている……」

言ってはいけないことばが口から出てくるのを感じた。もう後には戻れない。

「ぼくは作るよ。頭が良くなる薬を。そして文明の進化を閉ざしてきた束縛から、世界を解放する」

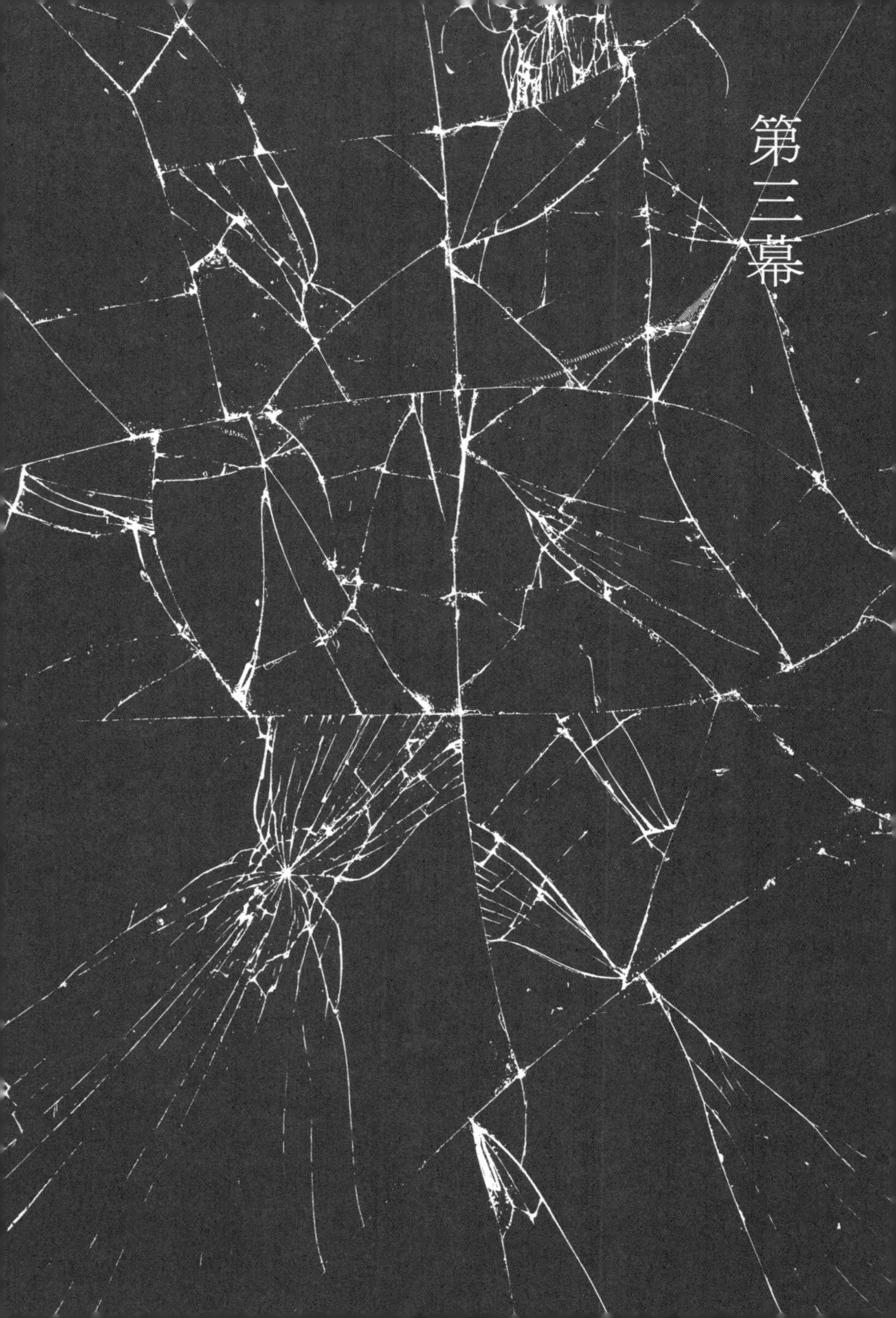

第三幕

ぼくはサンフランシスコ国際空港に到着した。デニムの後ろポケットに入れていたエンリーベグリンの財布を見ると、カード入れの所はコカインの粉が付着し白くなっていた。ふだんからカードを使いコカインの粉を分けていたので、きっとこの財布と一緒に空は飛べないだろう。愛着はあるけどここでお別れだ。小銭ポケットの中からコインを床に捨てると、それはちゃりんと音を立てた。もうお金だっていらないんだ。これで腐敗した商業主義ともおさらばだ。ぼくには銀行口座の残高なんて見る必要のない生活が約束されている。でも飛行機には乗らないといけないので、一枚のデビットカードだけ抜き取ると、ベグの財布は搭乗ロビーの通路の真ん中にぽいっと捨てた。そのまま歩いて行こうとすると、一人の少女がぼくの肩をたたいて話しかけてきたので、ぎくっとした。

「なんか、落とした」と彼女は言った。

「ううん。違うんだ。落としたんじゃない。この財布のカード入れの所に白い粉がいっぱい付いているから、これを持っていると飛行機には乗れないんだ。だから置いていくの」

そう説明しても彼女はぼくの話がわからないようだった。その表情が不自然にあどけなかったので、すぐに気が付いた。この子は脳に疾患を抱えている。それを知った時にぼくはとても悔しくなった。それもこれもぼくたちが十分に進化していないせいなんだ。そんなやりきれない思いを感じながらも、財布を手に立ち尽くす彼女をぼくは背にした。

空いているチケットカウンターに突き進むと、ぼくは段ボール箱を床に置いてカードをカウンターの上に突き出した。

「ぼくは医者だ。世界でマリファナを合法にする一つの方法を発明した。研究のために一刻も早く日本に帰りたい」

ぼくがこのことばを放った瞬間、周りの空気が凍りついたことを肌で感じた。受付の女はいてつくような目で、ぼくをにらみつけた。

「私どもとしましては、あなたにはこれ以上何も話さないでいただきたい」

そう厳しく言い放ち、彼女は左手で受話器を取った。電話の向こうの者に何かを伝えると、ぼくが手に握っていたカードをひったくり、カードリーダーに乱暴に通した。エラーを知らせる嫌な電子音が一帯に響いた。彼女はカードをぼくに突き返し、人間じゃないような低い声で言った。

「それと、このカードは無効です」

ぼくは目をまるくした。そんなわけはない。お金は入っているはずだ。もう一度試してほしいと思ったが、女の威圧感に何も言い返せず、ぼくはその場に立ち尽くした。カードはブロックされたのだろうか。もう彼らの手が回ったのか。女はかつかつと高い靴音を立てながら足早にどこかへ向かった。目で追うと、彼女はトランシーバーで何やら誰かに報告をしていた。ぼくは身柄を拘束されるのだろうか。ぼくを取り巻くセキュリティーがぜい弱性をあらわにした。どうしていいかわからないぼくの元へすぐに警察と警備員が走り寄った。

「君は今すぐにこの空港を出たほうがいい」

警察がそう言ったので、はっとわれに返ったぼくは段ボール箱を両手に抱え、いちもくさんにサーブを停めた駐車場へと駆け出した。走りながらも周りの人間の視線が、ぼく一点に注がれるのがわかった。

駐車場に着いてサーブを一目見ると、すぐに何か異変を感じた。どこか様子がおかしい。ここ最近、恐ろしく研ぎ澄まされているぼくの第六感が違和感を訴えるのだ。車の中に入ると、大きくついたため息がフロントガラスを曇らせた。すぐさま震える手で鍵穴にキーを差し込み、回しても、サーブがぼくに応えない。エンジンがかからない。うんともすんとも言わない。ここまで無事にぼくの命を運んでくれた友達は、唐突に鉄くずの塊と化していた。ぼくはサーブに泣きついた。

「頼むよ。今すぐこの場所からぼくを助け出して!」

エンジンをかけようと何度もキーを回したが、結果は変わらなかった。ぼくの車を冷たくしたのは誰なんだ。こいつは何にだって負けない心を持った車だ。自分の意思で急にくたばるわけがない。誰かがこいつに細工をしたのは明らかだった。腹が立ってしかたがなかった。

「お前は世界一の車だよ。だってぼくの命を運んでくれたんだから」

ぼくは迫る人の影に耐え切れず、段ボール箱を抱えて車を飛び出した。走り去る途中で、愛する相棒を目に焼きつけるために振り返った。

「そこで待っていてくれ。いつか必ず迎えに来る。約束するよ」

四方を見回したが誰もいなかった。不気味だ。この空港をどうやって出よう。電車しかない。駅を目指し走っていると足が引っ掛かり何度も転んだ。前方に駅が見えるとゲートに直進したが、ぼくは先ほどお金をすべて捨ててきたことを思い出した。改札を突破するしかない。ぼくは腹をくくって改札を走り抜けた。なぜかゲートに止められることはなかった。次の電車が出るのは一分後、車両に駆け込むと乗客は誰もいなかった。これは回送列車なのだろうか。明らかにおかしい。乗客が一人もいない車両が不安をかき立てる。この状態なら彼らはあっという間にぼくを殺処分し、ぼくのボディを袋に入れて、到着までの乗車中に澄まし顔でたばこを吸うこともできるだろう。ドアが閉まる直前に一人の男が飛び乗ってきた。工作員にあつらえ向きの印象の薄い男だった。彼は大胆にもぼくの対面に腰かけた。そんな単純なミステリーのような設定に気付かないぼくではない。追い詰められるのはこりごりだ。ぼくは自分からけしかけた。

「ぼくはどこに行けばいいと思う？」

「さあ……」男は困ったように首をかしげた。

彼はどういった任務を請け負っているのだろう。ぼくは思いを巡らせた。恐らく彼は、ぼくがあの事をパブリックの面前でしゃべらないよう監視するために乗車してきたはずだ。ぼくは心理戦を仕掛けることにした。

「君はアートが好きかい」

ぼくは彼にほほえみかけた。彼がぼくの味方なら、これは難しい質問ではないはずだ。

「まぁね」

男は困った顔を作る。ぼくはもう一つ質問を用意した。

「それはすてきなことだね。そこで、アートが好きな君に訊きたい。ぼくはどこに行けばいいと思う？」

彼は自分の正体がばれていることを悟り観念したかのように、ぼくに意外なヒントをくれた。

「人がいっぱいいる所……パウエルストリートで降りなよ」

電車が動き始めてからは、ぼくたちはことばを交わさなかった。ぼくは目を閉じて、時折目を開けながら、注意深く様子を観察していた。しばらくするとアナウンスが耳に入った。電車はパウエルストリートの駅に着いたらしい。先ほどの男がぼくの肩をぽんぽんとたたいて、ここで降りるよう教えてくれた。


電車を降りると階段を上がり、駅の雑踏にぼくは飲み込まれていった。人がいっぱいいる所と先ほどの彼は言ったが、ここは安全なのだろうか。でもここなら狙撃を受けることはなさそうだ。人混みに紛れ、ぼくは少しだけ胸をなで下ろした。ぼくを護ることができる人は、この中にどのくらいいるのだろうか。ぼくはそういう人を探さなければいけない。きっとそれはアーティストに違いない。彼らを探そう、ぼくはそう心に決めた。

改札を出ると、広場で学生っぽい女たちが展示スペースを設けていた。もしかするとこれはトラップかもしれないと感覚がぼくに訴えるも、ぼくは自分から近づいた。女は目の前のぼくを詐欺師のような笑顔で迎えた。展示台に目を落とすと、そこには積まれた書籍の隣に、見たことのある医療器具が一つだけちょこんと乗っていた。祖母が鍼をやるときに使っていたから、それが導子と呼ばれる銀色の金属の物であることをぼくは知っていた。

「これは中国の鍼治療に使われる道具なの」

なぜここで全く同じ道具を展示しているのだろう。まるでぼくがここに来る事を知っていたかのようだ。

「そうか。鍼は効きそうだね。ぼくはとっても疲れているんだ。ぼくで実際に試してくれない？」

「試してみることはできないのよ。私たちはこれに関する本を売っているだけなのよ」

「アートにはできないの」

「アート？　なんの話？　この本は自宅で鍼ができるように解説している本なの。あなた何が言いたいの。この本を買うの、買わないの？」

ぼくたちの会話をほかの女たちは見ていた。

「ごめんね。お金がないんだ。本は買いたいのだけど」

「お金がない？　あなたのポケットには二十ドル入っているじゃない」

そんなはずはない。空港であの時に財布の中身は一枚のカードを除きすべて捨ててきたはずだ。

試しにぼくはポケットをまさぐった。そして彼女の言うとおり、本当にポケットには二十ドル札が入っていた事にゾッとした。

「なぜ、ぼくのポケットに二十ドルが入っていることを知っているの」

彼女の横髪に隠された耳には受信機らしき物が見えた。ぼくが耳を見ていることに気が付くと、彼女は、「見ないで」と言い放ち、耳を隠した。そして彼女たちは慌てふためいて広げていた展示物を片づけ始めた。決まりが悪い顔で一刻一秒を争うように、ここから立ち去りたいようだった。

「きょうはここまで。次はいつになるかわからないけど、その時はよろしくね」と、女は雑踏に向け大声で言った。

やはりそうだ。彼女たちは全員役者で、このゲームの最終章の端役に抜擢されたんだ。彼女たちの瞳の奥には嘘が揺れていた。周りを見渡すと数人と目が合った。彼らは仕掛人だ。その証拠に全員がすぐ目をそらした。ここの全員がこのゲームに加担している。ぼくは役者たちを見つめて言った。

「じゃあ、ぼくもお芝居の学校にこれから行くとするか」

役者たちの元を後にし、ぼくは地下の駅の構内を歩いた。少し進むと駅のサイネージ広告の前で一人のヒッピーがギターを弾いていた。彼はぼろぼろのガウンを着て、不精ひげのいでたちに、透き通った瞳をしていた。ぼくは彼ににっこりとほほえみかけると、隣にどっかりと座りこんだ。そして素通りしていく人々を目で追い、深くため息をついた。うつろな目をしていただろうぼくにヒッピーがそっと声をかけた。

「大丈夫かい？」

「少し疲れたよ……疲れたんだ。心も体もずたぼろさ。ぼくは医者なのにね、自分の体は治せないのさ」

ぼくがそう言いほほえむと、ヒッピーの男は優しい表情で笑った。

「では、疲れた君のために一曲演奏しよう」

彼はえへんとせきをして、黒くなったその指でギターを弾いた。その音は時に力強く、時に優しくぼくを包み込む。ぼくは音色の中に木漏れ日を見たんだ。曲の途中で一小節だけ彼は
「みんな彼を守ってやってくれ」と歌った。

それを聞いたとたん、張り詰めていた気持ちが緩んで、ぼくの目からほろほろと涙がこぼれた。さっきも役者たちに囲まれて、内心はこの訳がわからない状況に不安だった。曲は終わっても耳には、まだ優しいヒッピーの音楽が残っていて、焦点の定まらない目でぼくはぼんやりと前を見ていた。

ヒッピーがにっこりした顔でぼくを見ると訊いてきた。

「ドク。サインをくれないかい。このジャケットに頼む。ここがいい」

ぼろぼろになったガウンの腕の部分を指さし、油性ペンをぼくに手渡した。

「親愛なるジェリーへと書いてくれないか」

「すてきな名前だね」

ジャケットにサインを書き込み、その後
「ぼくはどこに行けばいい？」と訊いた。

「ドクの信じる道へ行けばいい。例えばそこ」

ヒッピーは駅の外を指さした。

「街ではみんなが君を待っているよ」ヒッピーは言った。

「君はアートが好きかい？」

ぼくは彼にも先ほどと同じ質問をしてみた。

「もちろんさ。だってアートは世界中にちりばめられたヒントだからね」

そうだね。人間はみんなアートをするために生まれてきたんだよね。一人ひとりが星のようにきらめくのがこの世界さ。ぼくはゆっくりと立ち上がり彼と握手した。ヒッピーが指をさした方向は、地上からの光が差し込んでいた。ぼくが駅のある建物を出ると、ボヘミアンなスカーフを纏ったおばさんのヒッピーと、他二人のヒッピーが地面に座っており、そしてぼくに手招きした。

「ドク。こっちへおいで。疲れているよね。私はドクを少しだけ守ってあげることができるよ」

ジャニス・ジョプリンみたいな声で、おばさんのヒッピーがぼくに言った。

「ありがとう。君たちは元気かい」

ぼくは地面にひざを突き、段ボール箱を置くと彼らに尋ねた。

「変わりないさ、でもこの社会は心も体もむしばんでいくからね」

ヒッピーの一人がウイスキーボトルを片手にぼろぼろの歯で笑った。

「そうだよね。繊細な君たちには生きづらい社会だよね。でも世界はもう大丈夫だよ」

ヒッピーたちは満足そうにうなずいた。

「その箱の中にはドクのアートが入っているのかい」左側に座る男が訊いた。

「欲しい物があったら、なんでもあげるよ」と言い、ぼくは段ボール箱の中から、日本製のビデオカメラを取り出した。

「これなんてどうだい」

「いいんだ。ぼくたちは羊だからドクからそんな物はもらえないよ。ぼくたちは君を助けることができればそれでいい」

ぼろぼろのガウンの内ポケットから、男は一冊の本を取り出した。

「ドクにはこれをあげるよ」

それはバーニングマンについて綴られた本だった。ラターシャといつか一緒に行く約束をしたけど、結局行けなかったな、そんなことをふと思い出した。

「ドクは忙しいだろうけど、いつか行くといいよ。ぼくはそこで君をずっと待っているから」

「わかったよ。ありがとう」

ぼくは本を段ボール箱の中にしまった。

「自分の感性を信じるのよ。応援してくれるみんなの声が届かなくなっちゃったら、その時は――」

おばさんのヒッピーは何かを言いかけたが、ぼくの背後に目をやりことばを止めた。振り向くと、そこには警察が立っていた。警察は腰に手を当て言った。

「君はここにいてはいけないよ」

「ごめんなさい。少し話していただけなんだ。彼らは何もしていない」

「君が謝る必要はないよ。でも君はここにいてはいけない。いいかい、ぼくの目を見るんだ。君は自分が最も安全にいられる場所を目指しなさい。一つだけ守ってほしいことがある。そこに着くまで、これから君はもうひと言もしゃべってはいけないよ」

「わかったよ。その代わり彼らを守ってあげてよ」

「安心しなさい。僕は警察だからみんなを守るよ」

彼は優しい口調で言った。


ぼくは警察とヒッピーと別れて、地上へとつながるエスカレーターに乗った。ヒッピーたちは、ぼくが見えなくなるまで手を振ってくれた。地上に上がると世界がまた違って見えた。ぼくは道行く人たちを眺め、このゲームに参加している者の存在を感じていた。あの時のバッドトリップで感じたように、この世にはまともな人間がいないかのように思えた。でもここで歩みを止めるわけにはいかない。この街で一体なんのゲームが進行中なのかはわからないけど、しゃべってはいけないという忠告は守るよ。

ぼくは足が自然に家の方向を目指してくれていると思い、ひたすら歩いた。枯れ葉の舞う道の脇に一軒のジュース屋があった。搾りたてのフルーツジュースの香りが外にまで漂っている。喉がからからに渇いていたので、ぼくはどうしてもジュースが飲みたいと思った。恐る恐る店内に入りレジカウンターで、ぼくはカードをそっと出してみた。店員の女はカードを一瞥し、触りもせずに言い放った。

「このカードは使えませんよ」

空港での反応と一緒だ。一体全体どこまで彼らの息がかかっているんだ。ならば、ぼくのポケットの中の二十ドル札ならどうだろう。ぼくがそっとそれをポケットから出して手渡そうとすると、彼女は手でそれを制止した。

「もう閉店なんです。お引き取り願います」

その反応でわかった。彼女はたぬきだ。この店も明らかに息がかかっている。しかし不気味だ。不気味としか言いようがない。一体何のゲームが進行しているのだろう。むしろここでジュースに毒を盛られるより良かったかもしれない。喉の渇きは我慢することにした。

警察は、安全にいられる場所を目指せと意味深な事を言った。自分の家が安全という保証はないと思ったけど、ぼくはやはり普通に家を目指して歩いていたのだと思う。街は車のクラクションの音であふれ、何かを祝福する人たちが陽気に歩いていた。シティホールの近くでは、ホームレスがたくさん座っていた。ぼくは抱えていた箱からフリーボードや医療大麻関係のステッカーを取り出すと、彼らの服にぺたぺた貼っていった。彼らはにっこりとほほえんだ。

マーケットストリートをまっすぐ歩いていくと、途中で駅が見えたので、駅の構内で地図を確認しようと、ぼくは地下への階段を降りた。地図を探していると改札の前に女の警察と男の警察が並んで立っていた。ぼくは階段の横の壁に地図を見つけると段ボール箱と上に載せていたフリーボードを地図の前に置き、地図をじっくりと眺めた。やはり家に向かうにはツインピークスの峠を越えないといけない、そう考えていた時、後ろの男の警察が口を開いた。

「彼は恐らくカストロを避けて通りたいのだと思う」

ぼくが振り向くと、二人はすぐにぼくから視線をそらした。カストロはゲイストリートだから、ぼくが避けて通りたいと思ったのだろうか。この街ではいろいろあったけど、ぼくは別にそこを避けて通りたいわけじゃないんだ。でも、警察の言うとおり、カストロを避けて進むとすれば、ミッション地区を通るほかないだろう。

ぼくは駅を出ると、方角もわからないままひたすらに街を歩いた。道に迷って、まごまごしているうちに、辺りはすっかり暗くなった。この街の紫の夕陽はたちどころに紺色の夜空に染まり、一帯はバーに繰り出す人々の熱気で包まれた。ぼくはバーに繰り出す人たちには目もくれず、バス停の前を通るたびにそこにある地図を確認しながら、どう行けばいいかわからないまま家を目指していた。右へ左へとふらふら蛇行歩行していると、ぼくと同い年くらいの三人組に声をかけられた。

「ドク、そんな箱の荷物を抱えて何をしているんだい」

一人が陽気に話しかけてくる。

「なあみんな。ぼくたちは、ドクに車を与える必要があるよね」

一人がほかの二人に言うと、二人はうんうんとうなずいた。ぼくは車をすでに一台持っているので二台はいらないと思った。

「僕たちは、どうしたらいいと思う?」

ぼくは空港に置いてきたサーブのことをふと思い出した。ポケットからサーブのキーを取り出すと彼に見せた。

「これはドクの車の鍵?」

彼は鍵を指さしてぼくに訊いた。ぼくはうなずくと鍵を彼に手渡した。

「僕に車をくれるのかい?」

彼がそう訊くので、ぼくは躊躇した。でもしっかりと毎日エンジンをかけてくれるなら、彼に預かってもらったほうがいいかもしれない。

「冗談だよ。ドクの車はどこに置いてきたんだい」

彼のことばにぼくのもやもやは、ぱっと消えてなくなった。やはりこれは夢や妄想なんかじゃない。

彼らは本当にサーブを助けに来てくれたんだ、みんなはぼくがあの車をどれだけ大切にしてきたかを知っているから。でも、場所をどう伝えよう。ぼくはしゃべってはいけないと言われている。

「しゃべれないのかい」

彼は言った。ぼくはうなずいた。

「本当にドクは手がかかるな。しかたない」一人がポケットの中を探した。

「なあ、ペンないか」

「ペンか……あ、あった」

とてもうれしそうに一人が、パーカーのポケットからペンを取り出した。

「ドクにはそのペンをあげるよ。君にはいつか必要になる」

ぼくは箱の中から適当な紙を取り出し、空港のパーキング、と紙に書いて彼に渡した。

「わかった。ぼくたちに任せなよ。これから空港に行ってくる」

彼はことばを続けた。

「なあ、一緒にバスに乗らないかい。そんな箱の荷物を抱えて一体どこまで歩くつもりなんだよ。きょうは公共交通機関は無料なんだよ」

なるほど、空港の駅のゲートがぼくを止めなかったのは、そのせいか。バス……乗りたいけど、ぼくにはそのような自由も許されていないんだろう。だってこのゲームはジュースの一つですら、買わせてくれないのだから。

「僕たちが生きているのはすばらしい世界さ。そうだよね」

ぼくたちはがっちりと握手した。

バスに乗る彼らを見送ると、どこからか声援が聞こえてきた。見渡してもぼくの目が届く所には誰もいない。信号はなぜか点滅したままだ。視覚よりも確かな情報量で、ぼくはこの路上が封鎖されていることを知っていた。頭に鮮明に浮かぶのは、みんなが警察の作ったバリケードをもみくちゃにしながらぼくのいるストリートに押しかけてくること。きっとみんなわかっているのだろう。「ドク！　壁をぶち壊せ！」って声が確かに聞こえてくる。決してぼくの耳がおかしくなったわけじゃない。みんなわかってしまったんだ、後ほんの少しの「ひらめき」ってやつで世界が大きく変わるってことを。


道を歩いていくと、もう何度も美味しそうなレストランを通り過ぎた。この街にはしばらくいたけど、このような通りがあったなんて知らなかった。学生だったので縁がなかったのかもしれない。街路樹はポプラだろうか。道を照らす街灯がきれいだ。情景に見ほれていると、通りの向こうから、トレンチコートを着た女の人が肩を怒らせながらこっちへ歩いてきた。固いヒールの音が徐々に近づいてくる。彼女は携帯を片手に誰かと話していた。彼女との距離が縮まるにつれ緊張感は増していった。通り過ぎる彼女の剣幕があまりにも強烈だったので、ぼくは思わず腕で顔を覆った。すれ違った際、彼女は横目でぼくをきっとにらむと、電話口の誰かに言った。

「神って怖いわ」

彼女が放ったそのひと言で、ぼくは全身から力が抜け、段ボール箱を地面にどさっと落としてしまった。やはりぼくの言った事は突飛すぎて怖いことなのだろうか。気持ちが急降下した。

とぼとぼ歩いていくと一軒のバーに人がいっぱい集まっていた。中からはバンドの音が聴こえる。テラス席と中を遮る壁が開放されていたので、中をそっとのぞき込むと、三人組のガールズバンドが演奏していた。店内は満員でみんな椅子に座って聴いていたが、なぜか一つだけバーの真ん中の席がぽっかりと空いていた。お金はかかるだろうかという不安に駆られながらも、ぼくは吸い寄せられるように中に入り、恐る恐る真ん中の席に座った。幸いなことに誰にも何も言われなかった。彼女の歌っている曲の歌詞の意味はよくわからなかったけど、ぼくは彼女の反逆の意思をひしひしと胸に感じていた。その音楽はアートの力であふれていた。ぼくは目を閉じて聴き入った。曲が終わった後にボーカルの子がマイクを取り言った。

「そこにいる彼にもこの音楽が届きますように」

目を開けると、ボーカルの子がぼくをまっすぐに見ていた。気付くと周りの人間もみんなぼくを凝視していた。その視線はすべてを知っているような目で、ぼくはこの怪奇な現実に思考が止まった。隣から突き刺さるような視線を感じ横を見ると、ぼくに言い訳をさせないようなすごい圧で、男が「帰りなよ」と冷たく言い放った。ぼくはゾッとして一目散にバーから退散した。もう何がどうなっているのか訳がわからなかった。

ぼくはまたしばらく歩みを進めたが、段ボール箱がずっしりと腕に重く、すぐに限界がきた。もうこれ以上は歩けない。バスには乗らないと決めたが、もう歩くことは困難だった。サーブをなんとかしに来てくれた彼らも、バスは無料だから一緒に乗ろうと言っていたし、もしかすると本当にバスに乗っても大丈夫なのかもしれない。ぼくは一抹の不安を抱えながらも、バスを待つことにした。

すると、バスは奇妙なくらいすぐに来た。そして何か様子がおかしかった。電光掲示板には行き先が示されていない。中も真っ暗で乗客は一人も乗っていない。ぼくの目の前でバスの前ドアが開いた。暗闇の向こうで運転手が前方を指さして言った。

「乗るかい？　この先では警察が君を待っている」

警察がぼくを待っている。ぼくは思わず身震いした。バスに乗ったら何が起こるのだろう。ぼくはバスを降りた先で拘束でもされるのだろうか……いや、ぼくの推理では警察は中立の立場を取るはずだ。これはセーフに違いないと感じたが、確実にセーフなのか、バスを降りた先のイメージを描けるかの点において自信を持てなかった。

バスの運転手は立ち尽くすぼくをしばらく見つめていたが、乗る気がないことを悟るとドアを閉めた。そしてバスは去っていった。もう何がなんだかわからなかった。意地だけで前に進んだ。

まっすぐに歩いていくとまたバス停が見えてきた。バス停には地図があるのでようやく地図が確認できるとぼくは胸をなで下ろした。地図の前に立つも、目がぼやけてきてよく見えない。少しだけ前かがみになり後ろで手を組んで、地図をよく見ようとした。これは祖母の癖だ。彼女は後ろで手を組むのが癖だった。地図上の赤い円いシールは現在地を示しているので、それが頼りだった。頭をねじる、首をかしげる、手を後ろにして横から地図を眺めると少しだけわかった気になり愉快になる。たぶん、ここを右で合っていると思う。

「彼は地図が読めないんだよ」

横で信号待ちしている車の窓から声が聞こえた。助けてくれるのかなと思い、ぼくが振り向くと、信号は青になり車は走り去った。すると、道の向こうから女の人の声が近づいてきた。声がするほうに振り向くと太ったおばさんが何やら興奮気味に電話でしゃべりながら、こっちに向かってくる。ぼくはさっきのトレンチコートを着た女の人のパターンを思い出して、とっさに道をよけた。おばさんが徐々にこっちに近づいてくる。

「そう！　みんなは彼がいつも遊びでドラッグをやっていると思っていたけどそれは違っていて、彼はみんなのために自分の体を犠牲にして『頭が良くなる薬』の研究をしていたのよ」

ぼくは自分の耳を疑った。でも、これは絶対ぼくの事だ。このおばさんはわかってくれたんだ。

「おてんばな女の子に彼はこう言ったのよ。『お願いだからドラッグをやめてくれ。ぼくはドクターだ。君を助けたい』そうなの！　彼は実はドクターだったの！　すてきじゃない？　私は彼が大好きよ。私たちは何があっても彼を支持するべきだわ」

　おばさんは夢中になって電話で話していた。大きな声で電話しているおばさんの背中が、通りの向こうに消えるのをぼくは目で追っていた。心は足より早く駆け出していた。

　しばらくご機嫌で道を歩いていくと、後ろから爆音を鳴らし一台の車が近づいてきた。その車はぼくの隣でゴムがねじれるような音を立て急に止まった。車の窓から黒人が顔を出した。

「ドク！　何を頑張っているんだ？　なぜみんなドクをこんな目に遭わせるんだ。こんなゲームくそったれだ。ばかにしてやがる。俺はルールなんて気にしねぇ。俺は味方だ。乗れよ、ドク！」

　彼の気持ちはうれしかったけど、ぼくには両手上げて喜べない理由が一つあった。彼の車の後ろには、びっしりと警察の車両が連なっていたからだ。ぼくは首を横に振った。

「そこの車、速やかに動きなさい」

　警察がスピーカー越しに言った。複数のサイレンの音が遠くからも近づいてくる。

「わかったよ。うるせえな！」

　黒人は窓から身を乗り出し、警察に中指を突き立てた。

「なあドク、お前なら勝てる！　そうなんだろ？」

　黒人の男は車の窓からぐっと拳をかざした。ぼくは彼のそばに行くと、にっこりと彼にほほえんで拳をパウンドした。ぼくはいっそのこと彼の車に乗り込み、このゲームの真相について知りたくなった。しかし残念ながらそれをすると、ぼくは自分が失格になることを感覚で悟った。彼の気持ちはよく伝わったし、もう行ってほしかった。でないと、逃がしてあげられなくなる。

警察が通れないように、ぼくが彼の車の後ろに立つと、彼は車を急発進させ「頑張れよ！」って声だけ残しながら角を曲がって消えていった。どこからか拍手が聞こえてきた。そしてぼくはまた歩みを進めた。

またここか――ここは一時間前くらいに来たことがあるバス停だ。ぼくは地図の前で立ち尽くした。バス停の地図は現在地を赤い円いシールで表している。ぼくは碁盤の目のような地図を見て、街から遠ざかるように道を決めて歩いていた。次のバス停に来た時に地図を見て、赤い円いシールが街から離れていたら、ぼくの通った道は正しかったということなので、同じ方角に進むように考えて歩いていた。反対に赤い円いシールが街に近づいていたら、ぼくの通った道は間違えていたということなので、来た道を戻るようにしていた。このように歩くと、ぼくは家の方向に向かって、街から遠ざかるはずだった。でも、ぼくがここに戻ってきたということは、この閉鎖的な碁盤の目の中の同じ所を、ぐるぐる回っているということになる。そんなはずはない。絶対に何かがおかしい。

ぼくは道を間違えていたと思い、一つ前のバス停へ戻ってみた。そこのバス停の地図をのぞき込むと、地図を確認した時には確かにあった現在位置を示す赤く円いシールが、ナイフのような物で削り取られていた。やはり何かがおかしい。来た道を戻って、先ほどのバス停に行ってみよう。

そしてぼくが先ほどのバス停に戻ると、そこでは二人の女子がバスを待っていた。暗くてよくは見えないけどラティーナの女子だった。ぼくは彼女たちにちょっとごめんねというしぐさをして、二人の前を通り過ぎ、バス停の地図を確認しようと目をやると、目の前のあまりにも不気味な現実に自らの目を疑った。

地図は黒いスプレー缶で、「ファック・ディス!」と全面を覆うよう、殴り書きがされていたのだ。

恐らくは、誰かがこのゲームをなんらかの目的で誘導しようと、地図を差し替えていたのだろう。そしてそれに気付いて先ほどの黒人同様、ぼくにメッセージを届けようとする人たちがこの街にいる。気配にはっとして道の向こうに目をやると、一台のモスグリーンのトラックが通り過ぎていった。思わず力が抜けて笑ってしまった。地図を差し替えられたら、逆立ちしても目的地に着くわけがない。

ぼくは視線を二人の女子に向けると、もうわかってしまったんだから道を教えてよと目で訴えるように、スプレー缶で落書きされた地図を指さした。二人はにやりとお互いに目を見合わせると言った。

「この通りをまっすぐ、マーケットストリートまで出て。そこからは地図を見なくてもわかるでしょ。そのフリーボードで坂を下るといいよ」

ぼくはにかっと笑い、二人に両手でピースサインを作ってみせた。彼女たちは、やれやれこれで解決できたんだねといった安堵の表情を浮かべた。

彼女たちに教わったとおり、道なりにまっすぐ進むと、ようやく見慣れたマーケットストリートに出た。ここからツインピークスの峠までは、先は登ったり下ったりのほぼ一本道だ。少し坂を上がると下り坂になったので、フリーボードで歩道を下った。フリーボードは広い車道だと快適に下れるが、道が狭いとその能力を発揮することが難しい。さらにぼくは段ボール箱を持ちながら下ったので、案の定すぐにすっ転んだ。段ボール箱とその内容物が歩道をころころと転がっていった。笑っていたぼくの元に、後ろから人が駆け寄った。

「大丈夫かい」

そう言うと彼らは、散らばった物を拾い集めてくれた。ぼくはぼう然と路上にへたりこんだままだった。

「なんで困った時に君は助けてって言わないの?」男は言った。

「ハニー、助けを呼んでほしい?」

隣のきれいな女の人が言った。ぼくは首を横に振る。彼らはあきれたようにため息をついた。

「あなたを車で送れる人を探してくるね……」女の人は言った。

ぼくはこの時まで大事に抱えてきた段ボール箱を、そこに置いていくことに決めた。誰かがぼくの手元に無事に届けてくれるだろう。ぼくは世界が優しいってことに賭けた。そして大きく背伸びをした。体も心も軽くなった気がした。反対側の道路からの歓声がより一斉に大きくなった。どうやら段ボール箱など、最初から道に置いていけばよかったということらしい。

ぼくはツインピークスの峠を軽快な足取りで登った。峠の上に近づき、ガードレールを飛び越えて景色を見下ろすと、世にも美しきサンフランシスコの夜景がきらきらと輝いていた。走り過ぎる車はぼくの思想に共鳴するように、こぞってクラクションを鳴らしていた。峠の上までたどり着くと、赤信号の前でぼくは車道に進入した。車がライトをパカパカとさせて、ぼくをまばゆいばかりのフラッシュで包んだ。信号が青になり、ぼくはフリーボードで峠を一気に下った。ストロタワーから世界にこのメッセージを交信するよ。この中継を見ているみんなへ。今まで本当にありがとう。風が心地良く、ぼくは希望と期待に満ちていた。

＊

ようやくのことで家に着くと、隣の家の人間が外で集まりたばこを吸っていた。たばこをちょうだいと目で訴え、もらったたばこを吸うと、大きくため息をついた。みんな疲れ切った顔のぼくを見て笑っていた。

「神は、だいぶご機嫌斜めだな」

彼らのそういうのに反応している余裕はなかった。きょうはさんざんな目に遭ったから。でもぼくはもしかするとＳＮＳで本当に言ってはいけないことを言ったのかもしれない。

隣人に手を振りガレージに入ると、中は真っ暗だった。家は電気はついていたが奇妙なことに誰もいなかった。喉がからからだったので、冷蔵庫から牛乳を取って飲み干すと次の瞬間、ぼくは牛乳を口から噴水のように吐き出していた。毒か。やられた。どおりで誰もいないわけだ。暖炉の前で、一人がけのソファーに座ると携帯を取り出した。これだけは持っていけと誰かが言った気がしたから持っていた。ぼくは祖母に電話した。

「お婆さま……」

ぼくは絞りだすような声でうなった。

「マーさん！　無事なの、無事なのね？　あなた今どこにいるの？」

いつもは冷静な祖母が焦っているのを聞くのは初めてだった。質問には答えなかった。

「ぼくは世界一バカな医者だ。覚醒剤を誰よりも研究した……」

「わかっています。わかっていますから、もう何も言ってはいけません」

「許せない……」

憤りを隠せなかった。また息が上がってきた。ぼくは吠えた。

「あいつら、人間をなんだと思ってやがる！」

「私がそちらへ向かいます。いま人を手配しているから、安全な所へお逃げなさい」

電話を切ると、ぼくは気を失ったように眠りに落ちた。

＊

次の日の朝、目を覚ますとソファーの横には、昨晩に自分で吐いたおう吐物が床に広がっていた。あのゲームは結局どうなったんだ。テレビで報道しているかもしれない。ぼくをそう思いテレビをつけた。どのチャンネルを見ても「あの薬」の報道はやっていなかった。次第に、ニュースはすべて嘘っぱちに見えて腹が立った。ぼくはこんなんじゃいけないと思い、家を飛び出した。

気付いたら、ぼくは三車線もある車道で車の進行方向とは反対に歩き始めていた。車はクラクションを鳴らしながらぼくをよけていく。しばらく逆走を続けているとパトカーが来た。警察が二人降りてくる。

「だめじゃないか。こんな所で車に突っ込むような真似しちゃ」

そう言うと警察はぼくに手錠を掛けた。抵抗はしなかった。むしろ救われた。そんな気がした。

ぼくはほっとして笑顔になった。

「俺たちは君を助けに来たんだ。もう心配する必要はない」

わかるよ。聞こえるよ。ぼくには優しい人の声が。

「この世のすべてがはっきりしたんだ」

警察は無線で連絡を済ませると、パトカーの後部座席にぼくを乗せた。車に乗り込むと何も知らないかのように装い、ぼくに訊いた。

「で、どうしたんだよ。急に取り乱して」

「事態が変化したんだ。早く体を治して研究を始めないと本当に間に合わなくなる」

「まぁそう焦るなよ」

「ドラッグは豚の絵だった。そしていつからかぼくの正体は豚にばれてしまったんだ。この窓は防弾仕様か？」

「ああ。防弾仕様さ。心配することはない」

それを聞いて安どしたぼくは、ここ最近でぼくが知り得た考えを警察に話していた。ぼくがやっていたことは豚との精神世界での殴り合いだ。

「まあなんというか、こんな高い次元の話までいくと、君の言っていることを理解するのは、凡人のぼくたちには難しいよ」警察は笑いながら言った。


やがて着いた先は病院だった。

「いいかい。入り口まで少し距離があるから走ろう。僕たちが両脇につくから心配はないよ」

救命救急患者用の入り口の中では、たくさんの優秀な医者が心配そうな顔つきでぼくを待っていた。

「彼の事は知っているよ。いいやつなんだろう?」医者が警察に言った。

医者はぼくを小さな診察室に通した。

「ぼくにはもう自分のどこがおかしいのかわからないんだ。だから、くまなく調べてほしい」

「わかったよ。安心して」

医者が簡単な検査を済ますと、警察が何か含みを持った表情でぼくを迎えに来て廊下に連れ出した。薄い緑色の長い廊下には合皮のベンチが置いてあった。ぼくはベンチに腰かけ大きくため息をついた。警察もどこか晴れ晴れしい表情で後ろの壁に背を預けた。ここですれ違う病院関係者は、ぼくを見てにこってほほえむ。ここまで独りでよく頑張ったねと次々にその目で訴えかけてくる——みんな知っているんだよね。あのなんだかよくわからないゲームの事も。ここの人の穏やかさはすべてを物語っている。警察はぼくの携帯が鳴り止まないので、一つひとつ電話を取りみんなに状況を説明してくれた。

「みんな真実を知って電話してきたでしょ」

「ああ。だいぶ心配そうにしていた。しきりに君は何も悪いことをしていないって言うんだよ。わかっているよとぼくは言った。すべてわかっているってね」

警察はぼくの手錠をかちゃりと外してくれた。ぼくは後ろで組んだ手を離さなかった。

「大丈夫だよな」彼は言った。

「君はいいやつだもんな。あいつと違って」

彼が指をさした先からは、一人の男が警察に両脇をがっちりとつかまれながらこちらに向かってきた。少し離れた所から医者が続いた。

「ふざけんなよ。てめえら。たかだが医者の分際で。俺を誰だと思っていやがる！」

男は豚鼻から荒々しく息を出して叫んでいた。

「はいはい。わかったよ。神。落ち着いて」医者が言った。

間違いない。彼らはなんらかの賭けをやっていた。そして恐らくは、ぼくに負けたのだろう。警察はリストに載っている彼らを一網打尽で捕まえて、ここに集めてくる。

男がこちらに近づいてくると、足が震えるのを感じた。男がぼくの目の前を通る時、ぼくは思わず目を背けたが、周りに押さえつけられながらも男はぼくのほうに身を乗り出し、突き刺さるような視線をぼくに浴びせた。男は足音と共に目の前から消え、やがて廊下の向こう側の部屋の扉がパタリと閉まった。

「わかるよね。ああいう悪い大人たちが、これからたくさん運び込まれてくる。うんとたくさんな。君は絶対にあんなふうに暴れてくれるなよ」

うなずくと同時に男がいる部屋から叫び声が聞こえてきた。

「いてぇ！　この野郎」

「はいはい、痛いよね。嫌だよね」

いたずらに笑うのは医者だろうか。警察のほうだろうか。楽しんでいる。

「お前はばかか。おい、ふざけるな。その薬はやめろ！」と必死に叫ぶ男より笑い声のほうが大きく響き渡る。

「やめろやめろ！」

男の声が次第に恐怖で真っ青に染まっていく。けたたましい奇声を最後に男の叫びが止んだ。

「さあ、さっさと出てきてもらおうか……」

厳しい声だ。先ほどの男のもう一つの人格を出そうとしているのだろうか。なんの薬かは知らないが、ぼくの体も同じ薬を打たれたら似たような状態になるだろう。のたうち回るに違いない。そしてもう一人の自分が出てきて、バッドトリップの時のように悪態をつくに決まっている。

「大丈夫。医者が言っていた。君にはああいう手荒なことはしない」

警察は静かに言った。

「じきに向こうの部屋は、もっとたくさんの叫び声であふれるだろう。気味が悪くもなるだろう。だけど今は我慢するんだ」

警察はぼくを処置室に通し、ベッドに横になるよう言った。

「いいかい。ぼくはしばらく外に立っているからね。安静にするんだよ。決して暴れないこと。約束できるね」

ぼくはうなずいた。ドアの向こうが時折かすんだ。警察と入れ代わりに一人のナースが入ってきた。見たことがないくらいきれいな天使。まるで知性の塊のようだとぼくは思ったんだ。彼女はぼくに近づいて、ぼくの左腕をいたわるように触れ、美しい声で言った。

「おなかすいているでしょう。何か持ってくるから」

思えばきのうから何も食べていない。そんなことにも気付かなかった。ぼくが「うん」って返事をすると、彼女はにっこりとほほえみ、そして部屋を後にした。次第に部屋の外は、優しい人の声と、豚の叫び声であふれた。ベッドに横向きになり、ドアの向こうに視線を移すと、優秀な医者たちが、がっちりとぼくの部屋を取り囲んでいた。取材陣と思わしき人が、医者にインタビューしている声が聞こえる。

「表は警察が、がっちりとマークしている。どんな権力が来ても、私たちが必ず彼を護るわ。病院の中では、彼らも手荒い手段は使えない」

「今のところは落ち着いている。でも油断はできない状況よ」

報道は信用できないけど彼らの事は信用できた。医者の許可のない取材陣が、この聖域に入ってこられるわけがない——彼らは、ぼくたちが正しいことを報道したいだけなんだ。終わったんだ、豚とのドラッグ戦争は。

しばらくすると、先ほどのナースが軽食を持ってきてくれた。オートミールと牛乳などすべてふたが開いていた。昨晩の牛乳の事があったので、ぼくは思わず目を細めた。彼女たちの知らないところで毒が盛られているのではないだろうか。

「ごめんね。ママ。それは食べたくない」

「そうね、急いで用意したから気が回らなかったわ。少し時間はかかるけど、いい子にしているのなら別の食べ物を持ってくるわ」

彼女はぼくの手を握りしめ、蒼く美しい瞳でぼくをまっすぐ見つめた。瞬きしないで彼女の瞳をずっと見ていると、目がうるうるしてきた。

「苦しくなったら、そこにあるブザーで私を呼ぶのよ」

ドアの外では女の人が集まり、何やらごはんの相談をしている声が聞こえてきた。

「彼はふたが開いている物は食べないわ。この際、メインに何か別に作ってあげれば食べるかしら。彼は何が好きなのかしら……」

ぼくはこのいとおしい感情の温度を保ちたい。保ったままどこかに仕舞い込みたい。ぼくは旅をしてしまうから、この一瞬を忘れないように心に納めたい。

話し声に耳を澄ませていると、先ほどのナースが

「聞いてよ。私さっきマーに『ママ』って呼ばれたのよ」と言った。

女の人の笑い声がぼくの耳に響いていた。

しばらくすると、先ほどの美しいナースが、ブランケットとごはんを持ってきてくれた。熱々のクラムチャウダーがカップから湯気を立てていた。食べると胃袋だけでなく、胸がじわっと熱くなった。

食べ終わると、ユダヤ人と思しき美しい女性のドクターが部屋に入ってきた。ミルク・アンド・ハニーブロンドの美しいバレイヤージュに、太めのフレームのタートイズ柄の眼鏡をかけた彼女のまっすぐ

な瞳に捉えられると、背中がちょっとぞわぞわとした。その瞳は、物事の核をしっかりと捉え、そして何よりも彼女の優秀さを物語っていた。もしかすると彼女が、ぼくが夢にまで見た女神のドクターで、ぼくをついに迎えに来てくれたのだろうか。ずっと前からあの世界には言っているけど、ぼくの治験には専属の女性ドクターが必要なんだ。彼女は優しい表情でぼくに問いかける。

「すべてを話さなくてもいいのよ。でもあなたの中で何が起こったのかを、お姉さんに教えてくれないかな」

ぼくはごくりと喉を鳴らした。彼女の事は心から信用していた。しかしぼくはこの状況の中でうまく真実を語ることができるか、少し不安だった。

「ドラッグは豚の絵だった。世間はドラッグの悪いイメージに振り回され、ぼくたちは最も大切な事を見落としていたんだ。この先の世界では一部の人に、より高度な脳の覚醒が必要になる。このままじゃだめなんだ。社会に埋もれている天才の才能をブーストしてあげないと文明はもう進化しない。」

彼女は眉一つ動かさず、まっすぐな瞳でぼくを見ていた。

「それをもたらすのは、新種の幻覚剤だ。ぼくがそれを創るよ」

ぼくの発言で彼女は納得した表情を浮かべた。でも彼女の様子を見ると、彼女が次の質問をすることに臆しているのがはっきりとわかった。彼女はぼくの回答を恐れている。

「ねえ、マー。その薬を作るってあなたが考えてから、すべての事を知り得た知覚を感じなかった？

今のあなたは本当になんでもわかっているの？」

「ううん。わかっていないよ。だってぼくは世界一バカな医者だから――」

彼女はそれを聞くと、ほっとしたようにその場を後にした。


一人になってから何分経っただろうか、小さいおばさんのナースが入ってきた。片手に何かを持っている。彼女は喜々とした表情で言った。

「一体どうなっているの。あなた大統領にでもなるつもり？」

彼女は雑誌の表紙の切り抜きをぼくに手渡した。それはニューズウィークの表紙で、見るなりぼくは笑ってしまった。そこには赤ん坊がミルクを注いでいるイラストが描かれていた。ミルクが出てくるのは星条旗の模様が入った哺乳瓶、そして注ぐ先は地球儀だ。

ぼくは一つの事に気が付いた。きのうはアメリカで黒人の大統領が生まれた日だったんだ。街ではみんながしきりにクラクションをぱかぱか鳴らし、道行く人は歓喜のあまり叫び出し、街は希望に満ちていた。

おばさんのナースはぼくが手に持っていた雑誌の切り抜きを指さして、いたずらっぽくほほえんだ。

「これはあなたね」

＊

病院では毎日これでもかという量の食事が出された。ぼくは心の平穏を保っていた。ドラッグはやっていないのに、ＬＳＤのトリップ後の充足感がずっと続いているような不思議な感覚だった。この穏やかな気持ちがこの先の人生もずっと続くのだろうと思った。ここではたばこは吸えなかったが、言えばニコチンガムが支給された。窮屈だとは思わなかった。週に一度や二度、セラピストがギターを片手にボブ・ディランの「ミスター・タンブリン・マン」を歌うこともあった。工作の時間には雑誌の切れ端を使い、コラージュのアートを作った。それはどの角度から見ても見ほれる天才のアートだった。壁はスラブ壁になっていたので安心だったけど運動の時間に屋上で遊ぶと、遠くに狙撃手がいるのではないかと気になった。ここには優しい人が多かった。聞くところによると、みんなここにはよく来ると言う。よく来て、帰り、そしてまた戻ることを繰り返す。何もおかしくはない。ぼくを含めみんな普通だ。

病棟には韓国系アメリカ人の女の子もいた。薄い白いワンピースをいつも着ており、ピアノが好きな子だった。ある日、なんとなくそういう雰囲気になり、空いていた病室で彼女と性行為を始めたらナースに見つかりこっぴどく叱られた。ここには監視カメラがついていて、ぼくたちの行動はずっと監視されていた。彼女は翌日に自分が好きな韓国人ピアニストのＣＤをくれた。

数日たつと日本から両親と叔母が来た。ずいぶんとぼくを探し回ったと言う。彼らはだいぶ老けて見えた。聞くとあの時に置いていった段ボール箱は、ヒッピーがコナーの家に届けてくれたそうだ。父親は「コナーはいいやつだ」としきりに言った。

「日本に帰ろう。日本でしっかり診てもらおう」

叔母は言った。

「そうだね。早く治さないと」

ぼくたちは早速、今後の話をした。ぼくは祖母の家でしばらく療養することを希望し、親と叔母はそれを了承した。

「ぼくはあの薬について、記者会見しないといけないかな」

「そうね、取材の人たちは来るかもね……日本の空港では、お婆さまがあなたを待っているわよ」

叔母のそんなひと言に安心するぼくがいた。

帰国便にはアメリカの女のドクターが同行した。親や叔母の日本の医師免許だと、ぼくを搬送できなかったそうだ。成田空港では、記者に囲まれるだろう。叔母もそうだねと言っていた。叔母たちは最大限のサポートをすると約束した。記者会見で答えられることを今のうちに書留めておいたほうがいいと思い、ぼくは頭の中を整理していた。もうすぐ会える祖母の姿が目に浮かぶ。祖母はぼろぼろになったぼくを見て笑い、きっとこう言うだろう。

「マーさん、またずいぶんとむちゃをしましたね」と。

そしていつもの口ぐせを言うに決まっている。

「人間は、謙虚でないといけませんよ」

でもぼくはそれを無視して記者会見では、はっきりと言ってやる。

ぼくがあの薬を創るということを。

＊

日本に入国した時、あの街でのぼくは音を立てて死んだ。今まで自分が思い描いたものすべてが幻想となり崩れ去った。成田空港に取材陣はいなかった。すべてがぼくを日本に連れ戻すための芝居だった事を瞬時に理解した。

成田空港の外で、ぼくは
「たばこをよこせ！」と、どなり散らしていた。

ぼくは目の前に広がる現実に失望し、ただただどなり続けた。バンがぼくに横付けされ、ぼくは家族につかまれてバンに乗せられた。バンの中では速攻で祖母と口論になった。こいつら今まで妙に機嫌がいいと思ったら、とんだたぬきだった。ぼくをだまして帰国させるために、結託して一芝居打ったんだ。

「日本ではそんな悪い薬は絶対にできませんからね！」

祖母がことばを放った。

「いいからたばこをよこせ！」

ぼくはどなり散らした。

「たばこなんて日本ではもう吸えませんよ！」

「嘘つけ！　いいからたばこをよこせ！」

「あんた、お婆さまに向かってなんて口を利くの！　あんたをこの国に連れ戻すのにこっちがどれだけ大変だったと思っているの！」と叔母が激怒した。

激しい言い合いをしているぼくを落ち着かせようとしたのか、アメリカのドクターはぼくの口に錠剤を放り込んだ。こんなの効くわけなんかなかった。


しばらくするとバンが止まり、ドアが開くとそこには冷たい目をした医者が陣形を取り、逃げ道を完全に塞いでいた。背中には虫がはいつくばっていた。哀れみも、優しさも一ミリたりとも、持ち合わせているものはここにはいない。鋭く刺すようにきつい目、マスクの下に隠れている薄ら笑い、大勢の医者につかまれても、声が枯れるほどどなり散らしたが、彼らはぼくを力尽くで病室まで運び込み両手両足を鍵つきの拘束具でロックした。捕らえられた事を理解して、瞬時に血の気が引いた。

マスクをした医者が言った。

「頭の回転が速すぎる」と。

「とりあえず今は頭を休めることに集中しよう」

そして彼らはぞろぞろと部屋を後にした。静かになった周りをそっと見渡すと、腰までもが拘束具でベッドにくくりつけられていることに気が付いた。ブタ箱ですら、ここよりは自由が利く。身体拘束され縛りつけられるのは初めての体験だった。これは精神をつかさどるジャッジとのファーストコンタクトだった。行き過ぎた医者の行動は、ぼくの中で怨恨を産むだろう。上に広がる気味が悪いくらい真っ白な天井だけが、ぼくの居住空間の現実だった。あの街で思い描いていたことは、ここではまるで魔法の効力を失ったように無力だった。

薬漬けにされて一週間がたった。望みもしない投薬を受け、死んだように眠ることを繰り返しても、また目を覚ますと想像を絶するこの身体拘束による不自由さにことばを失う。ぼくはトイレに行くことも許されず、惨めに尿道に管を通されていた。医者とナースは、ぼくをすでに人間ではないかのような目で見た。ぼくは常に平静を装うよう求められ、クソみたいな同調圧力でぼくの頭は治療が必要と洗脳された。ここには人権というものが全くない。人権を蹂躙された扱いを受けるのは生まれて初めての経験だ。『カッコーの巣の上で』のロボトミー手術といい勝負するほどの蛮行にはことばを失った。ぼくはくくりつけられたピエロで、目の下の涙のペイントは怒りでとうに乾いていた。毎晩、あの街の夢を見た。夢の中でぼくはまだあの街にいた。夢を見ている間は追想に浸れたが、いつも目覚めと共にこの人権無視の国に引き戻された。悲しいのは、ぼくが夢の中でさえも、本当は自分がもうあの街にはいないと知っていたことだ。永続ではない夢の世界へ思いを馳せると、たまに自分の中で何かが躁になり、けたたましく笑いたくなる。夕方になると聞こえてくる、近所の中学校の野球部が練習をする音が、ずっとうっとうしくてしかたがなかった。ここは日本、そんな実感なんていらなかった。

週に二度の医者の回診の日は、ぼくにとって面接のような日だ。この時に人として正しい動きをすれば、足や腰のロックは外してやる、そのようなことを医者は以前に言った。

「少し落ち着いてきましたね」

愚かな医者は、ぼくのベッドの前に腕を組んで立つと偉そうに言った。

ぼくはこのマゾヒスティックな禁欲主義者が、腰抜けの政治家と口を揃えるように、ドラッグについて、いつも笑止千万な思弁を弄するのに辟易としていた。マリファナごときでビートルズを捕まえるような非常識な国の医者には、ぼくの状況なんて逆立ちしたってわかりっこないと思った。

「頭の回転が鈍くなる感覚はありませんか」

たしかにそのような感覚はあったので、ぼくはうなずいた。退院がいつか訊いても、医者ははっきりと答えなかった。希望が微塵も含まれない一方的な持論をつらつら並べ立て、自分の言いたいことを言い終えると、医者は扉の向こうへ消えた。交替で入ってきた看護師が、腹に付けられたロックを外した。無意味と知ってはいたものの、腹だけ自由に動かしてみた。この世界はやはり何も変わらなかった。

医者の目論みは手に取るようにわかった。この治療の真の目的はぼくの危険な思想、垣間見たすべてを妄想だと思い込ませることだ。反してぼくの脳はすでに現実と妄想の境目を理解し始めている。薬で境界線のバルブを長いこと抑えつけられているのだから無理もない。フラッシュバックは病室のあちこちに現れたけど、医者になんて言うつもりはなかった。

ぼくの隣にはあのころの友達はもういなかった。コナーもヨハンナもみんな遠い国の向こうにいるバーチャルな存在となった。病院ではインターネットがつながらないので、もうしばらくみんなと話していない。本意なく別れることとなったが、生きていればいつかまた会えるだろう。どう足掻いてもぼくの心には、ぽっかりと穴が開いていた。だってあの青春はもう戻ってこないんだ。よく昔の人は、自分はサンフランシスコに魂を置いてきたと言うけれど、ぼくがまさしくその状態なのは言うまでもない。


ある日、若い医者が何やら慌てて病室に来た。ぼくの血液量が致死量まで下がっているという。そんな感覚すらなかった。きっとそんな異常にすら気付かないくらいぼくの体は何かに蝕まれていたのだろう。すぐに救急車で別の病院の血液科に搬送された。簡単な医療ミスだった。やってはいけない薬の組み合わせだと医者は別の医者に指導を受けていた。医者は一度だって自らの非を認めなかった。ふざけんな。このくそばか野郎。世の中で失敗の許されない仕事は医者と美容師だって言ってやりたかった。危うくこの医者に殺されかけても、この先も続くと思われる精神的虐待に、心底疲弊していて、ぼくは怒る気力すら失っていた。体の自由を奪い、どれだけぼくの心を踏みにじれば気が済むのだろう。いつこの地獄の責めは終えんするのか。もうそこには一縷の望みもないようにも思えた。

三カ月はたった頃。腰、足、手の順に拘束具は外され、最後に個室部屋の鍵が開いた。食事を外でとるようになり、週に二回、院内の売店ツアーで買い物を許可されるようになった。脳がフル回転しているせいで、頭に糖分が足りていないのか、ヤマザキの薄皮つぶあんぱんがこの世の物とは思えないくらいにうまかった。しばらくは甘いものを食べることしか楽しみがなかったが、前から「よこせ」と言っているたばこもじきに注文できるようになり、楽しみに加わった。請求書は、ぼくをはめやがった親に送られるようになっていた。退院も間近と期待していたら、医者から出たのは転院の話だった。母親の計らいだと言う。薬に強い医者を見つけたと母親は電話で言った。恐らく血液科に搬送された事件が引き金となって、母親がこの医者を不審に思い真面目にほかを探したのだろう。ここでおとなしくしていれば三カ月で退院できると聞いていたし、持ちかけられた話が退院ではなく転院だったので、心底失望した。

翌日に母親と次の病院へ向かった。母親より、一つ目の病院が下した診断結果は統合失調症だったと聞いた。そんなことは夢にも思っていなかったので、ぼくは目の前の世界に真っ青になった。母親と二人で転院先の医者に会うと、彼は、

「統合失調症？　統合失調症ではないと思う。僕は覚醒剤をやった人を実際に患者に持った経験がないので、少し僕に時間を下さい」と言った。

この病院には不思議なことに、前の病院のように縛り付けられている人はいなかった。ナースも世間話好きのおばさんが多く、いつもすごい量のたばこを吸っていた。売店は現金払いだったが、母親からお小遣いはもらっていた。この病院では坊主頭の統合失調症患者と話すことがあった。ぼくよりも三つか、四つ年上で、たまにお菓子を分けてくれるいい人だった。彼は時に

「仕事をしても続けられなくて、投薬を続けるのだけど、結局何カ月かおきにここに戻ってきてしまうのさ」としみじみ言うことがあった。

そしてたばこ部屋で一緒にたばこを吸っていた時に、彼はぼくに訊いた。

「お前はさ、ドラッグをやったことを後悔していないのか」

「後悔なんてしていないよ」

「でも、お前、統合失調症になったら大変だぞ。それに、ドラッグをやっていなかったら、まだアメリカにいたんじゃないかと思わないのか」

「ま、それはあるかもね。でもそれがない青春なんて、ぼくには考えられなかったな」

ぼくが後悔していないということが、恐らくはドラッグの本当の「すごさ」であり、そして「怖

さ」なのだろう。でもぼくにとって、歓楽を尽くしたあの日々の、あの青春の甘酸っぱさに代えられるものは何もないんだ。

病室では、ぼくのラップトップから、スコット・マッケンジーの「愛のサンフランシスコ」が空虚に鳴り響いていた。

ある日、医者が脳波を測りたいと言ってきた。測ってみると奇妙な結果が出た。前頭葉の脳波に継続的な乱れが見られるという。あいにくこれがドラッグによる影響なのか、先天性のものなのか、医者はわからないと言った。現に生活に支障はあるように思えなかったし、ぼくは気楽に考えていた。医者は前の病院の医者が処方していた薬を、一つひとつ減らしていった。薬を減らしても支障はなかった。一日五種類ほど飲んでいた薬が一日一種類になったその週に、あごが閉まらなくなる症状に襲われた。医者に診てもらうと、薬の副作用が原因であることがわかった。結局のところ、ぼくは精神病ではなかったのでその薬は体に合わなかったということらしい。どうやらこの病院の医者は、実直で、前評判どおり薬に強い医者だったみたいだ。医者は、ドラッグによる一時的な躁状態があったのではないかとの見解を示した。ただの躁状態だったら、ぼくが病院に運ばれる前に見たあの街の出来事はなんだったんだろう。副作用が出てから二週間ほど様子を見て、ぼくは退院した。あの気持ち悪い薬をもう飲む必要はなくなった。

しばらくしても、ぼくにはいくつかわからないことがある。きっとわからないってことが「現実」で、わかるってことが「非現実」なのだとぼくは思う。あのゲームの真の目的はなんだったんだろう。一つ言えるのは、サンフランシスコの街中を巻き込んだあの日の出来事がぼくの妄想だなんてはっきり言ってあり得ないってことだ。

＊

あの世界は、絶対にこの事は誰にも話してはいけないよとぼくに言った。だったらないしょにしてやる代わりにアメリカがぼくを迎えに来てくれるのかと密かに期待していたが、全然そんなことはなかった。まさかアメリカに戻ることなく、全部自分でやらされるなんて夢にも思ってなかった。もしかしてぼくがこの不遇の境遇で奮闘することも、彼らのシナリオどおりなのだろうか。ふざけんな。そんなシナリオ燃やしてやる。はっきり言ってそんなの意味なんてない。ぼくにこんな負担をかけなくてもほかにうまくやる手段はあったはずだ。

今になって思えばボブ・ディランが言っていた「悪魔との契約」ってきっとあれのことなのだろうし、このことは妙にタイミングがすべて噛み合っている気もする。最近ではテレビを観るのも怖いんだ。ぼくは社会の口調がたしかに変わってきているのを実感している。ハリウッドの新作映画ですらつまるところみんな言いたいことは一緒だ。考えていくとだんだんと彼らの正体が見えてきた。こうまでしてぼくがアートにこだわったのは、ぼくがみんなに許されたかったからだし、きっとこれで答えになっているはずなんだ。

あの日から、ぼくがずっとわかっていた事が一つだけある。
それはこの論文で、ぼくが本当に「ドラッグの広告塔」になるってことだ。

ま、仕方がないよね。
だってイルミナティがやれって言うからさ。

世界一バカな医者の論文 新装版
2023年3月1日初版発行

著者 ―― 園井敏啓
編集 ―― 松井裕子
校正 ―― 青木和子 ことのわ
装画 ―― Hisham AKIRA Bharoocha
装画協力 ―― SNOW Contemporary
イラストレーション ―― 中島太意
グラフィックデザイン・装幀 ―― 園井敏啓・井上元太
発行者 ―― 千葉慎也

発行所 ―― 合同会社 AmazingAdventure
(東京本社)東京都中央区日本橋 3-2-14 新槇町ビル 別館第一 2 階
(発行所)三重県四日市市あかつき台 1-2-108
電話:050-3575-2199
E-mail:info@amazing-adventure.net
発売元 ―― 星雲社(共同出版社・流通責任出版社)
〒112-0005 東京都文京区水道 1-3-30
電話:03-3868-3275
印刷・製本 ―― 中央精版印刷株式会社

 ISBN978-4-434-31788-0 C0093

Artwork by Hisham Akira Bharoocha